Kera Jung

Beautiful SKY

Roman

California College

Beautiful Sky / California College
Deutsche Erstausgabe Feburar 2015

Kera.Jung@gmx.de
https://www.facebook.com/pages/Kera–Jung/107377139457014

Umschlaggestaltung: Sabrina Dahlenburg
Unter Verwendung eines Motivs von colourbox.de
Lektorat: Lea Schwarz
Korrektorat: Mandy Heskamp, Romy Güntner
Satz Ebook: Sophie Candice
Satz Print: Sophie Candice
Erschienen im A.P.P.-Verlag
Peter Neuhäußer
Gemeindegässle 05
89150 Laichingen

ISBN e-book Mobi: 978-3-945786-09-3
ISBN e-book: 978-3-945786-11-6
ISBN Print: 978-3-945786-10-9

Dieser Roman wurde unter Berücksichtigung der neuen deutschen Rechtschreibung verfasst, lektoriert und korrigiert.

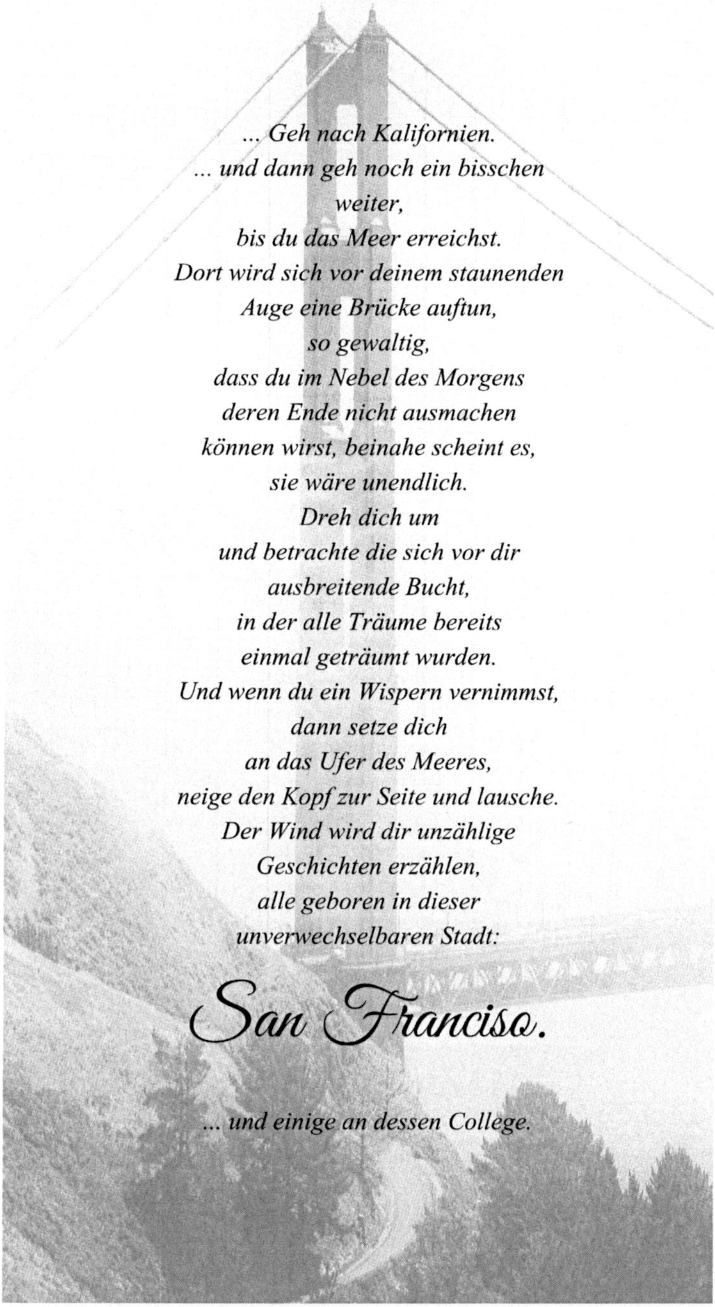

... Geh nach Kalifornien.
... und dann geh noch ein bisschen
weiter,
bis du das Meer erreichst.
Dort wird sich vor deinem staunenden
Auge eine Brücke auftun,
so gewaltig,
dass du im Nebel des Morgens
deren Ende nicht ausmachen
können wirst, beinahe scheint es,
sie wäre unendlich.
Dreh dich um
und betrachte die sich vor dir
ausbreitende Bucht,
in der alle Träume bereits
einmal geträumt wurden.
Und wenn du ein Wispern vernimmst,
dann setze dich
an das Ufer des Meeres,
neige den Kopf zur Seite und lausche.
Der Wind wird dir unzählige
Geschichten erzählen,
alle geboren in dieser
unverwechselbaren Stadt:

San Franciso.

... und einige an dessen College.

1. Nik

San Franciscos blauer Himmel erstreckt sich scheinbar endlos über der von grauen Abgasen verseuchten Stadt. Der Tag neigt sich langsam dem Ende zu und Nik sitzt wie so häufig an seinem Baum am Strand, starrt mit aufgestützten Ellbogen in die Weite über sich und denkt ...

... nichts.

Das ist eine Möglichkeit, diesem ewigen inneren Aufruhr zu entfliehen, der ihm pausenlos zusetzt. Hier, fernab von allen anderen, besonders jedoch ohne dieses widerliche Studentenvolk, kann er ein bisschen aufatmen.

Also, nicht wirklich – tiefes Durchatmen gelingt ihm schon seit nahezu sechs Jahren nicht mehr. So lange quält er sich bereits durch ein Dasein, das er mehr hasst als die Pest – so er sie jemals kennengelernt hätte.

Warum?

Weil es eine einzige Lüge ist!

Es ist nicht einfach, als Verräter zu gelten. Jedenfalls dann nicht, wenn das Verbrechen zu einem Zeitpunkt im Leben stattfand, an dem man kein noch so geringes Einspruchsrecht besaß oder auch nur den erforderlichen Geist, um zu kapieren, was da überhaupt passierte.

Seit dem Tag, an dem seine sogenannte *Mutter* ihren letzten abgefuckten Atemzug vollführt hat, ist nichts mehr, wie es mal war.

Diesen verband sie nämlich mal schnell mit einer umfassenden Lebensbeichte – wahrscheinlich, um sich in Absolution wälzend demnächst ihrem verlogenen Schöpfer präsentieren zu können.

Bis zu diesem Moment dachte Nik, nur mal irgendwann barbarisch in die Scheiße gegriffen zu haben, weil die Dinge nicht unbedingt optimal liefen. Schon allein, da sein Vater, von dem er jetzt weiß, dass er ein widerlicher Vergewaltiger war, ziemlich früh abkratzte, und ihn mit dieser Geheimwaffe namens Mutter allein zurückließ.

Das war krass, im Ergebnis bestimmt nicht ideal, aber nichts im Vergleich zu der Brisanz jener Dinge, die er an diesem Tag erfahren musste.

Schon komisch, wenn man erst mit sechzehn dahinterkommt, warum man sein Leben lang von den anderen Leuten hochgenommen wurde, von denen man sich optisch so extrem unterscheidet. Und warum, verdammte Scheiße, man ständig der Ansicht ist, seine eigene Mutter sehe in ihm eine von diesen in den Wänden lebenden Wanzen, die man dringend zerquetschen will.

Na ja, man bildet sich natürlich viel ein. Besonders, wenn man sonst nichts zu tun hat, da man entweder gerade Hausarrest abbrummt, weil man sich geprügelt hat, oder in der Schule nachsitzen muss, weil man sich geprügelt hat, oder gerade im Krankenhaus liegt, weil man sich geprügelt hat, und blöderweise trotz extremem Training gegen zehn Leute chancenlos war.

Und wenn man dann da so sitzt oder liegt oder auf und ab geht, kommt man auf die eigentümlichsten Ideen.

Wie soll man sich als Kind denn auch erklären, weshalb die Mutter einen nicht mag und sich die Eltern nur angiften, wenn der Alte überhaupt mal so krass drauf ist, dass er nach Hause kommt?

Wie soll man sich als kleiner Bengel von sechs Jahren logisch auseinandernehmen, weshalb man zu allem Überfluss auch noch von seiner Erzeugerin für jeden Scheiß verprügelt wird, während sie vor der versammelten Mannschaft des verschissenen Nobelviertels, in dem man wohnt, so tut, als wäre alles in bester Ordnung?

Wie zur Hölle soll man verstehen, dass zwar die anderen Väter immer zu Hause sind, nur der eigene nicht, weil der, wie später erfahren, lieber fremdvögelt?

Wie soll man das alles kapieren?

Sein Leben war damals schon kein Zuckerschlecken. Ehrlich, dass Kohle nicht alles ist, hat Nik bereits begriffen, als er noch nicht mal wusste, welche Bedeutung der Zaster überhaupt hat. Denn davon besaß er immer genug, was sich auch jetzt nicht geändert hat. Er könnte in dem Scheiß baden, könnte sich die verdammte Wohnung, in der er mehr oder weniger hausiert, damit tapezieren, FUCK! Wenn er wollte, dann wäre auch ein Doktortitel kein Problem! Mit Geld bekommt man bekanntlicherweise alles.

Es interessiert ihn nur nicht die Bohne.

Angewidert wirft er seine kunstfertig und in stundenlanger mühsamer Kleinarbeit von einem verkifften Penner aus dem Stadtpark gefertigten Dreadlocks über die Schultern. Dann betrachtet er sein an zwei Stellen ziemlich mies zerrissenes Hemd, unter dem sich die braune Haut seiner Brust abzeichnet.

Verdammt dunkel die Haut, so alles in allem, woran die Sonne nicht den Fuck von Anteil hat.

Besonders seltsam wird die Nummer jedoch, wenn man sich vor Augen führt, dass seine sogenannte Mutter blond war – *mit Sommersprossen* –, und sein Vater – der dreckige Ficker – auch als Albino durchgegangen wäre.

Aber egal, alles total egal.

Mit einem geringschätzigen Lächeln auf den vollen Lippen nimmt er einen tiefen Zug von seinem Joint, legt den Kopf in den Nacken und schließt die Augen.

Die Realität aussperren! Das ist eine der besten Ideen, wenn die Hände mal wieder permanent danach verlangen, sich zu ballen und dem nächstbesten Arsch, der ihn ansieht, anquatscht oder was auch immer, mit voller Wucht in die Fresse zu dreschen.

Blöd ist nur, dass das Gras heute nicht seine von Nik sehr geschätzte Wirkung verbreitet. Sobald der Rausch ausbleibt, lebt es sich allein auch nicht sehr gut. Denn wenn man total einsam ist, kommen die verdammten Gedanken. Diese wiederum führen mit an Sicherheit grenzender Wahrscheinlichkeit in die Vergangenheit, welcher Nik ja gerade vorrangig entfliehen will.

Und was findet der liebe Nik in seiner ach so abgefuckten Vergangenheit?

Versager, Kinderquäler, Mörder, sprich: den Abschaum der Gesellschaft.

Seiner sogenannten Mutter kann er wenigstens noch jegliche genetische Verwandtschaft ruhigen Gewissens absprechen. Doch bei seinem Erzeuger liegen die Dinge nicht ganz so günstig.

Denn er *war* der Erzeuger – wie auch immer. Schon blöd, dass seine *wahre* Mutter mit dem außerehelichen Beischlaf nicht ganz so einverstanden war. Damals arbeitete sie in einer kleinen Bar, vor der er sie nach einer wild durchsoffenen Nacht abpasste, nach allen Regeln der Kunst vergewaltigte und dann machte, dass er davonkam.

Noch blöder, dass dieses wundersame Erlebnis nicht ohne Folgen blieb – denn Klein-Nik machte sich daran, das Licht der Welt zu erblicken. Von niemandem gewollt, schon gar nicht geliebt, aber danach wird ja selten gefragt.

Noch dümmer jedoch, dass seine Mutter keine *Weiße* war, sondern ihres Zeichens zu den amerikanischen Ureinwohnern zählte ... genau genommen zu den Seminolen, wie Nik nach langer Puzzlearbeit herausfand.

NOCH blöder war es, dass sie die Geburt nicht überlebte und keiner in dem Stamm den kleinen Jungen nehmen wollte, der nun wirklich nicht um sein Leben gebeten hatte. Das sonst so familiäre Volk konnte nicht verwinden, dass dieses Kind mit Gewalt gezeugt und ihnen dann auch noch von einer verhassten Bleichhaut die Schwester mit Namen Tanessa ... TANESSA, SO HIESS SEINE WAHRE MUTTER ... genommen wurde.

Sie erstatteten keine Anzeige, Nik geht davon aus, dass jede Menge Schweigegeld geflossen ist, denn die Identität des Vergewaltigers seiner Mutter war durchaus bekannt. Stattdessen half man ihm den Säugling – also Nik – über. Und seinem abgefuckten Vater fiel nichts Besseres ein, als den Kleinen bei seiner irren Frau abzuparken, die mit Kindern so wenig am Hut hatte wie Nik mit Tampons.

Wie sie davon erfuhr, dass es sein Balg war, ob er es ihr gesagt hat oder ob sie es irgendwann nach seinem Tod herauskam – er starb bei einem Autounfall, als Nik sechs war –, das ist ihm nicht bekannt, interessiert ihn auch nicht sonderlich.

Doch seit jenem Tag, an dem seine Pseudomutter krepierte und vorher noch so nett war, ihm hinreichend die Augen zu öffnen, fühlt Nik sich entwurzelt. Ihm ist, als sei er ein Wanderer zwischen den Welten, denn er gehört weder in die eine noch in die andere. Ja, er kann auf eine materiell gut ausgestattete Kindheit zurückblicken, in der ihm nur leider das Wichtigste vorenthalten wurde: Wärme.

Seine Bildung war umfassend, insofern könnte man seine Eltern wohl als den großen Wurf bezeichnen. Denn hätte *sein* Volk ihn behalten, wäre ihm wohl nur die Reservatsschule geblieben.

So durfte er sich von dem elitären Pack an den diversen Privatschulen verprügeln lassen. Was übrigens immer seltener geschah, je mehr Zeit ins Land ging, denn Nik ist ein echter Krieger. Er trainierte hart und seine Größe, die, seitdem er elf wurde, sprunghaft zunahm, tat ihr Übriges. Bald war er derjenige, der den anderen die Fresse polierte. Und weil er das nun mal so gewöhnt war, hörte er damit auch nicht auf, als die Provokationen so langsam nachließen.

Das war auch der Grund, weshalb Nik bald alle Internate der weiteren Umgebung von innen gesehen hatte. Er galt als Problemkind, als missraten, und las in den Augen seiner Pseudomutter immer das Gleiche – dummerweise konnte er es erst korrekt interpretieren, als die Alte längst unter der Erde lag: *›Das sind alles die Gene dieser Wilden.‹*

Hey! Womit sie wohl recht hatte und worauf er sogar verdammt stolz ist!

Seit dem Tag ihres Todes und seiner umfassenden Erleuchtung hat er sich das Haar nicht mehr schneiden lassen. Und nachdem es so zwei Jahre mehr oder weniger ungehindert vor sich hinwuchern durfte, kam er auf die Idee mit den Dreadlocks. Die laufen zwar nicht ganz konform mit den Riten seines Stammes, aber da er ja ohnehin so was wie ein Inkubus ist, dachte er sich, gleich mal alle Regeln zu brechen, egal, welche Seite der unerlaubte Verstoß betrifft.

Das abgefuckte Studium hat er überhaupt nur angetreten, um sein verdammtes Erbe zu sichern. Sein Vormund, der erst in drei Monaten für immer und ewig seinen Job verlieren wird, hat ihm bedeutet, dies sei Voraussetzung dafür, dass ihm nicht nur der Pflichtteil bleibt. Hat seine Pseudomutter so verfügt, die Schlampe!

Und deshalb ist er in dieser von Weißen und anderem Gesocks infiltrierten Stadt gelandet, deren Klima er hasst und deren Brücke er am liebsten abfackeln würde, weil sie nicht zuletzt auf dem Rücken seines Volkes erbaut wurde.

Wahllos belegte er ein Fach und strandete bei europäischer Literatur – er hat keinen Schimmer, worum es dabei überhaupt geht. Seitdem ist es sein Hauptziel, allen Okkupanten und sonstigem Dreckszeug, das sich hier niedergelassen hat, aus dem Weg zu gehen ... und zu kiffen.

Denn nur so, und das weiß er zur Abwechslung mal ganz genau, wird er auch morgen wieder das gesamte Theater ertragen können.

Sein Appartement unterhält er, damit er irgendwo seine drei Hemden und vor allem sein Gras gefahrlos lagern kann. Er betritt es nur sehr selten, denn das Feeling darin erinnert ihn zu sehr an die väterliche Seite seines Gengutes.

Stattdessen lässt er sich treiben, übt sich in Beherrschung und sucht häufig die Einsamkeit.

Eben, um nicht Amok zu laufen.

Und wenn jetzt noch die Geschichte mit dem verdammten Gras korrekt funktionieren würde, dann wäre Nik für den Moment fast zufrieden.

Fast ...

Der nächste Zug an der Pseudo-Zigarette erfolgt bedeutend energischer, während er die Augen vorsichtshalber schon mal geschlossen hält. In Erwartung des Rauschs, der ihm die gewünschte Ruhe und vor allen Dingen das Vergessen bringen wird.

Nach einer Weile öffnet er irritiert die Lider, denn faktisch passiert überhaupt nichts!

Entweder, er ist in der Zwischenzeit gegen das Zeug resistent geworden, was Nik nicht wirklich glaubt, oder aber, Ralph hat ihn beschissen. Das ist der Dealer seines Vertrauens und nebenbei noch Student in diesem abgefuckten Riesenapparat, der sich so verheißungsvoll UNI schimpft.

Dass Letzteres zutrifft, ist in Niks Augen schon mal beschlossene Sache. Schließlich ist er nur eine dreckige Rothaut – HA! Schlimmer, er ist nur ein *Halbblut!* – mit denen kann man´s ja machen. Zweihundert Jahre Unterdrückung, Plünderung und Abschlachtung haben sich offensichtlich in die Gene geschlichen. Weshalb das Indianerbescheißen den Leuten heutzutage sozusagen in die Wiege gelegt wird.

Nachdem er auch diesen Letdown irgendwie heruntergeschluckt hat, steht Nik auf und schlendert in seinem gewohnt lässigen Gang den Strand entlang. So lange, bis sich vor seinen Augen wieder die ersten Ableger der abgefuckten Zivilisation ausbreiten, aus der er sich längst ausgeklinkt hat.

Mann, was wäre das Leben einfach, wenn ein Dropout kein Geld benötigen würde. Und was wäre die Scheiße erst leicht, wenn er nicht pausenlos von seinen Mitmenschen verscheißert werden würde.

Was wäre das alles doch leicht!

Es ist Nacht, und somit gehört der Strand den Twens, die Alten haben sich längst in ihre stinkteuren Wohnungen Schrägstrich Luxus-Urlaubs-Reservate zurückgezogen.

An etlichen Stellen macht er direkt vor dem Wasser einige offene Feuerstellen aus – die Schwachköpfe kommen hierher, bevölkern *sein* Land, oder zumindest das seiner Vorfahren, und imitieren dann deren Brauchtum, ohne auch nur einen Schiss von Ahnung zu haben, was sie da tun.

Es sind alles Ignoranten, einer wie der andere!

Die Hände hat Nik in den Taschen seiner mitgenommen Jeans vergraben, die er als besonderes Zeichen seiner Geringschätzung auch noch direkt unterhalb der Knie abgeschnitten und mit viel Mühe im Detail ausgefranst hat. Sein Hemd wird nur von einem Knopf zusammengehalten, einfach, weil da nur noch einer ist. Die anderen beiden Hemden, die er noch besitzt, liegen in seinem total unmöblierten Appartement. Soweit er sich erinnern kann, befinden sich an denen überhaupt keine verschlusstechnischen Items mehr. In unregelmäßigen Abständen schmeißt er seine Klamotten ins Meer, zieht sie ein bisschen durchs Wasser, lässt sie dann in der Sonne trocknen und betrachtet sie somit als gewaschen.

Alles Anti und damit seins.

Um den Hals trägt er neuerdings eine silberne Kette, an der etliche Fangzähne befestigt sind, was noch zusätzlich für irritierte Blicke unter der unwissenden Studentenschaft sorgt. Nik könnte darüber nicht entzückter sein.

Zu allem Überfluss muss er ständig aufpassen, dass ihm die Jeans nicht direkt über die Hüften rutscht – gewollt, nicht etwa ein Versehen, weil er sich keine passenden Klamotten leisten kann.

Diese verdammten Schmocks *denken* das! Ha, er weiß es und sonnt sich darin, so wie er sich in ungefähr allem sonnt, was ihn zum Außenseiter stempelt. Anpassung käme für Nik einem Todesurteil gleich. Und so wie es zu einem anständigen Nicht-Angepassten gehört, sucht er die Konfrontation, auch wenn sich im Vergleich zur Elite-Highschool die Sachlage insofern geändert hat, dass die Leute sich leider nicht mehr so leicht provozieren lassen.

Was nicht heißen soll, dass er nicht dennoch erfolgreich wäre.

Vor allem hat Nik bei der gesamten Geschichte noch einen grenzenlos interessanten Nebeneffekt ausgemacht. Wenn man mit den Leuten weniger kommuniziert, und sie mehr beobachtet, dann kommen viele Dinge zum Vorschein, die einem andererseits glatt entgangen wären. Durch reines Zusehen und Auswerten.

Nach einem Jahr an dieser abgefuckten Uni ist er davon überzeugt, dass mindestens die Hälfte der angehenden Akademiker und deren unterrichtender Fraktion menschlicher Abschaum ist. Davon gehen zwanzig Prozent an die ganz Hirnlosen, zwanzig Prozent an diejenigen, die ohne jegliches Gewissen ihr Dasein fristen, und dann gibt es noch die letzten zehn Prozent.

Zehn Prozent der momentan versammelten Studenten- und Dozentenschaft hält Nik für latent kriminell. Die Richtungen sind unterschiedlich, darunter befinden sich zukünftige oder bereits praktizierende Internetbetrüger, Pusher, wie Ralph, der ihm gestrecktes Gras verkauft hat, und dann wären da noch die anderen ...

Diejenigen, die Nik nicht übersehen kann und daher sehr genau im Auge behält.

Im *extremen* Auge.

Nicht weil er zum Rächer von San Francisco mutieren will – nein, nichts liegt ihm ferner. Ginge es nach ihm, könnte sich die Menschheit morgen abschaffen, er würde sie mit Freuden begleiten. Denn jenes kranke, durch und durch schlechte Gesocks hat nichts auf dieser wundervollen Erde unter diesem derart heroischen Himmel zu suchen.

Es ist das Schicksal seiner *wahren* Mutter, die er nie kennenlernen durfte, das ihn wach und aufmerksam hält.

Als er sich langsam dem Feuer nähert, um das sich ungefähr zwanzig seiner Kommilitonen geschart haben, weiß er, dass wenigstens einer unter ihnen ist, der mindestens genauso irre Dinge im Verborgenen tätigt wie sein Vater. Dieser geile Sack, der ihn damit dazu verurteilte, seine kranken Gene weiter in die Welt zu tragen.

Ein Grund, weshalb Nik davon überzeugt ist, niemals Kinder in die Welt zu setzen. DIESER speziellen missratenen, degenerierten Blutlinie wird er ein Ende bereiten.

Er sieht lachende Gesichter von ahnungslosen Mädchen, die keinen Schimmer haben, mit wem sie sich da abgeben und grinsende männliche, denen wohl nicht mal in einer klaren Sekunde in den Sinn gelangen könnte, dass sie da mit einigen abgefuckten Arschlöchern abhängen.

Und er sieht besagte Arschlöcher, getarnt hinter Allerweltsmasken, hinter sympathischen Gesichtern, einem scheinbar offenen Lächeln und hinter Freundlichkeit, mit der sie den Mädchen möglicherweise ihr Bier überlassen oder ihnen anbieten, sie heimzubringen.

Später, noch befindet sich die Party in vollem Gange.

Würde er sich jetzt zeigen, dann würde sich Ablehnung auf den Gesichtern breitmachen. Auf manchen männlichen Fratzen wäre sogar Eifersucht zu finden, während das eine oder andere weibliche so was wie Interesse demonstrieren würde.

Nik könnte nichts weniger tangieren, weshalb er sich wie üblich im Schatten hält und seine Anwesenheit nicht preisgibt.

In Wahrheit existiert nur ein Grund, weshalb er nicht die Stätte des Grauens verlässt, sondern sich in der Dunkelheit der Böschung weit hinter dem Feuer und den einzelnen Plätzen verschanzt, an denen sich die übrigen nächtlichen Strandbesucher versammelt haben.

Sie!

Irgendwann kurz nach Antritt seines Pseudostudiums sah er sie durch Zufall und kann seither den Blick nicht mehr abwenden. Sie ist dafür verantwortlich, dass er manchmal sogar den Campusrasen aufsucht. Auch wenn er sich stets abseits hält, fernab von den anderen, während er seine Banane isst oder was auch immer er an diesem Tag beim Gemüsehändler auf dem Weg zur Uni klauen konnte.

Sie ist die Einzige, die es in seinen Augen wert wäre, diese Welt zu retten und zu erhalten. Und für sie würde er einige Meilen gehen, sofern es erforderlich wäre.

Nik passt auf sie auf, auch wenn sie unter Garantie nicht mal weiß, dass er existiert. So wie die meisten anderen auch. Doch sie ist eine der wenigen, die ihn nicht ansehen würde, wenn er sich den Partylosern zu erkennen geben würde. Nicht aus Arroganz, sondern weil sie die Leute nun mal nicht abcheckt. Sie nimmt sie so, wie sie sind, hat ihren kleinen Freundeskreis und lebt ansonsten eher ein bescheidenes Leben.

Er mag es, ihre Bewegungen zu beobachten oder ihrer reinen Stimme zu lauschen. Natürlich so, dass sie nichts davon merkt – klar, er ist ja kein Idiot.

Damit vertreibt er sich im Allgemeinen die Zeit, die manchmal extrem lang werden kann, und verbucht es unter: Jeder hat ja irgendein Hobby.

Heute ist etwas anders. Er hat bereits seit Längerem damit rechnet, allerdings auf andere Weise, als es jetzt eingetreten ist. Denn es sind nicht nur Studenten anwesend. Ein Gastdozent, der erst seit ein paar Wochen an der Uni tätig ist, befindet sich ebenfalls innerhalb der Gruppe. Er passt nicht dorthin, wirkt in seinen feinen Klamotten und mit dem ordentlichen Haarschnitt wie ein exotisches Insekt unter haufenweise einheimischen Fliegen. Von seinem Alter mal ganz abgesehen – der Typ ist unübersehbar Ende zwanzig. Aber all das scheint niemanden zu stören.

Bis hierhin nicht unbedingt interessant, was geht Nik an, ob sich das Gesocks untereinander mischt oder nicht? Fatalerweise sitzt *sie* bei ihm, ist sogar mit ihm hier aufgeschlagen – womit die Dinge schon bemerkenswerter werden.

Während Nik sich in den hier erdigeren, feuchten Sand sinken lässt und an einen Baumstamm lehnt, kämpft er mit der unsäglichen Wut in seinem flachen, muskulösen Bauch. Warum sieht sie nicht, was doch so offensichtlich ist?

Warum steht sie nicht auf und haut ab, bevor es zu spät ist? Sie vor allen anderen, denn sie ist *nicht* dumm! Wann immer er in ihr Gesicht sehen darf, erkennt er die tiefe Intelligenz und die grenzenlose Empathie. Wieso fällt sie wie all die hirnlosen Idioten auf diesen Penner herein? Weshalb sorgt sie dafür, dass Nik, wie einer dieser widerlichen Bastarde, die nächsten Stunden in der Dunkelheit zubringen müssen wird, um sicherzustellen, dass ihr nichts passiert?

Warum müssen es immer die wundervollen Mädchen sein, die auf die Arschlöcher hereinfallen? Er nimmt sich da nicht aus – selbst wenn dahinter weniger ein kranker Trieb als vielmehr der normale steckt.

Neben all dem Anti, dem Aussteigertum und der Ablehnung, ist Nik nämlich auch ein Mann ... einer mit Bedürfnissen. Und er ist nicht kontra genug oder weit genug ausgestiegen, um sich nicht zu nehmen, was er braucht.

Häufig.

Wie sich auch heute wieder bestätigt. Denn nicht lange darauf kommt ein Mädchen angeschwankt, das er vorhin besonders herzhaft lachen hörte und sah. Sie hat ihn wohl trotz aller Vorsicht beobachtet. Und als er ihr Gesicht ausmacht, identifiziert er sie als eine der Schlampen, die ihm ständig nachgaffen und denen seine bedenkliche Ethnie so ziemlich egal ist.

Sie ist rothaarig – er geht davon aus, dass da einiges an

Chemie mit im Spiel ist. Daneben trägt sie nur ein offenherziges Top und einen Rock, der die Bezeichnung nicht wirklich verdient, weil er kaum ihren Arsch verdeckt.

Das Ganze wird abgerundet von umschatteten Augen – sie hat wohl schon jede Menge gebechert – und glänzenden vollen Lippen.

»Was tust du hier so allein?«, erkundigt sie sich auf diese bestimmte Art, die eigentlich *›Fick mich!‹* heißt.

»Denken«, erwidert er, ohne sie länger als für einen Wimpernschlag anzusehen. Nicht etwa, weil er sie loswerden will, sondern aus dem gegenteiligen Grund.

Desinteresse sorgt immer dafür, dass sie auf einen abfahren ... okay, abgesehen von einer speziellen, aber da begrüßt er diesen Trend. Er würde es nicht anders wollen.

Sie ist für einen,wie ihn viel zu schade.

In Sachen Kurzrock und Ausschnitt, der an riesigen Titten vorbei Einblick auf den gepiercten Bauchnabel zulässt, geht seine Rechnung wie immer auf. Kurz darauf ist sie ziemlich ungraziös neben ihm in den Sand geplumpst und schmiegt sich an seine Schulter.

»Du magst keine Menschenansammlungen, oder?«, erkundigt sie sich mit extra rauchiger Stimme.

»Nein!«, bestätigt er knapp und starrt wie üblich zum Himmel. Auch jetzt, mit den letzten violetten Ausläufern der Sonne, die bereits für den heutigen Tag gestorben ist, erscheint ihm der Anblick wunderschön.

Beautiful Sky ... nicht nur in einer Hinsicht eine Wortkombination, die sein Leben seit sechs Jahren bestimmt.

»... und du redest auch nicht viel«, mutmaßt sie messerscharf, was er nur mit einem Blick aus erhobenen Augenbrauen begleitet.

Kichernd schmiegt sie sich noch enger an ihn. »Okay, du einsamer, so seltsamer, so wunderschöner Mann mit diesem ...« Ihre Finger haben seinen Schmuck gefunden, doch bevor sie ihn ganz erreicht, hat er ihr Handgelenk eingefangen und zwingt sie, ihn anzusehen.

»Nicht! Berühren!«, knurrt er so dunkel, dass sich ihre Augen für einen Moment weiten.

Dann fängt sie sich und kichert erneut. »Uhhh, gefährlich ist er auch noch! Das ist heiß!«

Nach flüchtigem Zögern windet sie sich aus seinem Griff, was er sogar zulässt. Hauchzart zeichnet sie seine Lippen mit den Fingerspitzen nach. »Du hast einen wundervollen Mund. Wusstest du, dass alle auf dich abfahren, nur keine sich traut, dich anzuquatschen, weil du so komisch bist?«

Ja, wusste er, und er lebt gut damit. Allerdings stimmt das nicht ganz, denn es vergeht kaum ein Tag, an dem sich nicht eine, wie sie es gerade getan hat, zu ihm schleicht. So was hängt man nur nicht an die große Glocke ... dieses spezielle Exemplar weiß es nur noch nicht.

Noch nicht!

Bevor sie weiterlabern kann, hat er ihr Kinn eingefangen und zieht sie zu sich heran. Für eine flüchtige Sekunde betrachtet er die glitzernden und dennoch so nichtssagenden Augen – austauschbar und keineswegs individuell. Dann stöhnt er leise, was bei ihr zu einem Aufkeuchen führt. Sie wähnt es als Verlangen, obwohl es nur Langeweile bis Resignation ausdrückt.

Es wird wieder nicht viel mehr als Entladung sein ... dabei hätte er gern mal etwas erlebt, was ihn tatsächlich aus dem tristen Alltag reißen kann.

Keine Sekunde später presst er seine Lippen auf ihre, drängt sich an ihren Zähnen vorbei in das Innere ihrer Mundhöhle, wo er von ihrer Zunge empfangen wird, die sich kunstvoll um seine schlängelt. Ihre Hand stiehlt sich unter sein Hemd, sanfte Finger tasten sich erkundend über seine muskulöse Brust, und als sie aufstöhnt, weiß er genau, dass es sich um Verlangen handelt. Es macht ihn an, auch wenn ihm ihr Gemütszustand im Grunde scheißegal ist.

Geistesabwesend streift er die Träger ihres Tops über die Arme, das Mädchen zieht sie nacheinander heraus. Und kurz darauf liegen ihre Brüste frei, erhellt vom sanften Schein des Mondes, der inzwischen am Himmel aufgetaucht ist.

Sie hat schöne Titten, groß, prall, mit kleinen Nippeln – auch dieser Anblick macht ihn an. Gleiches gilt für ihre zarten Finger, die sich zu seiner Hose hinabgearbeitet haben und sie bereits öffnen.

Das nächste Aufkeuchen erfolgt, als sie seinen harten Schwanz berührt, während er bereits seine Lippen um ihre Spitzen kreisen lässt und sie an ihren Hüften auf seinen Schoss dirigiert. Seine Beine sind noch immer übereinandergeschlagen – so sitzt man nun mal am bequemsten – und er macht nicht die geringsten Anstalten, das zu ändern.

Dies wird nur ein schneller Fick, ihm ist nicht mal der Name dieser kleinen Schlampe bekannt, er bezweifelt ernsthaft, ob er sie bei Tageslicht überhaupt unter den anderen ausmachen würde. Nichts, was von Interesse wäre und die Zeit drängt.

Während er ihre Titten verwöhnt, schiebt er sie weiter gnadenlos auf sich und zieht dabei ihren Slip so weit beiseite, dass ihre feuchte Mitte Zugang zu seiner Erektion erlangt. Nik platziert sich an ihrem Eingang und schiebt sie dann auf sich – dabei keucht sie wieder, aber diesmal aus purer Überraschung.

Mit halbem Ohr ist er immer bei dem rund fünfundzwanzig Meter entfernten Feuer, an dem *sie* sitzt und gerade von einer der abgefucktesten Gestalten in der gesamten Stadt eingewickelt wird.

Es wird schwerer, als er in die feuchte Enge der Kleinen vordringt und sofort beginnt, ihr mit den Händen auf ihren Schultern den Rhythmus vorzugeben. Sie lässt sich nicht lumpen, ihre Knie sorgen dafür, dass sie sich mit immenser Agilität auf und ab bewegt, während sie seine Lippen wieder auf ihre zwingt und den Versuch unternimmt, ihre Finger in seinem Haar zu vergraben.

Der Stunt geht schief, weshalb Nik kurzfristig von einem Lachflash heimgesucht wird. Glücklicherweise hält der nicht lange an, denn auf drei Baustellen kann er unmöglich gleichzeitig weilen. Seine Ohren sind von ihrem Gekeuche erfüllt, das garantiert meilenweit zu hören ist, und sein Blick befindet sich auf dem lieblichen Gesicht, das er trotz der Ferne genau ausmachen kann.

Selbst wenn der Joint minderwertig war, seine Sinne sind

bis aufs Äußerste geschärft. Daher hört er *sie*, lauscht ihrem ungekünstelten Lachen, sieht ihre strahlenden Augen, scheint sogar in ihnen zu versinken, während er die Statistin, die sich scheinbar in immer höhere Sphären der Leidenschaft begibt, kaum noch wahrnimmt.

Vielleicht liegt es daran, dass sie diesmal so nah ist, fast greifbar, weshalb er kurz darauf tatsächlich der Ansicht ist, *sie* wäre bei ihm.

Dieser graziöse, zierliche, wundervolle und mit Sicherheit perfekte Körper auf ihm. Diese kleinen, aber festen Brüste, diese vollen, glänzenden Lippen und diese unvergleichlichen Finger, die langsam an seinem Kinn hinabwandern.

Als Nik fühlt, dass er kommen wird, schließt er die Lider. Deren dichte Wimpern senken sich auf ein engelsgleiches Gesicht, auch wenn er sich niemals selbst so einschätzen würde. Seine Bauchmuskeln spannen sich an und offenbaren ein makelloses Sixpack, und während er schließlich in seinem Höhepunkt versinkt, die Welt für einen winzigen Moment alle Farben verliert und stillsteht, keucht er *ihren* Namen, – ohne dass es ihm bewusst ist.

Nun, auf ihm sitzt keine Tina, und der kleinen Schlampe ist auch egal, wer er ist oder für wen er sie hält, davon ist er überzeugt. *Nicht* egal allerdings ist ihr, dass er sie von sich schiebt, während sie noch nicht annähernd zum Orgasmus gekommen ist.

Na ja, ihm schon.

Er steht auf, schließt seine Hose und schenkt ihr ein flüchtiges Nicken. »Sorry, ich muss los!«

Damit macht er kehrt und geht.

Das »DU WICHSER!«, das sie ihm hinterherkreischt, tangiert ihn ungefähr genauso stark wie die letzte Wasserstandsmeldung – nämlich überhaupt nicht.

Nur eines ist von Relevanz:

SIE ist aufgestanden und hat nebst Freundin den Heimweg angetreten.

... und ER ist mit dabei.

2. Tina

»Ich mag ihn nicht!«

Überrascht mustert Tina ihre Freundin, die mit verschränkten Armen neben ihr auf der Couch sitzt, und beißt sich hart auf ihre Unterlippe, um nicht ausfallend zu werden.

Denn Cassy hat gut reden, die ist ja auch in Sachen Suche nach dem Traumprinzen, fündig geworden, der ihr, egal wohin sie geht, am Rockzipfel hängt.

Außerdem argwöhnt Tina, dass Cassy nur deshalb momentan so mies drauf ist, weil Gabe eben gerade mal nicht hängt.

Also am imaginären Rockzipfel.

Der musste nämlich die Stadt in Richtung Heimat verlassen, weil seine Grandma das Zeitliche gesegnet hat. Zurück blieb Cassy, die sich verständlicherweise weigerte, ihren Anstandsbesuch bei den Pseudoschwiegereltern auf einer Trauerfeier abzuhalten.

Nur leider ist die gute Cassy deshalb allein, möglicherweise untervögelt – okay, das möglicherweise streicht Tina – und geht ihrer armen Freundin auf den Keks, die endlich mal jemanden getroffen hat, der ehrlich an ihr interessiert ist.

Da dieses Resümee sich sogar in ihren Ohren ein bisschen zu gemein anhört, würde Tina eher sterben, als ihre Freundin damit zu konfrontieren.

Mal abgesehen davon, dass Cassy momentan weniger sauer als vielmehr besorgt wirkt.

Tatsache ist nur leider auch, dass Tina sogar *daueruntervögelt* ist. Seit der Sache mit David letzten Oktober hat sie niemanden mehr kennengelernt. Und die lief ohnehin nur auf ein paar Küsse hinaus. Endlich kommt einer, der gut aussieht, der sie beachtet, der was im Kopf hat und auch noch cool ist, und Cassy kann ihn nicht leiden.

Das ist doch Scheiße, Mann!

»Er ist in Ordnung«, sagt sie leise und sieht ihre Freundin dabei nicht an. Schon, um das mit Sicherheit sehnsüchtige Strahlen ihrer Augen nicht auch noch frei Haus zu präsentieren.

Robin hat sie vor vier Tagen angesprochen. Einfach so auf dem Campus. Inzwischen hat er ihr gebeichtet, dass er es nicht wagte, solange Gabe bei ihnen saß. Und als sie ihn mit leicht geröteten Wangen und der zulässigen Portion Verlegenheit darüber aufklärte, dass Gabe Cassys Freund sei und nicht ihrer, sah sie ihn spürbar aufatmen. Er strich sich das volle dunkle Haar zurück und betrachtete sie, als würde er sie zum ersten Mal sehen.

»Und ich Idiot halte mich seit Ewigkeiten zurück!«

Das kam so ehrlich verblüfft und frustriert, dass Tina nur lachen konnte. Und seitdem scheint Robin irgendwie zu ihnen zu gehören.

Lief Gabe sonst immer an der Seite der beiden Mädchen, ist es jetzt Robin. Nur dass der umso vieles erwachsener, seriöser und ... *männlicher* ist. Tina mag es, Cassy eher nicht ... was soll man da machen?

»Ehrlich, ich habe für so was ein Radar«, beteuert Tina, als

Cassy so gar nichts sagt. »Bitte, gönn ihn mir doch!«

Cassys Kopf wischt zu ihr herum. »Meinst du wirklich, ich *missgönne* ihn dir? Bist du bescheuert?«

»NEIN!« Okay, das kam jetzt etwas sehr geharnischt und ist nicht unbedingt Tinas Art. Sie holt tief Luft und versucht es noch mal. »Nein, das bin ich nicht. Aber ich hatte den Eindruck ...«

»Dann ist er falsch!«, wird sie von Cassy rüde zurechtgewiesen, bevor diese aufsteht und in ihr Zimmer geht. Anstatt eines Gutenacht-Grußes wird die Tür ziemlich laut ins Schloss geworfen und Tina blickt ihr seufzend nach.

Verdammt!

Mittlerweile wohnen sie seit über einem halben Jahr zusammen. Zwischen ihnen fiel noch nie ein böses Wort und manchmal hat sie den Eindruck, sie wären seelenverwandt. Die Tatsache, dass soeben ihr erster Streit stattgefunden hat, hemmt Tina, die es lieber behaglich und vor allem freundlich hält. Sie kann und will das nicht bis morgen stehen lassen. Gleichzeitig denkt sie aber auch nicht im Traum daran, Robin in die Wüste zu schicken. Denn ehrlich, dafür besteht nicht der geringste Grund!

Nach reiflicher Überlegung erhebt sie sich und schleicht zur Tür, hinter der sich das Zimmer ihrer besten Freundin verbirgt.

Als nach ihrem zugegebenerweise ziemlich verhaltenen Klopfen keine wie auch immer geartete Reaktion erfolgt, öffnet sie leise. Cassy sitzt an ihrem Schreibtisch, doch es ist klar, dass sie nicht gearbeitet hat. Ihr Gesicht ruht in ihren Händen, deren Arme auf den Ellbogen aufgestützt sind.

Die Blicke der Mädchen treffen sich, deren Gesichter förmlich zur Faust geballt sind, doch beide verlieren im gleichen Moment die Fassung und prusten los.

Na ja, das ist auf jeden Fall ein Anfang.

Nachdem das größte Gelächter verebbt ist, tritt Tina ein und schließt hinter sich die Tür, bevor sie defensiv die Arme verschränkt. »Er ist wirklich nett ... glaube ich. Was ist denn dein Problem?«

Cassy hat sich mit einem Bleistift in der Hand im Stuhl zurückgelehnt und dreht ihn zwischen ihren Fingern. Dabei gibt sie sich sichtlich Mühe, ausschließlich den blöden Stift zu fixieren.

»Ich weiß nicht«, beginnt sie langsam. »Er ist ...« Sie legt den Kopf in den Nacken und schließt die Augen. »Er ist zu glatt, zu perfekt, weißt du?«

»Nein, weiß ich nicht!«

Cassy seufzt. »Der Typ sieht gut aus – *nicht* umwerfend, aber gut. Er hat Manieren, die nicht mal mein Opa zustande bringen würde, er ist auch noch bescheiden und verlegen, obwohl es dazu keinen Grund gibt, er bezahlt, was du auch trinken willst und mein Zeug gleich mit – warum auch immer. Seine Klamotten sehen aus, als würde er sie höchstpersönlich morgens noch schnell bügeln ...«

Sie verzieht das Gesicht. »Ich geh mal davon aus, dass die einzige geistesgestörte Schnalle in dieser Stadt, die so was freiwillig machen würde, inzwischen restlos geheilt ist. Sein Auto ist kein Protzerkarren und trotzdem nicht langweilig, nebenbei macht er einen auf Gastdozent, womit er ein Trinkgeld verdient, obwohl er in seinem Job in der gleichen Zeit einen Haufen Kohle machen würde. Wer es weit bringen will, wird Bankenchef, oder?« Als Tina nicht reagiert, hüstelt sie. »Frag Henry, der wird´s dir bestätigen. Der Typ ... ist perfekt! Er schmatzt nicht mal, sein Lächeln wirkt wie eingeübt, er quatscht immer in diesem gedämpften Ton, als wäre jeder lautere ein Angriff auf deine heiligen Gehörgänge ...«

Langsam wird Tina etwas ungeduldig. »Ja, ich weiß, dass er der Traumprinz schlechthin ist! Du willst mir also wirklich verkaufen, dass du ihn unheimlich findest, weil er so perfekt ist?«

»Nein«, sagt Cassy leise und begegnet endlich ihrem Blick. »Sondern weil sein Lächeln nicht bis in die Augen geht. Sie bleiben immer berechnend und kalt. Ich habe ihn beobachtet, Sweety, und ich weiß, wie es aussehen müsste! Bei ihm ist NICHTS!«

Das verschlägt Tina tatsächlich die Sprache, weil sie überhaupt nicht weiß, wovon Cassy redet! Robin Carter besitzt das schönste Lächeln, das sie jemals bewundern durfte. Allein die Tatsache, dass ER – der jede haben könnte – SIE (die seit einem Jahr gar keinen hatte) angesprochen hat, ist ja schon der Hammer!

In seinem Blick befindet sich nichts außer Aufrichtigkeit, und Tina hat sogar sehr genau hingesehen. Hey, wenn auch nicht fest angestellt und auch nur für ein paar Wochen, riskiert der Typ seinen Job! Verhältnisse zwischen Dozenten und Studenten sind nicht gern gesehen und er trifft sich trotzdem nicht nur mit ihr, sondern zeigt sich auch noch total ungezwungen in der Öffentlichkeit.

Seine Bemerkung diesbezüglich geriet kurz, prägnant und duldete keinen Widerspruch.

»Ich habe keineswegs die Absicht, dich flachzulegen oder wie auch immer das heute im Uni-Jargon heißt. Ich will keine flüchtige Affäre und Lincoln kann froh sein, dass ich ihm aus der Klemme geholfen habe. Was er – um der Wahrheit die Ehre zu geben – auch ist.«

»Das ist doch total bescheuert!«, stößt sie hervor, sobald sie ihre Stimme wiedergefunden hat.

Cassy lässt sie nicht aus den Augen. »Wenn du meinst ...«

Tina lacht, weil ihr beim besten Willen nichts anderes einfällt, bevor sie abrupt aufhört und den Kopf zur Seite neigt. »Du meinst das ernst, oder?«

»Ja.«

»Aber ...« Als Tina das nächste Mal versucht ist, die Contenance zu verlieren, herumzubrüllen oder Cassy die eine oder andere Gemeinheit an den Kopf zu werfen, schließt sie die Lider und fleht sich um Beherrschung an. Denn aus dem Blick ihrer Freundin spricht keine schlechte Laune oder vielleicht Wehmut, weil ihr Macker gerade nicht in der Stadt ist. Darin ist nur echte Sorge zu finden.

Bevor sie jedoch überhaupt was sagen kann, ist Cassy bei ihr und nimmt sie an den Schultern. Geduldig wartet sie, bis Tina sie wieder ansieht. Noch immer ist ihre Miene von jenem tiefen Argwohn gesättigt, den Tina absolut nicht verstehen kann, weil es doch total lächerlich ist!

»Der Knabe ist nicht gut für meine beste Freundin. Ich weiß nicht genau, was mit ihm ist, er wirkt nur irgendwie gruselig. Du glaubst mir nicht, weil du verknallt bist – schon klar. Aber ... bitte, tu mir einen Gefallen und geh nicht allein mit ihm irgendwohin. Bitte!«

»Das heißt kein Sex«, resümiert Tina mit wachsendem

Entsetzen.

»Wenigstens nicht sofort«, versucht Cassy, ihr Urteil etwas abzumildern, fängt sich aber dafür einen äußerst geharnischten Blick ein.

»Wann darf ich denn an so was denken? Ich meine, wann hat er denn bewiesen, dass er kein Axtmörder ist. Oder meiner doch würdig oder dass er nicht nur an meine Reichtümer will, die ich alle unter meinem Bett gebunkert hab, obwohl der Kerl doch selbst geradezu stinkreich ist?«

Doch Cassy lässt sich nicht provozieren, ihre Miene bleibt fest und ihr Mund verzieht sich nicht das winzigste bisschen – weder in die eine noch in die andere Richtung. »Zwei Monate?«

»WAS?«, faucht Tina los, befreit sich mit einer heftigen Bewegung aus ihrem Griff und stolpert zwei Schritte zurück. »Das kannst du vergessen! Weißt du, wie lange ich darauf gewartet hab, endlich mal jemanden kennenzulernen, der so was wie Grips in seiner Birne hat und trotzdem gut aussieht? Du hast gut Reden, du warst nie allein, deshalb weißt du nicht, wie das ist! Aber ich bin dreiundzwanzig und nicht neunzig und ich hab´s satt, dir und dem ach so süßen Gabe immer zuzusehen, wie der widerlichste Voyeur aller Zeiten! Ich bin momentan das verdammte dritte Rad am Wagen, falls dir das entgangen ist! Warum gönnst du mir nicht, auch einen verdammten Reifen zu finden?« Da! Jetzt ist es doch raus! Verfluchter Mist! Aber Tina macht keine Anstalten, das Gesagte zurückzunehmen.

Cassy ist bleich geworden und diesmal hat *sie* echte Probleme, ihre Stimme wiederzufinden.

Nachdem ihr das offensichtlich gelungen ist, haucht sie. »Also glaubst du das doch von mir? Dass ich dir irgendwas *missgönne*?«

Ihr Entsetzen ist so entwaffnend ehrlich, dass Tina im Stillen sofort Abbitte leistet. Dennoch vergeht ein langer, auf beiden Seiten atemloser Moment, bevor sie den Kopf schüttelt. »Nein, natürlich nicht.«

Die Erleichterung auf Cassys Seite ist sprichwörtlich und damit hat sich die Diskussion für den Abend erledigt. Tina verabschiedet sich sehr schnell, denn der schale Geschmack ist nicht ganz verschwunden und die Frage nach dem *Warum* auch nicht.

Ihre Freundin macht keine Anstalten, sie aufzuhalten, und so verbringen die beiden Mädchen den Abend, der doch so lustig begonnen hat, jeweils einsam in ihren Zimmern.

Ein Novum, und zwar eines, das beiden nicht sonderlich behagt. Dennoch bringt es keine fertig, nochmals das Gespräch zu suchen. Die Fronten sind verhärtet und es scheint fast so, als sei weder Tina noch Cassy in der Lage, als Erste nachzugeben.

* * *

Am nächsten Morgen erwacht Tina mit einem klaren Kopf und voller Tatendrang.

Sie weiß, dass Cassy es nur gut meint und dass sie ihre beste Freundin ist. Aber ebenso gut ist ihr bekannt, dass diese momentan als nicht ganz zurechnungsfähig durchgeht, weil Gabe nicht da ist. Daneben kann sie eben nicht einschätzen, wie Tina sich fühlt, weil sie noch nie innerhalb ihres kurzen geschlechtsreifen Lebens allein war.

Mag Henry ein feudaler Arsch sein – und das ist er, da sind sich alle einig – er ist trotzdem ein *Mann* und sie hatte ihn in all den zurückliegenden Jahren.

Tina hatte nichts und jetzt kann sie *ihn* haben. Ganz ehrlich, ihr ist so gar nichts Komisches an Robins Blick aufgefallen, abgesehen davon, dass er sie immer betrachtet, als wäre sie eine Tafel Schokolade – von der echt edlen Sorte.

Was sie übrigens sehr mag.

Darüber hinaus – und das ist der ausschlaggebende Grund, weshalb Tina sich nur wenig später, aber perfekt gestylt, wie ein Dieb aus dem Appartement stiehlt: Sie war noch nie eine von denen, die sofort mit einem Typen ins Bett hüpfen. Stattdessen hat sie vor, die Dinge langsam angehen zu lassen. Wenn auch aufgrund der gesamten Studentinnen/Uniklitsche leicht modifiziert. Denn zwei Monate Wartezeit ist in ihren jetzigen Kreisen nun mal mit einem lebenslänglichen Zölibat gleichzusetzen. Und obwohl Tina eine verdammt aufgeklärte junge Frau ist, weiß sie, dass er schwerlich so lange warten wird, Dozent hin oder her. Sie will es ja auch nicht.

Tina kann und wird nicht die große Liebe bei ihm vermuten, auch wenn sie nichts dagegen hätte, wenn´s so wäre. Momentan fühlt sie keineswegs in diesen Bahnen, weshalb es wohl besser sein dürfte, bald mal zur Tat zu schreiten. Denn manchmal ergeben sich solch tiefgründige Emotionen beim heißen Sex ... hat sie jedenfalls schon mal gehört. Muss ja nicht immer so laufen wie bei Gabe und Cassy.

Trotzdem ... nachdem sie die Tür so leise wie möglich geschlossen hat, sendet sie ihrer Freundin noch eine mentale Botschaft und die klingt nicht halb so resolut, wie sie zu sein vorgibt: *Sorry! Ehrlich!*

Dann macht sie sich auf den Weg.

* * *

Es ist Sonntag früh am Morgen und die Straßen daher menschenleer. Tatsächlich begegnet Tina niemandem, als sie durch die noch frische Luft hinab zum Strand wandert. Gestern hat sie sich bei ihrer Verabschiedung von Robin dort verabredet, was Cassy glücklicherweise nicht bemerkte.

Das war übrigens kein Zufall, Robin sorgte dafür, bevor er Tina in die Arme zog und ihr einen dieser Küsse schenkte, die verdammt viel mehr versprechen und sich weder nach Axtmörder noch nach sonstigem Verbrecher, sondern eher nach verdammt heißem Liebhaber anfühlen.

Aber egal!

Sobald sie die Böschung überwunden hat, die gleichzeitig die Abtrennung von Strandabschnitt und der dahinterliegenden Wiese darstellt, verlangsamt Tina ihre Schritte.

Sie wollen sich unweit der Stelle treffen, an der gestern das urige Lagerfeuer brannte. Doch abgesehen von bereits erkalteter Asche, ein paar Möwen, die auf Nahrung hoffen, dem Meer und ... na ja eben dem Strand, findet sie nichts.

Weit und breit kein Robin zu sehen.

Okay, eine Uhrzeit war auch nicht ausgemacht, nur ein lapidares ›früh‹, was ja dehnbar ist. Blöd ... geht Tina gerade auf. Sie kennt ihn nicht gut genug, um zu wissen, ob der Mann jetzt Frühaufsteher ist oder nicht.

Während sie unsicher nach links und rechts schaut, dämmert ihr, dass er wohl eher zu den Spätaufstehern gehört. Womit Tina am frühen Morgen – es müsste gegen sieben sein oder so – ganz allein mit sich und dem Meer ist, das so friedlich seine Wellen ans Ufer trägt.

Ach so, die Möwen sind auch noch vertreten, aber da Tina diese Viecher für lebende Ratten hält (nein, nicht die Tauben, die sind cool, in Wahrheit sind es diese gottverdammten Möwen!), fühlt sie sich bald ziemlich verlassen und einsam.

Bei dem Klohäuschen macht sie eine streunende Katze aus, die aber selbst auf die Entfernung so räudig wirkt, dass sie das Vieh besser nicht zu sich lockt.

Eine Schmusestunde mit der obdachlosen Katze muss also auch ausfallen.

Nach einer Weile zieht sie ihre Sportschuhe aus und setzt sich mit angewinkelten Beinen in den Sand. Was eine ziemlich dämliche Idee ist, wie ihr sofort aufgeht, denn prompt ist der Hosenboden ihrer Jeans nass.

»MIST!«, kreischt sie – hört ja keiner – und streicht sich in einer garantiert affektierten Geste ihre Haare hinter die Ohren – sieht ja keiner.

Dann starrt sie hinaus aufs Meer und überlegt sich missmutig, dass dies Cassys Rache ist.

So *muss* es sein, denn zu allem Überfluss ist es nicht etwa warm – nein! Der Himmel, der sie eben noch so wundervoll und gewohnt wolkenlos empfing, hat sich inzwischen bezogen. Von seichter Brise kann auch keine Rede mehr sein. Nach Tinas Gutdünken braut sich da ein mittlerer Orkan zusammen, der an ihrem Haar und ihrer leichten Bluse zerrt, als wolle er sie fressen.

Umgehend bildet sich eine fiese Gänsehaut auf ihren nackten Armen, und sie schlingt sie hilflos um ihren Körper, wissend, dass das auch nicht viel bringen wird.

Von sanft schwappenden Wellen ist weit und breit auch nichts mehr zu sehen. Stattdessen donnert ihr mittlerweile die Brandung entgegen, und ... durchnässt natürlich nicht nur ihre Schuhe, die sie blöderweise zu nah ans Ufer gestellt hat – was ja schon krass genug wäre.

NEIN!

Ihre Jeans ist einen unbedachten Augenblick später auch an den Beinen KLITSCHNASS! Und das ist dann selbst für die sonst so abgebrühte Tina etwas viel.

Wütend springt sie auf und brüllt das Meer an. »DU DÄMLICHE ÜBERDIMENSIONALE BADEWANNE! WAS SOLL DER SCHEISS? ER IST COOL! MANN! SAG IHR DAS UND LASS MICH IN RUHE!«

... hört ja keiner ...

Leider hat sie das dumme Gefühl, dass die Möwen sie für diese wohl wirklich sehr pubertär zickig anmutende Nummer auslachen. Deren Gekicher klingt so gackernd und widerlich, dass sie sich entnervt wieder in den Sand plumpsen lässt, und hinaus aufs Meer starrt.

Dabei macht sie auch noch eine derart dämliche Figur, dass es kommt, wie es kommen musste. Zuerst zucken Tinas Mundwinkel und sie schlägt schnell eine Hand auf ihre Lippen, denn das Ganze ist ABSOLUT NICHT LUSTIG!

Leider sieht ein Teil von ihr das ganz anders, und genau dieser blöde Part setzt sich ungeniert durch. Selten hat Tina so laut und ausgiebig gelacht, wie sie es kurz darauf tut. Sie kann nicht mehr, lässt sich auf den Rücken fallen und hält sich den

Bauch, der schon nach wenigen Sekunden schmerzt, als hätte sie eine besonders lange Trainingssession eingelegt.

Was für ein Scheiß. Das alles ...

Lange windet sie sich in ihren Krämpfen, während der Orkan, der in Wahrheit nur eine etwas kräftigere Brise ist, weiterhin an ihr zerrt. Doch irgendwann kommt sie zur Ruhe und liegt für eine Weile nach Luft schnappend im Sand.

Exzessives Lachen ist eine verdammt anstrengende Sache.

Schließlich richtet sie sich auf, macht in der Ferne – noch über dem Meer befindlich – den ersten blauen Fleck innerhalb der schnell über ihren Kopf hinwegziehenden Wolkendecke aus, und resümiert zufrieden, dass es wenigstens keinen Regen geben wird.

Bevor die ersten Badegäste eintreffen werden, dürften noch mindestens zwei Stunden vergehen. Außerdem hat sie ihre Bikinihose untergezogen, denn ursprünglich war ja ein morgendliches erotisches Bad mit ihrem hoffentlich Bald-Lover geplant. Nun, das Jahrhundert-Event scheint sich um ein paar Stunden nach hinten zu verschieben, aber das verbucht sie alles unter den Ausläufern von Cassys schlechtem Karma.

Und so zieht und zerrt sie eine Weile hoffnungslos an ihrer Hose, und führt dann einen lebensbedrohlichen Stunt auf, als sie versucht, die klamme und verdammt enge, mit Sand und Wasser verkorkste Jeans von ihren Hüften zu befördern.

Am Ende liegt sie strampelnd im Sand, brüllt mangels Alternative diesmal die Möwen an, denen das total schnuppe zu sein scheint, und ist einmal mehr außer Atem, als das schwere Baumwollhosenbein endlich neben ihr gelandet ist.

»Oh Mann!«, stöhnt sie und legt ermattet einen Handrücken auf ihre Stirn. »Was für ein Stress!«

Wieder vergeht eine sehr lange Weile, bevor sie sich aufrichtet und verdrossen feststellt, dass sie in Erwartung ihres Ritters, der schon für alles sorgen wird, auch noch so dämlich war, sich weder was zu essen noch was zu trinken mitzunehmen. Flüchtig überlegt sie, in eines der vielen Cafés zu gehen und sich wenigstens einen warmen Latte zu besorgen. Denn obwohl die heiß geliebte Sonne endlich wieder durch die Wolkendecke bricht, spendet sie noch nicht allzu viel Wärme und ehrlich ... es ist sogar verdammt kalt.

»MIST!«, flucht sie zur Abwechslung wieder die Wellen an. Denn ihr ist eingefallen, dass all die schnuckeligen Lokale, die in der Woche das edle Studentenvolk mit deren Hauptdroge neben Gras, sprich: Kaffee, versorgen, am Sonntag natürlich geschlossen haben.

Logisch, kein Mensch macht sich um diese Uhrzeit auf den Weg.

An den Strand.

Zu den Möwen ...

ALLEIN.

Noch etwas verdrossener setzt sie sich wieder auf, zieht erneut die Beine nah an den Körper, schlingt zu allem Überfluss noch ihre Arme darum und schlottert trotzdem bald wie Espenlaub.

Okay, Strafe muss wohl sein. Schließlich hat sie Cassy hintergangen, hat ihr Bosheit unterstellt, sogar Neid ... das war fies, unangebracht gemein und überhaupt ...

Plötzlich erstarrt Tina.

Denn ihren Rücken krabbelt eine gemeine Gänsehaut herauf. Nicht durch die Kälte bedingt, die ohnehin schon hoffnungslos von ihren Gliedern Besitz ergriffen hat. Diese hier ist anders. Zunächst glaubt sie an Paranoia, in ihr Hirn eingepflanzt von der edlen Cassy, die wahrscheinlich noch immer in ihrem warmen Bett liegt und vor sich hin schlummert. Doch sobald sie das genauer überdacht hat, schüttelt sie kaum merklich den Kopf.

Irgendwer beobachtet sie, das steht so fest wie das Amen in der Kirche.

Nachdem das geklärt ist, bleibt nur noch eine Frage zu beantworten: Was tun?

Vielleicht sind tatsächlich Cassys wirre Mutmaßungen daran schuld, weshalb Tinas kleines Herz neuerdings in ihrem Hals zu wohnen scheint und ihr das Atmen ungewöhnlich schwerfällt. Ist doch möglich, dass die Ahnung ihrer Freundin doch nicht aus der Luft gegriffen war, sie sich bei dem Täter nur in der Person geirrt hat!

Wirklich niemand ist hier, nur sie, die Möwen, das Meer und offenbar der verdammte Axtmörder!

Irgendwann setzt sich jedoch Tinas unerschütterliches Selbstbewusstsein durch und sie steht langsam auf, bevor sie sich umdreht. Auch das erfolgt sehr behäbig, schließlich hat sie keinen Grund, panisch zu reagieren.

Na ja ... zumindest Letzteres stimmt tatsächlich, denn alles, was sie sieht, ist ... NICHTS!

»Fuck, Paranoia«, murmelt sie trotz ihrer zusammengepressten Zähne, sieht sich aber noch mal ganz genau um, ehe sie sich schließlich wieder in den Sand sinken lässt.

Das wilde Herzklopfen ist nicht verschwunden und auch dieses widerliche Gefühl, beobachtet zu werden, prügelt nach wie vor auf sie ein.

Es lässt erst nach, als ihr jemand sachte auf die Schulter tippt. Da bleibt jene Pumpe, die dazu verdonnert ist, zeit ihres Lebens das Blut in ihren Venen zirkulieren zu lassen, einfach mal stehen.

Ihr Kopf fährt herum, nebenbei lässt sie ein schrilles »AHHHH!« vernehmen und blickt kurz darauf in Robins grinsendes Gesicht, das jedoch sofort auf leicht erschrocken wechselt.

»Habe ich dir Angst eingejagt?«, erkundigt er sich besorgt. Allein diese Worte streicheln zärtlich ihre mitgenommene Seele. Von dem Klang der sanften und dennoch unvergleichlich männlichen Stimme mal ganz zu schweigen.

»Nein!«, sagt sie eilig und strahlt in der nächsten Sekunde. »Hey! Du bist ja doch ein Frühaufsteher!«

3. Nik

Okay, er ist irre.

Also *richtig* irre, möglicherweise würde er von dem abgefuckten Establishment eingesperrt werden, wenn die was von seiner neuesten Leidenschaft wüssten.

Problem: Er kann nicht anders.

Neuerdings macht Nik die Erfahrung, dass er gewissen Zwängen unterworfen ist, denen nicht mal er sich erfolgreich widersetzen kann.

Er hat gestern Abend, als die Kleine endlich sicher mit ihrer Freundin im Wohnhaus verschwunden und somit in relativer Sicherheit war, mal ein bisschen recherchiert. Yeah, er besitzt einen Laptop, auch wenn er mit dieser niederschmetternden Tatsache garantiert nicht hausieren geht.

Und so saß er bei Kerzenschein in seinem leeren Wohnzimmer auf der Matratze und fand heraus, *wer* dieser Wichser ist, der sich da so ziemlich widerlich an sein Rehaugen-Mädchen heranschmeißt.

Ein Arschloch, wie es im Buche steht.

Vater irgendein Geldgangster, der innerhalb der vergangenen Jahrzehnte ein Vermögen machte. Indem er andere beschissen hat – klar, so läuft das ja in dieser kranken Welt.

Reich war er vorher schon. Golfclubmitglied, Zugehörigkeit bei den Freimaurern, an der gesamten Südküste nicht unbekannt, tritt gern auch mal in Wirtschaftssendungen bei CNN auf.

Mutter: Schlampe mit blond gefärbtem Haar, mindestens fünfmal operiert, um die Falten zu kaschieren, weshalb sie jetzt aussieht wie eine Kreuzung aus einer siamesischen Katze mit einigen Fehlentwicklungen und einem abgehalfterten Boxenluder. Die Titten mussten auch dran glauben, denn die hatte von Natur aus bestimmt keine Doppel-E und der Suff ist selbst auf dem Foto meilenweit zu erkennen. Also eine total normale amerikanische Familie der Oberschicht.

Mit einem Makel: Sohnemann ist ein Irrer. Und diesmal meint Nik *wirklich* irre.

Das Internet ist eine geniale Erfindung, denn man muss sich nicht unbedingt bewegen, um alles über einen Menschen zu erfahren, was man wissen will.

Und wenn man ein bisschen clever ist – was auf Nik zutrifft – und im Gegensatz zu den korrupten Bullen auch kombinieren *will*, dann gelangt man schnell dahinter, dass bei so einigen Übergriffen auf Frauen innerhalb der letzten Jahre Robins feuchte Hände mit im Spielchen gewesen sein dürften.

Nik erfuhr sogar noch mehr – und damit hatte er eher weniger gerechnet: Es fand sich auch die eine oder andere Leiche ... nicht im Keller des Heinis, in dem existiert nur ein scheißgeiler Fitnessraum mit angegliederter Sauna. Sondern eher im weiteren Umkreis von L.A. – daher stammt der Knabe nämlich.

Und *immer* war dieses abgefuckte Schwein in der Nähe.

Entweder er besuchte gerade ein ansässiges Internat, hey, zwei von denen, in denen dieser Penner unterrichtet wurde, kennt Nik sogar näher. Oder er befand sich auf irgendeinem Jugendtrip, selbst in der Kirchengruppe ist der kleine Knaller ja enorm engagiert.

Natürlich ist es niemandem aufgefallen, weshalb das Mistvieh jetzt ja auch San Francisco unsicher machen kann –

was Nik so ziemlich egal ist. Aber er hat sich als nächstes Opfer Tina ausgesucht – und das geht Nik nun mal überhaupt nicht am Arsch vorbei.

Ja, der Wichser hat die Taktik gewechselt, denn früher überfiel er die Mädchen nur, und wenn Nik die Zeichen richtig deutet, dann killte er sie eben manchmal. Er schätzt, das waren dann eher Versehen. Angesprochen oder gar gekannt hat er sie nie. Aber vielleicht soll dies seiner Standardnummer eine neue Note verleihen – was weiß er denn?

Jedenfalls war Nik nach seiner Session *etwas* aufgewühlt – und das ist wirklich mal was Neues, kennt er sonst nicht von sich. Normalerweise gehört er eher zu den relaxten Typen, zu irgendwas muss das ewige Gras ja gut sein.

Welches ja genau heute in Bausch und Bogen versagte, wegen Ralph und seinen beschissenen Produkten.

Die halbe Nacht liegt er wach, überlegt, was nun zu tun ist, und kommt schließlich, da graut der Morgen bereits, zum einzig verfügbaren Schluss.

Kaum steht dieser fest, zieht er sich eines der anderen Hemden über – an dem ist tatsächlich überhaupt kein Knopf mehr vorhanden, was die gesamte Geschichte denkbar vereinfacht – und verlässt das Appartement.

Auf halber Treppe macht er noch mal kehrt, weil er vergessen hatte, die verdammte Kerze zu löschen. Dann schleicht er zunächst ins Wohnheim und stattet dort dem Penner Ralph einen netten Besuch ab.

Der rückt, nachdem er sich von dem frontalen Schlag in die Fresse erholt hat, auch endlich *ordentliches* Gras heraus. Damit bestens versorgt, postiert Nik sich, wie der übelste Stalker aller Zeiten, in einem der Büsche gegenüber des Wohnheims und wartet.

Worauf?

Okay, so genau kann er es nicht sagen, bis sie auf der Bildfläche erscheint ...

Schön wie die verdammte Sonne, die gerade erst aufgegangen ist. Mit diesem ewigen Lächeln auf den rosafarbenen Lippen, hinter denen sich früher diese verdammte Zahnspange verbarg, für die allein er sie bereits hätte auffressen können. Das lange Haar hat sie wie üblich glatt nach hinten gekämmt, was den Eindruck ihrer Unschuld nur noch verstärkt.

Dabei sieht sie sich immer wieder verstohlen um und wirkt so verschwörerisch, dass er ehrlich mit der Möglichkeit kalkuliert, Klein-Tina plane einen wüsten Bankraub, bei dem er gleich Zeuge wird.

Während er ihr so folgt, dass sie es garantiert nicht bemerkt, überlegt Nik angestrengt, wohin sie nach erfolgtem Verbrechen fliehen sollen. Die Schweine im Ausland ziehen doch neuerdings alle den Schwanz ein, wenn Uncle Sam was will, und liefern gnadenlos aus. Da erkennt er, dass sie doch nicht die nächste Filiale einer dieser verbrecherischen Geldinstitute anstrebt, sondern ihre Schritte schnurstracks zum Strand lenkt.

Klar, dass er ihr auch dorthin folgt.

Er verschanzt sich genau da, wo er bereits circa acht Stunden zuvor gelauert hat und dann ...

Dann erlebt Nik live und in Farbe, weshalb er dieses Mädchen vergöttert.

Ja, genauso ist es, er hat sich diesbezüglich nie was vorgemacht. Und dass es sich exakt so verhält, ist bereits daran unschwer erkennbar, dass er sie eben nicht anspricht.

Nichts liegt ihm ferner.

Er könnte sie haben. Auch wenn Nik alle Spiegel als Ausdruck der westlichen Oberflächlichkeit und Dekadenz strikt meidet, weiß er, dass er nahezu jede haben könnte. Schließlich vergeht kaum ein Tag, an dem er nicht irgendeine nichtssagende Tussi flachlegt. Die kommen übrigens stets zu ihm – suchen musste er noch nie.

Aber bei dieser kleinen Tina – es hat ihn allein Wochen gekostet, um ihren Vornamen in Erfahrung zu bringen – verhält es sich eben anders. Schon, weil sie ihn nicht sieht – er ist Luft – und weil er sie nie einfach nur ficken würde. Vorzugsweise im Haschrausch, kaum, dass er sich danach noch an ihre Titten erinnern könnte. Oder an das Gefühl, wie es war, in ihr zu sein. An ihre Berührungen, geschweige denn, an ihr Gesicht. So, wie es üblicherweise der Fall ist.

Für Nik ist sie die Verkörperung all der Reinheit, welche die Welt nicht mehr zu bieten hat ... mehr noch ... für ihn ist sie das, was seine Mutter war, bevor sein verdammter Vater über sie herfiel und ihr Leben zerstörte.

Wie könnte er sich ihr nähern? Wie, wo er doch weiß, dass er ihr nichts bieten kann? Wie, wenn er unbedingt davon überzeugt ist, dass er sie ins Unglück stürzen würde?

Viel weiß er nicht von ihr, auch wenn er der Ansicht ist, ihr durch die Augen direkt auf die Seele schauen zu können. Doch er ist sicher, dass sie aufgrund ihrer Herkunft und ihres Lebens total angepasst sein wird.

Sie wird die Familienklitsche wollen, Macker, einen Haufen Zwerge, Häuschen mit Garten – der ganz normale Wahnsinn, hinter dem sich in den allermeisten Fällen das pure Grauen verbirgt.

Tina wird es zunächst als ihr Glück ansehen. Er bringt es nicht übers Herz, ihr die Augen zu öffnen, diese wunderbaren Gucker, die für ihn nichts anderes sind als ...

... The Beautiful Sky ...

Genau das.

Möglicherweise wird sie in zehn Jahren selbst dahinterkommen, dass diese ganze Scheiße nichts als Schall und Rauch ist. Sie wird unglücklich sein, vor allem unbefriedigt – weil Nik seiner bescheidenen Ansicht nach nun mal der Einzige ist, der ihr die wahre Erfüllung bescheren könnte. Und vielleicht wird sie dann die Kraft aufbringen, auszubrechen und dieses verlogene Dasein hinter sich zu lassen.

Sollte er dann noch leben – wovon er derzeit nicht unbedingt ausgeht, so viel Gras kann auf die Dauer unmöglich gut sein. Vielleicht treffen sie sich dann wieder, und er hält sich dann insgesamt tauglicher für sie, oder so.

So wie die Zeichen stehen, wird er dann ein abgefuckter Kiffer sein, der sein Leben irgendwo in New Orleans verbringt. Der Pseudoniederlassung für all diejenigen, einschließlich ihm, die in Wahrheit lieber in *Kingston Town* hausieren würden.

Hey, vielleicht geht er ja sogar nach Jamaika!

Echte Pläne verfolgt Nik nicht unbedingt, die gehören auch nicht zu seinem Lifestyle, den er eigens für sich kreiert hat.

Aber eines ist sicher, und er wird alles daran setzen, dass es auch so eintrifft: EGAL, mit wem sie irgendwann ihr Bett teilen wird, *egal,* wer sie irgendwann befingern und ihr Bälger in den Bauch setzen darf ... *Dieser kleine Wichser wird es nicht sein*!

Fertig!

All das schießt ihm durch den Kopf, während er sie beobachtet, vermeintlich allein und damit sie selbst.

Und so viel Selbst, dass er mit jeder Sekunde etwas mehr lächelt. Von all den verkommenen Pseudostudenten hier ist sie die Einzige, die total natürlich ist. Da wirkt nichts gekünstelt oder aufgesetzt, sie *kann* sich gehen lassen, *kann* über sich selbst lachen, und ist dabei so umwerfend süß, dass er für einen kurzen Moment versucht ist, zu ihr zu gehen.

Nur einmal ihr Gesicht berühren und vielleicht mal ihre Titten von Nahem abchecken – dann wieder gehen. Nik glaubt fast, dass es ihm genügen könnte – sicher ist er allerdings nicht. Und schon deshalb geht er eben nicht.

Außerdem mag er keine Komplikationen – die es dann zwangsläufig geben würde. Ganz besonders jedoch könnte er ihre Ablehnung nicht ertragen ... sie unterscheidet sich in allem von den Schlampen, die er in schöner Regelmäßigkeit fickt. Warum sollte sie nicht auch die eine sein, die eben nicht sofort mit ihm mitgeht und sich nach allen Regeln der Kunst flachlegen lässt?

Wär ja immerhin möglich, oder?

Yeah, wär´s, weshalb es in sich einfach mal ziemlich niederschmetternde Gedanken sind, die er da bewegt, während er hingerissen an ihrem Anblick klebt und ihm keine ihrer Bewegungen entgeht. Und daher ist er sozusagen live dabei, als sie plötzlich überhaupt nicht mehr natürlich wirkt.

Obwohl er nur ihre Rückenansicht bewundern darf, weiß er *ganz genau*, dass etwas komisch ist.

Für ein paar wilde Sekunden glaubt er sogar an einen Herzinfarkt oder Blinddarmdurchbruch, halt irgendwas Körperliches.

Doch da sie nicht in sich zusammensackt, sondern nur noch steifer wird, kommt er nur wenige Augenblicke später hinter die Wahrheit.

FUCK!

Nik ist schon aufgrund seiner veganen Lebensweise ziemlich athletisch. Was aber die wenigsten wissen – schon, weil es niemanden interessiert und er auch ganz bestimmt nicht will, dass es anders ist: Er ist auch verdammt schnell.

Sehr groß, sehr schnell – eine imposante Mischung.

Nebenbei sind seine Reflexe ebenfalls nicht zu verachten – Resultat des jahrelangen Trainings. Wenn man ständig mit einer anfliegenden Faust rechnen muss, lernt man zwangsläufig, die bereits zu riechen, bevor der kleine Wichser, der sie einem ins Gesicht rammen will, überhaupt noch ganz den Gedanken bewegt hat.

Und daher bildet das Kommende fast eine Einheit: das Erkennen, dass sie um seine Anwesenheit weiß, das In-Bewegung-setzen – und das Verschwinden.

Nun ... zumindest so weit, dass sie ihn garantiert nicht sehen kann.

Und nun hockt er hier, starrt aus diesmal sicherem Versteck zu ihr hinüber, während sich seine Augen zu Schlitzen verengt haben und er viel zu hastig seinen Joint raucht.

Das winzige und mit Sicherheit dämliche Glücksgefühl, in dem er eben noch baden durfte, weil sie ihn *gespürt* hat, ist längst der altbekannten Wut gewichen.

ER ist eingetroffen.

ER fasst sie an!

ER hat vor, den gesamten abgefuckten Tag mit ihr zu verbringen ... diesbezüglich ist Nik sicher.

»Du kleine Ratte«, knurrt er vor sich hin, während er die beiden beobachtet. »Tu ihr was und du bist tot. Aber nicht, bevor ich deine verdammten Knochen einzeln zermalmt habe. Und mit deiner beschissenen Nase fang ich an. DRECKSACK!«

4. Tina

Fuck, Cassy!

Das resümiert die sonst verbal so überlegen aufgestellte Tina, als sich der Mittag langsam zum Nachmittag neigt.

Denn ... von Entspannung kann keine Rede sein. Sie hat noch nicht viel Zeit in Robins Gegenwart verbracht, aber die paar Stunden, auf die das zutraf, waren immer Garant für ein gewisses Wohlgefühl, das sie so ziemlich enthusiastisch begrüßte.

Da war dieses verheißungsvolle Grummeln in ihrem Bauch, das leise seinen Namen seufzte. Da waren ihre Lippen, die sich unbewusst immer etwas spitzten, wartend auf den ersten Kuss, den er ihr doch schenken würde ... na ja, der fand ja gestern statt. Aber da war auch diese Unbeschwertheit, dieses unbedingte Gefühl, zu wissen, dass man das absolut Richtige tut.

Und nun?

WEG!

TOTALER EXITUS!

Anstatt sich weiterhin darüber einen zweiten Arsch zu freuen, endlich jemanden gefunden zu haben, der, wie die wüste Cassy ja wohl zugegeben hat, *perfekt* ist, ertappt Tina sich immer wieder dabei, dass sie ihm suchend in die Augen sieht.

Suchend, weil sie wissen will, ob Cassy vielleicht doch recht hat. Wär ja immerhin möglich, oder?

Und verdammt soll sie sein, sie findet nicht unbedingt Eiseskälte, doch sie bildet sich ein, dass da wirklich was nicht stimmt. Dabei lacht er, ist lustig und freigiebig. In der Zwischenzeit hat sie einen Hamburger, einen verdammt riesigen Eisbecher, ein Handtuch (hatte sie auch in der Eile vergessen) und jede Menge Limo und Kaffee abgegrabbelt. Alles sponsored by Robin, der nicht müde wird, sie zu fragen, ob alles in Ordnung sei und ob sie irgendwas bräuchte.

Meist ›bräuchte‹ sie gar nichts, weil Tina nun mal kein Nassauer ist und schon ihre Mami ihr beigebracht hat, dass man sich von keinem Mann aushalten lässt.

Doch er besteht darauf und sie widerspricht nicht. Schon, weil sie nur zehn Dollar dabei hat. Der Monat neigt sich dem Ende zu und ihr nächstes Taschengeld kommt erst Anfang des nächsten.

Und dennoch ...

Plötzlich meint sie, einen gewissen Unterton in seiner Stimme auszumachen, der ihr nicht gefällt, wenngleich sie dessen Charakter nicht näher benennen kann.

Mit einem Mal bildet sie sich ein, dass seine Blicke etwas zu anzüglich ausfallen, als es der Stand ihrer Beziehung zulässt, die seit gerade mal fünf Tagen währt. Was in sich totaler Bullshit ist, weil sie ja noch vor wenigen Stunden nicht schnell genug mit ihm in die Kiste hüpfen konnte.

Am Gemeinsten bewertet sie den Umstand, dass mit jeder Sekunde, die sie mit ihm zubringt, dieser Wunsch weiter an Boden verliert. Das Grummeln in ihrem Bauch ist auch nicht mehr der Rede wert und neuerdings kann sie auch auf seine

Küsse verzichten.

Gestern erschien es ihr, als würde sie ihn bereits seit Ewigkeiten kennen, und mit einem Mal ist er ihr so fremd wie jeder andere Besucher an diesem Strand ... denn die haben sich auch endlich eingefunden.

Sie liegt auf der Decke, die er natürlich mitgebracht hat, achtet tunlichst darauf, ihn nicht zu berühren und muss dennoch feststellen, dass er ihr zu nahe ist.

Und für den gesamten Mist ist Cassy verantwortlich!

So!

Leise seufzt Tina auf ... denn diese Erkenntnis ändert leider gar nichts am Wahrheitsgehalt ...

... das Seufzen war übrigens ein böser Fehler. Dies geht ihr ein paar Sekunden später auf, als er sich aufrichtet, seine Arme links und rechts neben ihr aufstützt, und sie kurz darauf in seine Augen blickt. Dunkle Iriden, die ihr nichts sagen, und wenn überhaupt, dann erzeugen sie diese fiese Gänsehaut, die sie schon einmal am heutigen Tag gespürt hat.

Einbildung – oh ja, das ist ihr durchaus bewusst, doch die ist gerade so unglaublich überzeugend.

»Was hast du?« Noch immer besitzt seine Stimme dieses Timbre, das sie aufhorchen lässt. Allerdings verursacht es kein wohliges Kribbeln mehr. Eher hat sie den Eindruck, dahinter verberge sich ein Konzept, dass er sich in Wahrheit ganz anders anhört, dass er vor ihr markiert – aus welchem Grund auch immer.

Dennoch zwingt sie sich zu einem Lächeln und improvisiert wild drauflos. »Ich hab mich mit meiner Freundin gekracht und ... na ja, es tut mir leid.«

Er neigt den Kopf zur Seite, um seine schmalen Lippen spielt ein kleines, nachsichtiges, halb belustigtes Lächeln. »Also wenn du mich fragst, ich bin froh, dass sie nicht hier ist. So können wir endlich einmal ungestört sein.«

Sie hebt ihre Augenbrauen und versucht, unauffällig ein wenig wegzurücken, was leider nicht funktioniert, weil sie faktisch von ihm gefangen ist.

MIST!

»Endlich mal«, echot sie. »Wir kennen uns seit drei Tagen.«

»Mir erscheint es wie drei Ewigkeiten.«

»Oh, das klingt scheiße«, murmelt sie und hofft, dass wegen ihrer Befreiungsversuche, die faktisch keine sind, weil sie sich ja nicht bewegen kann, nicht bereits die Schweißperlen der Panik ihre Stirn zieren.

»Warum?«, erkundigt er sich interessiert.

»Weil sich das so anhört, als würde jede Sekunde, die du mit mir verbringst, eine Ewigkeit andauern. Was so ziemlich ... äh, scheiße ist«, plappert sie und erzeugt damit das nächste nachsichtige Lächeln.

Warum betrachtet dieser Typ sie ständig, als hätte sie nicht alle Tassen im Schrank?

»Du redest ein wenig wirr, ja?«

»Echt?«

Diesmal stöhnt er leicht entnervt – wieso stöhnt der entnervt? »Ja, nur ein wenig, aber das ist deinem Alter geschuldet, ich kann das durchaus verstehen.«

»Äh, Robin, mit deinen 29 Jahren bist du auch nicht gerade uralt!«, prustet sie los, ob sie will oder nicht, denn das ist einfach lächerlich!

»Nun, manchmal nimmt die Entwicklung eines Menschen unterschiedliche Wege«, erklärt er mit einer Arroganz, die sie bisher auch nicht an ihm entdeckt hatte. Aber man lernt ja nie aus. »Deine Kindheit und frühe Jugend verlief sehr simpel, du hattest nicht viele Forderungen zu erfüllen, wohingegen ich schon in jungen Jahren mit der Bürde meines Erbes konfrontiert wurde. Meine Ausbildung begann bereits, als man mir des Nachts noch eine Windel anzog ... wohingegen du erst jetzt Bekanntschaft mit der Härte des Lebens machst.«

Gespielt schockiert reißt sie die Augen auf und haucht ehrfürchtig. »FUCK OFF! Du bist in Wahrheit ein Prinz?«

Seine Züge haben sich flüchtig verhärtet, werden aber sofort wieder weich und nachgiebig. »Nicht ganz. Drücken wir es so aus: Mein Vater ist sehr wohlhabend und erwartet, dass ich in seine Fußstapfen trete. Auch wenn ich keiner Monarchie entstamme, kann so etwas vorkommen, Kindchen.«

Boah! Immer fassungsloser starrt sie ihn an und fragt sich zwischenzeitlich, ob sie vielleicht aus Versehen im falschen Film gelandet ist. Aber wenn sie sich so umschaut, erscheint alles wie gewohnt. Geschwollen hat er ja auch schon immer gequatscht – das machte bisher einen Teil seiner Perfektion aus. Teilweise fühlte sie sich, als hätte sie es mit einer neuen Ausgabe von Edward Cullen zu tun, auch wenn dieser hier garantiert kein Vampir ist. Aber dass er so von oben herab von ihr denkt, hätte sie ja nun nicht gedacht.

Auch eine neue Erkenntnis. Der Typ ist garantiert kein Axtmörder, aber auf jeden Fall ein Chauvi – und was für einer!

»So, so«, murmelt sie und bringt es nicht zustande, den Blick von dem perfekten Gesicht zu nehmen.

Ja, es ist perfekt – immer noch. »Also bin ich das dumme Kind und du der Global Player, der Nachsicht mit der Kleinen übt, weil sie nicht ganz rund läuft, ja? Darf ich das so verstehen?«

Ob es die Schärfe ihres Tons ist oder ihre Miene, die mit Sicherheit nicht mehr sehr freundlich ausfällt ... ganz kurz gleitet ein eisiger Schatten über sein Gesicht, bevor er sie erschrocken ansieht.

»Das wollte ich nicht sagen, ehrlich!«

Und als er lacht, wirkt das Ganze so sympathisch, dass sich all ihre Bedenken augenblicklich in Luft auflösen. Er senkt den Kopf, lässt seine Lippen sanft über ihre streichen und zieht sie dann wieder ein wenig zurück. Seine Finger gleiten zärtlich an ihrem Arm hinauf, finden ihren Hals und ertasten den Puls, der mit einem Mal verräterisch schnell ist. »Manchmal rede ich vor mich hin, ohne mir bewusst zu machen, wen ich bei mir habe«, wispert er, und als sie in seine Augen blickt, entdeckt sie jede Menge Aufrichtigkeit, jede Menge Gefühl, jede Menge Bedauern und jede Menge Sex.

Fuck, Cassy!

... denkt Tina noch, bevor sich seine Lippen wieder auf ihre legen und ihr Hirn nicht mehr viele logisch fundierte Botschaften sendet ...

* * *

Ab diesem Moment ist alles anders. Nach einer halben Stunde und jeder Menge wilder Knutscherei ist Tina für seinen kleinen Ausbruch sogar dankbar. Denn er revidiert Cassys Anklage von seiner angeblichen Perfektion und gleichfalls die vielen, spitzen kleinen Stacheln des Zweifels, die zuvor so gemein auf sie eingestochen haben.

Nun verkörpert er nur noch einen verdammt attraktiven Mann, mit von der Sonne leicht ausgebleichtem Haar, das von Natur aus wohl eher brünett ist. Mit dunkler, gebräunter Haut, mit wundervollen Schokoladenaugen und Lippen, die ganz genau wissen, wie sie ein Mädchen verrückt machen können.

Der Rest seines Körpers weiß das übrigens auch, denn mit dem macht sie ebenfalls Bekanntschaft. Dabei lernt sie auch seine Gier nach ihr kennen, die sich deutlich an ihrem so erwartungsvollen Unterleib reibt. Seufzend lässt sie ihre Finger in sein volles Haar gleiten, lässt zu, dass er ihren Mund in Besitz nimmt und die festen Nippel unter dem dünnen Stoff ihres knappen Bikini-Oberteils streichelt.

* * *

Als es Abend wird, machen sie sich auf, um noch auszugehen. Tina würde sich gern umziehen, zögert aber andererseits nur allzu bereitwillig die fällige Aussprache mit Cassy hinaus. Denn das wird Krach geben, so viel ist mal sicher.

Nicht nur, dass sie sich den ganzen Tag mit dem vermeintlichen Axtmörder herumgetrieben und es mit ihm so ziemlich *getrieben* hat, wenn auch nicht bis in die letzte Instanz, sie hat sich nicht mal gemeldet!

Leider trägt sie nicht unbedingt abendtaugliche Klamotten. Was nicht wild wäre, würden sie ins *Simple Plan* gehen – in diesem Schuppen existiert keine Kleiderordnung. Sie hat dort auch schon Mädchen im Bikini gesehen, wenn es mal wieder besonders heiß war.

Doch Robin lacht laut, als sie ihn über ihre Überlegungen in Kenntnis setzt. »Glaube mir ... dieses fragwürdige Etablissement suche ich nur im allergrößten Notfall auf, und dieser ist bisher noch nicht eingetroffen.«

Stimmt, jetzt, wo sie es überdenkt ... sie befanden sich auf dem Campus, als er sie ansprach. Im *Simple Plan* hat sie ihn noch nie gesehen, hin und wieder in der Mensa, aber auch da eher selten ...

»Tja«, seufzt sie. »Dann habe ich ein Problem, denn so kann ich wohl kaum irgendwohin gehen, wo es menschlich zugeht.«

Anklagend weist sie auf ihr Outfit, das aus einer inzwischen getrockneten Jeans, einem leicht zerknitterten Hemd und hoffnungslos versandeten Turnschuhen besteht, die drohen, die ersten Blasen an ihren Füßen zu verursachen.

Er tritt einen Schritt zurück und betrachtet sie kritisch. Dabei hat er einen Finger an den Lippen und den Ellbogen auf die andere Hand gestützt.

»Das soll jetzt wirklich keine Beleidigung sein«, beginnt er zögernd und hörbar bemüht, sie tatsächlich nicht irgendwie zu brüskieren. »Aber du hast recht, so können wir uns tatsächlich nirgendwo blicken lassen.«

»Na ja«, meint sie leichthin. »Dann gehen wir eben mor...«

Weiter kommt sie nicht, denn im nächsten Moment hat sich sein sehniger Arm um ihre Taille geschlungen und er zieht sie so nah an sich, dass sie seinen drahtigen Körper unter dem exquisiten Hemd spürt. »Nein, bis morgen will ich nicht warten«, wispert er an ihren Lippen. »Ich hätte da noch einen anderen Vorschlag zu unterbreiten ...«

»Ach ja? Und welchen?«

* * *

Okay, die Antwort hätte sie kennen müssen, sobald er was von Vorschlag erwähnte, aber Tina ist noch zu ungeübt mit diesem Mann. Schätzungsweise wird sie nach diesem Abend bedeutend vorsichtiger sein.

Eine halbe Stunde später befinden sie sich in einem exklusiven Damenausstatter, in dem Robin der Verkäuferin freundlich aber sehr reserviert mitteilt, dass die junge Dame einmal komplett eingekleidet werden soll. Das Geschäft ist *so* exquisit, dass die Tante nicht mal einen herablassenden Blick für Tina erübrigt, trotz deren Aufmachung.

Im Gegenteil, sie schnippt einmal mit den beringten und perfekt manikürten Fingern, und nur zehn Minuten später liegt eine schier unüberschaubare Ansammlung der schönsten Kleider, Kostüme und sonstigem Kram vor ihnen.

Nichts von alldem würde Tina freiwillig anziehen, doch als sie das der affektierten Tussi von bornierter Verkäuferin mitteilen will, kommt Robin ihr zuvor. »Wir nehmen das Schwarze hier! Gibt es dazu vielleicht noch ein Jäckchen?«

Fassungslos betrachtet sie das trägerfreie Kleid, welches mit einem so engen Mieder versehen ist, dass sie befürchtet, in dem Kasten nach fünf Minuten aufgrund akuter Atemnot zusammenzubrechen. Dazu wurden irgendwelche schwarzen Pumps ausgewählt, deren Absatz derart hoch wirkt, dass sie vermutlich keine zwei Meter weit damit kommt, bevor sie sich einen bösen Knöchelbruch zuziehen wird.

Hey, ja, sie gibt zu, Cassy in etwas Ähnlichem an jenem sagenumwobenen Sonntag losgeschickt zu haben, der ihrer Freundin laut deren Aussage den besten Sex ihres Lebens beschert hat. Aber das war NOTWEHR!

Tina sieht wirklich nicht den geringsten Grund, das gleiche Theater bei Robin aufzuführen. Also ... er ist hier! Da könnte sie doch auch auf ein bequemes ...

Während Tina noch lamentiert – innerlich, versteht sich – nimmt das grauenhafte Schicksal bereits unaufhaltsam seinen Lauf. Ehe sie sich versieht, hat er ihr Kleid und Schuhe nebst irgendwelchen hauchzarten Spitzendessous, die sich unbemerkt hinzugeschlichen haben, in die Hand gedrückt.

»Geh dich umziehen, Kindchen!«

Sie ist so fassungslos, dass sie ihn nicht mal wegen der Bezeichnung zurechtweisen kann. Da sind nur Tina, der Stapel Kleidung auf ihrem unschuldigen Arm und ihr offenstehender Mund.

Letzterer bringt Robin für einen Moment aus dem Konzept, bevor sich seine Miene aufhellt. »Du hast recht!« Und an die Tussi von Verkäuferin gewandt. »Da fehlen natürlich noch die passenden Strümpfe. Warum fällt Ihnen das denn nicht auf?«

Die Tussi, welche übrigens scheißrote flammende Haare hat, die zu allem Überfluss auch noch hoch toupiert wurden, läuft passend zur Haarfarbe an und murmelt ein: »Entschuldigung, Sir!« Bevor sie mittels Fingerschnipsen die nächsten Lakaien mit irgendwelchen durchsichtigen Beinbekleidungen antanzen lässt, die Tina nicht im Leben anziehen würde ...

... es an diesem Abend aber trotzdem tut, weil sie irgendwie nicht mehr in der Lage ist, ihre Meinung kundzutun und ihre Interessen durchzusetzen.

Wenig später findet sie sich tatsächlich in einem Raum wieder, der in diesem scheißteuren Laden wohl die

Umkleidekabine darstellt. Weshalb es sozusagen die deluxe Version ist. Und sie ist hier nicht etwa allein, um vielleicht erst mal einen ausgiebigen hysterischen Schreikrampf zu bekommen oder einen Lachflash oder – wenn´s ganz dicke kommt – gleich beides.

Zwei dieser weiblichen Lakaien begleiten sie und beginnen damit, Tina zu entblättern, ohne zuvor mal zu fragen, ob das überhaupt erlaubt ist.

Bald steht sie nackt in diesem riesigen Kabuff und weiß nicht, wohin sie blicken soll, als die beiden bereits mit dem wieder Anziehen beschäftigt sind.

Das Mieder entpuppt sich wirklich als Mieder, welches im Rücken geschnürt wird. Es ist so eng, dass Tina ernsthaft um Luft ringt. Und zwar bei jedem Atemzug aufs Neue. Dabei pusht das Teil ihre in natura eher normal geformten Brüste derart hoch, dass sie im Spiegel wie ein Tittenmonster aussieht.

Als sie glaubt, endlich fertig zu sein, betritt eine neue Person den Raum. Diesmal handelt es sich um einen Mann, der allem Anschein nach stockschwul ist. Und da in diesem Schuppen ohnehin alle Klischees bedient werden, ist Tina sofort klar, worum es sich bei dieser Person nur handeln kann. Der kritische bis angewiderte Blick bestätigt ihre grauenhafte Ahnung.

»Nein!«, stößt sie unter Einsatz aller vorhandenen Luft in ihren Lungen hervor ...

... wird nur leider komplett ignoriert.

Wenig später bittet man sie in den nächsten Raum, der schon mehr einem Salon ähnelt – hier ist wohl alles inklusive.

Während Tina einen Kaffee schlürft und dabei atemlos gespannt den Künsten dieses *Stephano*, wie der Heini mit dem Spitzbart heißt, zusieht, kommt ihr mehr und mehr der Gedanke, dass sie träumt.

Eine fiese Mischung aus ihren Wunschfantasien, als sie ungefähr zwölf war, der etwas verhunzten Version dieses total dämlichen Films ›Plötzlich Prinzessin‹ und einem wirklich miesen Albtraum. Denn sie bekommt immer noch keine Luft und erfährt in der Zwischenzeit, dass ihre Vorstellungen von dieser Verwandlungsnummer, die sie als kleines Mädchen hatte, nichts mit der Realität zu tun haben. Zu allem Überfluss macht sie sich auch noch Sorgen, weil sie eben weiß, dass Cassy mittlerweile vor Panik die Wände hochgehen wird.

Der Typ namens *Stephano*, der, während er arbeitet, pausenlos irgendeinen belanglosen Scheiß vor sich hin labert, ist tatsächlich ein Meister seines Fachs. Denn obwohl er ihr Haar nicht mal wäscht und auch gar nicht viel damit anstellt, erkennt sie sich bald kaum wieder.

Es ist straff nach hinten gekämmt und wird von einer dicken Strähne im Nacken in Schach gehalten. Durch das weit ausgeschnittene Dekolleté wirkt sie ohnehin schon viel größer und ... alles in allem nicht wie Tina, aber egal.

Inzwischen ist sie innerlich derart erstarrt, dass an ein Aufbegehren nicht einmal mehr zu denken ist. Kurz darauf schlendert eine neue Tussi in den Raum. Diesmal in Blond und garantiert wieder gefärbt.

Jenes Exemplar übernimmt das Make-up. Und während sie das im Großen anstellt, was Tina vor einigen Wochen bei Cassy im Kleinen getan hat – jetzt weiß sie, dass es so war –, überlegt sie sich, dass dies vielleicht die Abrechnung ist. Denn damals setzte sie sich durch, obwohl Cassy alles andere als überzeugt von ihrem Tun war.

Tina behielt recht, also ist die derzeitige Folter vielleicht auch nicht so schlecht, wie sie sich momentan anfühlt.

... und eines lässt sich eben nicht von der Hand weisen, auch wenn Tina sich klammheimlich ein ganz klein wenig dafür hasst:

All das kommt überraschend, geschieht über ihren Kopf hinweg und ist stellenweise wirklich nicht sehr angenehm. Aber es hat was!

Verdammt, es hat *wirklich* was!

Welche Frau sieht nicht gern dabei zu, wie aus ihr innerhalb weniger Minuten mittels erstaunlich geringen Aufwands eine kleine Göttin in Schwarz geschaffen wird?

Und dann auch noch so eine?

Zugegeben, als die Frau zurücktritt, und strahlend die Arme hebt: »Voilà!« ist Tina hin und weg ... von ihrem Spiegelbild, das sie erst als ihr zugehörig akzeptiert, nachdem sie sich demonstrativ mit dem Zeigefinger an die Nasenspitze gefasst hat.

Der Gedanke, sich in einem gottverdammten Traum zu befinden, nimmt noch mal an Brisanz zu.

Das Ganze geht auch so lange gut, bis sie aufsteht und versucht, auf den Mörderteilen, die ihre Schuhe darstellen, zu laufen.

Sie schafft es aus diesem Raum, der ... keine Ahnung was darstellt, und noch drei Meter weiter. Dann knickt sie das erste Mal spektakulär um, landet aber nicht auf dem Boden – wäre nicht schlimm gewesen, hier ist alles mit diesem hochflorigen Material bedeckt.

Die sorgen also schon mal für den Ernstfall vor – sondern in Robins ausgebreiteten Armen.

Leise lachend hilft er ihr wieder auf und verpasst ihrer Nase einen kleinen, zärtlichen Stüber. »Das musst du noch ein bisschen üben, oder?«

Sein gönnerhafter Ton lässt doch noch die Pferde mit ihr durchgehen, obwohl Tina bisher geschworen hätte, mittlerweile jenseits aller Hysterieattacken zu rangieren. »Ich hab nicht um die Teile gebeten«, faucht sie los. »Komisch, dass immer Männer die blöden Dinger designen und ihre Weibchen dann dazu veranlassen, die auch noch zu tragen! Hast du eine Ahnung, wie bescheuert das ist?«

Diesmal erscheint kein Eis in seiner Miene, stattdessen wird sie sogar noch weicher. »Nein, weiß ich nicht«, bemerkt er verhalten und seine Stimme trägt diesen sexy rauen Unterton, der ihr aufgewühltes Gemüt gleich ein bisschen besänftigt.

»Du bist mein Weibchen?«, wispert er an ihrer Schläfe, die sich sofort mit einer delikaten Röte überzieht. Mist, wie peinlich! »Das klingt ein bisschen ... ähm ... chauvinistisch, wenn ich es sage, aber aus deinem Mund werte ich es als Kompliment.«

Sie schließt die Augen, weil sie momentan unmöglich in seine schauen kann. Das hat sie nun von ihren unkontrollierten Ausbrüchen. Tina begreift so langsam, dass sie sich in seiner Gegenwart zusammenreißen muss. Denn er ist ihr tatsächlich weit überlegen – der Mann hat recht!

Robin wartet, bis sie sicher steht – also so sicher, wie derzeit möglich. Dann lässt er sie los und tritt ein paar Schritte zurück.

Und als so gar nichts aus seiner Richtung kommt, wagt sie, ihn wieder anzusehen. Er steht einfach nur da, hat den Kopf zur Seite geneigt und betrachtet sie in stiller Andacht.

Was?

»Wahnsinn!«, sagt er schließlich. »Du bist wirklich der Wahnsinn. *Ich wusste es!«*

Was genau er wusste, traut sie sich nicht zu hinterfragen, unsicher, ob sie momentan ihre Stimme findet. Doch er tritt wieder zu ihr und bietet ihr total gentlemanlike den Arm. »Wollen wir dann?«

Tina lässt sich hinausführen, auch wenn sie absolut nicht sicher ist, ob sie das will oder es auch nur kann. Doch mit ihm an ihrer Seite scheint selbst das Gehen auf den Todesfallen plötzlich viel einfacher. Er hat wohl die Rechnung schon bezahlt, denn niemand brüllt »Haltet den Dieb!«, oder so was Ähnliches. Vor der Tür erwartet sie tatsächlich ein Taxi, das er zuvor bereits gerufen haben muss.

Boah!

Warum ist ihr bisher nicht aufgefallen, dass ihr Begleiter gar kein *echter* Dozent ist? Also keiner der Art, wie sie diese innerhalb der vergangenen Monate kennengelernt hat – wenn auch nur von Weitem. Und ganz bestimmt hat er nichts mit einem Studenten gemein. Denn faktisch gesehen hat er bisher kein einziges Mal gerülpst und das soll in Tinas Kreisen echt was heißen!

Als sie neben ihm in die tiefen Polster des Mietwagens sinkt, ist sie sogar davon überzeugt, in einem dieser wahnsinnig anmutenden Träume gefangen zu sein.

Immer wieder wirft sie ihm scheele Blicke zu, bewundert sein markantes Profil und die Ruhe, die seine Mimik ausstrahlt. Der Tag begann damit, dass sie glaubte, sich mit ihrem möglicherweise zukünftigen Liebhaber verbotenerweise ein paar schöne Stunden zu gönnen. Zwischenzeitlich war sie sicher, so schnell wie möglich das Weite suchen zu müssen. Und er endet ... ehrlich, sie kann es nicht mal benennen, zu utopisch und märchenhaft wirkt das Ganze auf sie.

Ist natürlich auch vorstellbar, dass ihre Schwierigkeiten beim Atmen zu einer winzigen Sauerstoff-Unterversorgung von Tinas Gehirn geführt haben.

Als sich der Wagen in Bewegung setzt, sieht er sie an und um seine Lippen spielt ein schmales, jedoch hinreißendes Lächeln. »Alles in Ordnung?«

Das kann sie nur mit einem frenetischen Nicken beantworten – wie könnte es das nicht sein?

Sein Lächeln wird breiter, er nimmt ihre Hand, umschlingt ihre Finger mit seinen und blickt wieder aus dem Fenster.

* * *

Sie halten vor irgendeinem exquisiten Schuppen, in den Tina keine zehn Pferde freiwillig gebracht hätten, doch es verwundert sie nicht mehr. Irgendeinen Grund müssen diese Nobelklamotten ja haben.

Verblüfft ist sie dann schon eher, weil Robin tatsächlich mit einem ehrfürchtigen Nicken begrüßt wird und die beiden sofort an einen separierten Tisch gebeten werden.

Er zieht den Stuhl für sie nach hinten, wartet, bis sie sich gesetzt hat, und lässt seine flachen Hände an ihrem Hals und dann ihren Schultern hinabgleiten.

Augenblicklich bereitet sich ein wohliger Schauder über

ihrem Körper aus und ihre Lider fallen, ohne dass sie dazu einen bewussten Befehl gibt. Als Nächstes spürt sie seine Lippen auf ihrem klopfenden Puls an der Seite ihres Halses, und er lässt sich ewig Zeit, bevor er zögernd die Finger von ihr und genau gegenüber Platz nimmt.

Dies bemerkt sie erst, als sich ihre flatternden Lider wieder heben.

Trotz des einfachen Hemdes, mit dem er bereits am Strand aufgetaucht ist, wirkt er so dermaßen ... *aristokratisch*, dass sie sich zum wiederholten Mal fragt, in welchem speziellen Kino sie bloß gestrandet ist.

Selbst der Ansatz des Bartes, der inzwischen seine Wangen verdunkelt, passt genau ins Bild. Das Ganze ist ...

»FIFTY!«, keucht sie plötzlich auf ...

... und würde den Müll am liebsten sofort wieder einfangen. Aber gesagt, ist gesagt. Er wirkt leicht überrascht und mustert sie mal wieder mit zur Seite geneigtem Kopf. »Was?«

»Schon gut!«, sagt sie hastig und verdreht innerlich über sich selbst die Augen.

Seit wann benimmt sie sich derart dämlich?

Glücklicherweise fragt er nicht nach, weshalb Tina die Peinlichkeit erspart bleibt, ihm in jedem Detail auseinanderzunehmen, dass er gerade dabei ist, die sexiest Literaturgestalt ever in Fleisch und Blut umzusetzen.

Kaum hat sie *das* in aller Deutlichkeit durchdacht, werden ihre Wangen mal wieder geflutet – verdammt, das passiert ihr sonst auch so gut wie nie! Denn ehrlich, den Dandy darf er gern spielen, aber auf diverse sexuelle Ausflüge in die SM-Abteilung kann sie dankend verzichten.

Robin mustert sie noch für einen weiteren Moment sehr ratlos, doch dann erscheint der Kellner und sie widmen sich der Bestellung.

Das heißt, Robin tut das.

»Weißwein«, bestimmt er verhalten und wieder mit dieser gewissen herablassenden Art, mit der er wohl jedem Bediensteten begegnet. »Dazu nehmen wir das Lammkotelett. Danke!«

Verblüfft und angewidert zugleich starrt Tina ihn an.

Sie *nimmt kein Babyfleisch zu sich!* Das hat sie noch nie und das wird sie auch niemals tun. Es gibt Grenzen – dies ist in ihren Augen eine, denn sie kann sich beim besten Willen nicht vorstellen, dass der liebe Herrgott es vorgesehen hat, Babys zu schlachten.

Doch es gibt keine Chance, zu widersprechen, und sie resümiert mit einiger Resignation, dass Robin wohl wirklich sehr viel von Mr. Grey hat. Auf jeden Fall diese unwiderstehliche Ausstrahlung, die jeden Protest im Keim (in diesem Falle in ihrer Kehle) erstickt.

Und so isst Tina zum ersten Mal, so weit sie zurückdenken kann, das Fleisch eines kleinen bedauernswerten Lamms. Es schmeckt wirklich gut, sie stellt das keineswegs in Abrede. Doch sie kann das Bild von dem jämmerlich blökenden Baby, das nach seiner Mommy schreit, während es gerade zur Schlachtbank getrieben wird, nicht aus ihrem Kopf streichen. Daher wird es ein recht schweigsames Mahl.

Der Wein ist trocken – der zweite Letdown, denn Tina konnte diesem Gesöff noch nie viel abgewinnen. Schon gar nicht, wenn sich beim Trinken sämtliche Geschmacksnerven einschließlich ihres gesamten Gesichtes zusammenziehen.

Sie sagt nichts, und auch Robin schweigt, während er sein Dinner verzehrt.

Yeah – Tina isst, Robin *verzehrt*, denn es hat schon was Magisches, wie er in perfekter Körperhaltung kleinste Streifen des Fleisches vom Hauptteil seziert, es dann flüchtig in den kleinen Schwapp Soße tunkt (ist hier ein ziemlich teures Restaurant, wie bereits erwähnt, da gibt es ja nur diese Mahlzeiten für Kinder), sie dann zielgerichtet an die Lippen führt, von der Gabel nimmt und mit geschlossenem Mund kaut, bevor er geräuschlos schluckt.

Das Ganze wirkt derart ... *adlig*, dass Tina sich alle Mühe gibt, wenigstens nicht total wie der Bauerntrampel zu wirken, der sie nun mal ist.

Hey, sie ist in einem Kaff aufgewachsen, in dem genau 1353 Menschen wohnen. Der erste Teil von Fifty kam erst drei Jahre nach dessen Erstauflage in den einzig vorhandenen Buchladen. Aber sie war ja nicht blöd und hat es bereits vorher im Internet bestellt. Was auch besser war, denn so hat niemand gesehen, welche verruchte Literatur sie sich so gönnt – neben ihrer zwei Jahre jüngeren Schwester Theresa und ihrer Mutter, die ihr den Schinken förmlich aus den Händen rissen, sobald sie ihn beendet hatte.

Bloß gut, denn aufgrund dieses herausragenden Leseerlebnisses, weiß sie jetzt sehr genau, wie sie sich zu benehmen hat.

Nachdem das Besteck auf ihren nun leeren Tellern liegt, bringt er seine aufgestützten Hände in der Mitte zusammen und bettet sein Kinn darauf. »Du bist heute sehr bezaubernd, Kleines.«

Aha ... na ja, sie weiß nicht, was sie sagen soll, deshalb lässt sie jeden schwammigen Versuch gleich ganz.

»Ich ...« Er zögert, seine Stirn legt sich in Falten und für einen Moment verlässt eine Hand den Verbund, um das Weinglas zu nehmen, an dem er nippt. Erst nachdem Robin seine Hände wieder in die geordnete Position gebracht hat, fährt er fort. »Ich denke, ich sollte klarstellen, dass wir hier nicht zufällig sitzen.«

»Wie ist das gemeint?«, platzt sie dazwischen und wird mit einem leicht entnervten Blick bedacht. Doch sobald der aufgetaucht ist, verschwindet er auch wieder und Robins Miene nimmt einmal mehr diesen geduldigen Charakter an. »Ich habe lange nach dir gesucht. Nicht nur am Campus, sondern ... nun ja, das klingt vielleicht etwas hochgestochen, aber faktisch überall.«

Aha ...

»Du bist mir schon vor Monaten aufgefallen, ich habe dich lange beobachtet, um sicherzugehen, dass du das bist, wonach ich suche. Und ...« Damit nimmt er die Hände auseinander und greift über den Tisch, um ihr Kinn zwischen Daumen und Zeigefinger der rechten zu nehmen. Dabei fährt er leicht über ihre Unterlippe und sein Blick wird sehnsüchtig. »Ich habe dich gefunden«, wispert er mit leicht angerauter Stimme.

Tina kann ihn nur fassungslos anstarren – bar jedes noch so geringen, banalen und vielleicht unangemessenen Wortes.

Was?

Irgendwie scheint er ein paar der leicht verwirrten Schwingungen aufzufangen, die sie ausdünstet, denn er hebt plötzlich die Hände und lacht. »Keine Angst! Das wird kein Heiratsantrag oder so etwas! Ich wollte nur zum Ausdruck bringen, dass ich niemand bin, der sich auf ein flüchtiges Abenteuer einlässt. Wenn ich mich für eine Frau entscheide, dann prüfe ich mich zuvor sehr lange und sehr gewissenhaft.«

Na ja, das soll bestimmt ein Kompliment sein, aber Tina will im Grunde wirklich nur ein Abenteuer. Doch ... sie mustert ihn über den Tisch hinweg, wird abermals mit all der unvorstellbaren Perfektion konfrontiert und denkt sich, dass es bestimmt dämlichere Wege gibt, seinem Traummann zu begegnen. Cassy ist das beste Beispiel. Und bisher stehen alle Zeichen auf ›Verlieben‹, also warum nicht?

Hey, sie wird sich wohl kaum beschweren, weil er nicht nur mit ihr ins Bett will!

Mit angehaltenem Atem hat er sie gemustert und stößt schließlich hörbar die Luft aus. »Ich wusste, du würdest es nicht falsch verstehen«, sagt er leise, wobei sich seine Stimme auf ihrer Haut wie ein Streicheln anfühlt. »Bist du satt?«

Tina benötigt ein paar Sekunden, bevor sie ihm geistig folgen kann. »Was? Oh, klar!«

Wieder verhärten sich seine Züge für einen kaum messbaren Augenblick, bevor er mit einem knappen Nicken den Zahlkellner antreten lässt.

Wenige Minuten später stehen sie in der lauen Endsommernacht und er nimmt ihre Hand. »Was wollen wir jetzt tun?«

Tinas erste Wahl wäre schlafen ... doch um in ihr Bett zu gelangen, muss sie wohl oder übel an der Cassy-Barriere vorbei. Mittlerweile prügelt das schlechte Gewissen derart brutal auf sie ein, dass sie spontan beschließt, ihre Tötung – denn die wird stattfinden – noch für eine weitere Weile aufzuschieben.

»Ich weiß nicht«, sagt sie daher und erwischt sich dabei, wie sie kokett mit den Wimpern klimpert. Verdammt, sein Verhalten färbt ab! »Hast du vielleicht einen Vorschlag?«

Seine andere Hand stiehlt sich auf ihrer beider und er zieht sie erneut an sich, bevor er das Ding mit dem am Hals entlang, über die Schultern streicheln wiederholt.

Der Schauder stellt sich zwangsläufig bei Tina ein und verstärkt sich nochmals, als sie ihm in die Augen blickt. In ihnen wohnt so eine ausgeprägte Sehnsucht, die sein bisheriges, so beherrschtes Verhalten Lügen straft.

»Du willst nicht zufällig in einen Club?«, bemerkt er mit samtweicher Stimme. Sein Griff um ihre Schultern verfestigt sich, während er sie an sich heranzieht und sie unter seiner Hose eine verdammt harte Erregung spürt.

WOAH!

»Nein«, wispert sie an seinem Hals, bevor er ein wenig zurückweicht und den Kopf senkt, bis sich ihre Lippen fast berühren. Dabei streichelt sein warmer Atem ihre erhitzte Haut.

»Wollen wir einfach ein bisschen gehen?«

»Jein«, gibt sie kleinlaut zum Besten, was dazu führt, dass seine Antwort ziemlich normal und gleichzeitig verblüfft ausfällt.

»Warum nicht?«

»Weil ich in den Todesfallen nicht laufen kann«, gibt sie mürrisch zu und provoziert damit sein erheitertes Auflachen.

»Hmmmm«, murmelt er und küsst sie rasch. »Was können wir da machen? Soll ich dich tragen?«

»Ich könnte die Dinger auch einfach ausziehen«, schlägt

sie rasch hervor und spürt umgehend die Welle der Enttäuschung von ihm auf sich übergehen. Das war sein Ernst?

»Nun, das wäre natürlich auch eine Lösung«, räumt er ein und räuspert sich.

Mit seiner Hilfe entledigt sie sich der verdammten Treter, die bereits zu den ersten Blasen an ihren heute ohnehin schon vergewaltigten Füßen geführt haben. Gleichsam wird mit den verdammten Strumpfhosen verfahren, die widerlich auf ihrer Haut jucken. Also eines steht fest: Teuer garantiert nicht für Tragekomfort.

Beides landet in der Tüte, in der sich die übrigen Sachen von Tina und die Decke vom Badengehen befinden. Und auch wenn Robin garantiert nicht sonderlich glücklich über diese Lösung ist, läuft er kurz darauf ohne zu protestieren neben ihr her.

Allerdings bleibt er nach einigen hundert Metern noch mal stehen. »Warte hier!« Er haucht einen knappen Kuss auf ihren Mund und verschwindet dann in den Drugstore, von dem Tina erst jetzt bemerkt, dass sie genau davorstehen.

Sie wartet, obwohl sie sich dabei mies fühlt, weil ihr Gewissen die Gelegenheit nicht ungenutzt lässt, um sich erneut in Erinnerung zu rufen.

Verdammt, sie müsste Cassy Bescheid sagen. Blöderweise befindet sich ihr Handy in der Tüte und die ist nach wie vor in Robins Besitz.

Als sie ihre Erleichterung als das identifiziert, was es ist, verzieht sie angewidert das Gesicht. »Hasenfuß«, murmelt sie und erstarrt im nächsten Moment.

Ganz unvermutet hat sich wieder dieses *Gefühl* eingestellt. Genau diese unartikulierbare Ahnung, die sie bereits am Morgen heimsuchte. Sie könnte schwören, dass sie beobachtet wird, spürt tatsächlich glühende Blicke auf sich liegen, und das, wo der Vampir / Fifty Verschnitt doch gerade im Geschäft ist!

Trocken schluckt sie, bemerkt nebenbei, dass sie tatsächlich ein Hasenfuß ist, und wirbelt dann entschlossen herum.

Alles, was sich ihren zunehmend panischen Augen bietet, ist eine unbelebte, nur von einzelnen Laternen erhellte Straße. Die Büsche, welche die Allee säumen, biegen sich in der sanften Brise, die aufgekommen ist, doch ansonsten ist da nichts.

Kein Hund, keine Katze, kein Werwolf, kein Vampir ... jedenfalls kann sie nichts dergleichen ausmachen.

Doch das Gefühl ist nicht verschwunden, im Gegenteil, es nimmt sogar noch zu, lässt sie frösteln und sich Schutz suchend die Arme um den Körper schlingen.

Als sich unvermutet eine Hand auf ihre nackte Schulter legt, schreit sie tatsächlich auf und vollführt einen großen Satz zur Seite. Doch dann sieht sie Robins mal wieder besorgte Miene und stöhnt erleichtert auf. »Mein Gott, du bist es. Ich dachte gerade ...«

»Was dachtest du?«

»Nichts«, wehrt sie ab, als er den Kopf zur Seite legt, und beäugt die Tüte in seinem Arm, die jetzt bedeutend ausgebeulter wirkt. »Was hast du da?«

Schon ist der kritische Moment überwunden und er nimmt lächelnd ihre Hand. »Lass dich überraschen!«

Damit zieht er sie weiter.

Nicht unbedingt unerwartet befinden sie sich wenig später wieder am Strand. Der ist nun mal in dieser sonst eher langweiligen Stadt die größte Attraktion. Doch diesmal gehen sie nicht zum Lagerfeuer, das auch heute wieder brennt. Stattdessen sucht Robin einen fernab von den feiernden Studenten liegenden Ort, wo er seine Decke, die bisher sorgsam in der Tüte verstaut war, wieder ausbreitet.

»Setz dich!«, fordert er verhalten und Tina folgt, wobei sie darauf achtet, das Kleid nicht über Gebühr zu zerdrücken.

Es erscheint ihr irgendwie ... angebracht.

Als Nächstes zaubert er tatsächlich eine Flasche Champagner aus der Tüte hervor, die offenbar über ein unendliches Fassungsvermögen verfügt, und daneben zwei Plastiksektkelche.

»Tut mir leid«, bemerkt er dabei. »Sie hatten kein Kristall.«

»Ich werde es überleben«, erwidert sie belustigt, doch als sie sein ernster Blick trifft, erstirbt ihr das Lachen im Halse. War wohl nichts, na ja, sie arbeitet daran.

Nachdem er fachmännisch die Flasche geöffnet hat, schenkt Robin die beiden Gläser ein. Und kurz darauf stoßen sie miteinander an.

»Auf uns!«, sagt er und es klingt wie ein Schwur. Damit lehnt er sich zurück auf seinen aufgestützten Arm und betrachtet das Meer, das sich inzwischen vollständig beruhigt hat. Selbst die Brise, die eben noch durch die Straße wehte, ist Geschichte.

»Das ist selten«, sagt sie mehr zu sich selbst.

»Was meinst du?«

»Absolut Windstille am Meer«, erläutert sie.

»Ja«, stimmt er gedankenverloren zu.

Schweigend leeren sie ihre Plastikkelche, und Tina wird langsam ein bisschen komisch zumute. Sie kennt ihn nicht und egal, welche versteckten Liebesschwüre er so ausstößt, sie machen ihn nicht bekannter. Mit jeder Sekunde, die er kein Sterbenswörtchen von sich gibt, steigt ihre Unsicherheit und der Wunsch, endlich nach Hause zu gehen. Mordlüsterne Cassy hin oder her ...

Daher atmet sie beinahe hörbar auf, als er doch endlich etwas von sich gibt.

»Wann willst du es deiner Freundin sagen?«

»Was?«

Er zögert ... inzwischen hat Tina das als Ankündigung einer echten Ankündigung ausgemacht. Auch diesmal wird sie nicht enttäuscht. »Wann willst du ihr sagen, dass du zu mir ziehst?«

WAS?

Plötzlich fällt ihr das Sprechen ziemlich schwer und ihr ist, als würde sich eine eiserne, sehr rohe und gleichsam feste Schlinge um ihren Hals zuziehen. Sie springt auf, obwohl diese Reaktion vielleicht etwas übertrieben ist, aber das schert sie momentan einen Dreck.

Unbewusst stolpert sie einen Schritt zurück. »Wie kommst du darauf, dass ich zu dir ziehe?« Klingt alles in allem auch ein bisschen schrill. Doch selbst das könnte sie momentan nicht weniger tangieren.

Auch er hat sich erhoben und betrachtet sie mit verschränkten Armen, die Gläser liegen vergessen im Sand. »Ich dachte, das hätten wir vorhin geklärt! Ich will keine

Affäre, sondern dass wir eine feste Beziehung führen, Tina. Ich will dich für mein Leben!«

»WAS?«

Mit jeder vergehenden Sekunde wird Tina ein bisschen fassungsloser. »Das ist ja alles richtig«, stammelt sie wild drauflos. »Aber ... wie kommst du auf die Idee, ich würde JETZT mit dir in einer Wohnung leben wollen? Ich meine, ich kenne dich doch gar nicht!«

»Selbstverständlich tust du das!« Noch immer färbt nichts seine Stimme. Keine Ungeduld, kein Zorn, kein Flehen – er klingt tatsächlich vollkommen tonlos. »Du kennst mich auf jeden Fall gut genug, um zu dulden, dass wir mitten in der Nacht an einen dunklen Strand gehen, ich zuvor einen Haufen Geld für dich ausgebe und dich zu einem feudalen Essen ausführe!«

»HEY!« Ohne zu wissen, wie und wann das passiert ist, hat sie einen Finger erhoben und ist ihm plötzlich wieder sehr nah. »Das war DEINE Idee, nicht meine!«, zischt sie. »Ich wäre nie auf so was gekommen!«

Sie starren sich an, Tina im wachsenden Ausnahmezustand befindlich – Robin mit unbeweglicher Miene und verschränkten Armen.

»Ist das dein letztes Wort?«, erkundigt er sich schließlich.

Fuck! Echt, nie traf es besser zu als in diesem Moment. »Nein«, sagt Tina so leise, wie es trotz ihrer Wut möglich ist, denn verdammt der Vorwurf mit den Klamotten schmerzt unendlich. Das war ein ziemlich perfekt platzierter Schlag in den Magen. »Das ... das geht mir nur zu schnell, gib mir etwas Zeit.«

»Wahre Gefühle brauchen keine Zeit! Entweder, sie sind da oder eben nicht«, beharrt er und nun schwingt jede Menge Eis in seiner Stimme mit.

»DU hast auch Monate gebraucht, hast du vorhin selbst gesagt!«, gibt sie zurück.

»Das war, *bevor* ich dich ansprach!«

»Ja, aber ich hab dich doch auch nicht angesprochen, sondern du mich!« Vor lauter Verzweiflung packt sie ihre Haare, die dieser Friseur vorhin so kunstvoll zurechtgelegt hat. »Das ist doch irrsinnig!«

Es geht so schnell, dass sie kaum sehen kann, wie es passiert. Im nächsten Moment packen harte Hände ihre Schultern und er hebt sie tatsächlich ein Stück zu sich heran. »Nenn mich nicht irrsinnig!«, knurrt er in einem Ton, der das Blut in ihren Adern gefrieren lässt. Doch bevor die Dinge tatsächlich brenzlig werden können, reißt er die Augen auf, lässt sie los und hebt die Hände, dabei stolpert er tatsächlich ein paar Schritte zurück. »Das ... wollte ich nicht! Tut mir leid!«

Und damit macht er kehrt und haut einfach ab.

Ohne seine Decke, ohne sich umzudrehen, ohne sie noch mal anzusehen – weg!

Tina starrt ihm nach, bis ihn die Dunkelheit verschluckt hat, und weiß nicht, was sie denken soll. Ihr Herz klopft wild, ihre Gedanken rasen nur so dahin und die Augen sind weit aufgerissen.

Was soll das?

5. Nik

Okay, es ist amtlich: Er ist ein Stalker!

Wie fühlt er sich dabei?

Gut!

Sogar verdammt genial!

Den ganzen Tag ist er ihnen hinterhergeschlichen, hat gesehen, wie dieser Arsch sie befingert, sich nebenbei gefragt, weshalb sie nicht wenigstens im Strahl kotzt und blieb trotzdem in seinem selbst gewählten Schattendasein.

Mittlerweile kennt Nik jeden abgefuckten Baum in dieser verseuchten Stadt, hinter dem man sich abtarnen kann.

Und verdammt, es war unterhaltsam ... und Wut treibend, doch da er wieder mit anständigem Gras versorgt ist, war zumindest Letzteres kein Problem.

Sie fühlt ihn.

Zweites Resümee aus dem ersten Tag seiner neuen Karriere als Irrer. Er sieht es und verdammt soll er sein, er spürt es *auch*. Da existiert eine Verbindung zwischen *ihnen* beiden, die ihm mehr zusetzt, als er hätte ahnen können. Es ist, als habe sie ihn an die Leine gelegt und würde ihn immer hinter sich herziehen. Wie ihren gottverdammten Köter, der überhaupt nicht existiert.

Allerdings ist ihre Intuition in Hinblick auf diesen Hilfsdozenten, der nur aus einem einzigen Grund diesen Job angenommen hat, nicht halb so gut.

Denn sie hat wohl allen Ernstes vor, sich auf diesen Kerl einzulassen.

Während Nik die beiden in wachsendem Ausnahmezustand beobachtet, überlegt er krampfhaft, was er tun soll.

Ihm fällt nur leider nichts Brauchbares ein ... denn sie würde ihm nicht glauben. Und wenn er mal ganz ehrlich ist, wenn überhaupt, dann dürfte die kleine Schönheit wohl eher davon ausgehen, dass ER hier der wahnsinnige Killer ist ... nicht der Typ mit diesem Schulmeisterlächeln und der aalglatten Fassade.

So viel ist ihm klar.

Dann diese Nummer mit dem Geschäft.

Also nichts für ungut, Nik hat sie vorher besser gefallen. Da war sie natürlich, da war sie cool. Das, was da mit diesem Idioten nach einer Stunde wieder den Luxusladen verlässt, ist eine Puppe. Mit wachsendem Entsetzen (und unter Zuhilfenahme des nächsten Joints) fragt er sich, warum sie die Scheiße auch nur ansatzweise mitmacht.

Hat er sich getäuscht? Will sie das vielleicht sogar? Ist das Teil ihrer gesamten Heile-Welt-Klitsche und ihre verdammte Identität ihr in Wahrheit scheißegal?

Nun ja, selbst wenn es so ist – resümiert er, nachdem er die beiden in dem Restaurant verschwinden sah – es ist im Grunde nebensächlich.

Er weiß, wer sich hinter Mr. Robin Carter Saubermann verbirgt und trägt deshalb – ohne es zu wollen – mit einem Mal die Verantwortung für sie.

So sieht es aus!

Fuck!

Als sie nach gefühlten Ewigkeiten wieder rauskommen, gibt er sich für einen Moment wirklich der total dämlichen Hoffnung hin, dass damit dieser unrühmliche Tag beendet sei.

Weit gefehlt, der Typ hat nicht vor, sie noch mal aus seinen Fängen zu entlassen, auch wenn Nik sich mit wachsendem Unmut fragt, was er denn nur plant!

Bisher hat er sich noch nie mit einem Mädchen getroffen und der ganze Aufwand fand daher ebenfalls nie statt. Was soll denn dieser komplette Richtungswechsel?

Es geht wieder hinab zum Strand, was Nik immens freut, denn hier gibt es mit Abstand die besten Deckungsmöglichkeiten. Allerdings finden an diesem Ort auch die eindeutigsten Situationen bei Pärchen oder solchen, die es werden wollen (manchmal) statt. Seine Befürchtung, den jämmerlichen Fickversuchen dieses Idioten beiwohnen und dabei vor allem SIE beobachten zu müssen, treffen jedoch nicht ein. Obwohl es für etliche Minuten streng danach aussieht.

Ganz plötzlich kippt die Stimmung bei dem Traumpärchen. Das Ganze findet derart unvorhersehbar statt, dass er tatsächlich ein paar Sekunden braucht, um zu begreifen, dass es *genau jetzt* schiefläuft. *Genau jetzt* wird das eintreffen, weshalb er sich gerade zum Penner der gesamten Stadt macht.

Carter packt sie, selbst auf die Entfernung von zwanzig Metern und trotz Dunkelheit kann Nik die irre glitzernden Augen sehen. In der nächsten Sekunde steht er, die Hände zu Fäusten geballt, den Kopf vorgereckt, bereit zum Sprung.

Seinen Lippen entkommt ein leises Knurren, von dem er nichts weiß, sein Blick ist starr auf die beiden gerichtet, beinahe scheint er den männlichen Part zu hypnotisieren.

Nimm deine dreckigen Pfoten von ihr!

Doch bevor er tatsächlich eingreifen kann, hat der Typ sie losgelassen und stürmt davon.

Für eine Sekunde will Nik ihm folgen und ihn zu Brei schlagen, bevor er ihr wirklich noch was antun kann. Aufgeschoben ist schließlich nicht aufgehoben und für seine Begriffe war das soeben Geschehene der ultimative Beweis, dass es höchste Zeit wird.

Aber dann sieht er ihre dunkle Silhouette, so allein an diesem weiten Strand. Eine verhältnismäßig kurze Strecke entfernt befindet sich eine der vielen Nachtbars, die anderen Studenten feiern wie üblich ihre Lagerfeuerromantikeinlage, bei der in Wahrheit nur gesoffen, gekifft und gevögelt wird.

Die drei Gs, die das Studentenleben ausmachen. Abgesehen vom Suff nimmt Nik sich diesbezüglich nicht aus. Aber irgendwer geht für den Abend immer leer aus und der wandert dann frustriert den Strand entlang.

Fusel macht aggressiv, mutig und killt das Gewissen. Gleiches trifft auch auf das Unbefriedigtsein in diesem Zustand zu. Die beiden Dinge bilden meist eine wüste Mischung. Wenn irgendein Wichser die Süße in dieser Aufmachung findet ...

Nein, er bleibt, die Abrechnung kann er später immer noch vornehmen. Wenn er weiß, dass sie in Sicherheit ist.

Daher zieht Nik sich wieder in seinen Schatten zurück, der

sein wahres Heim ausmacht, und beobachtet, wie sie diesem Arsch fassungslos nachstarrt, ein paarmal sogar den Kopf schüttelt.

»Yeah, glaub es, das ist wirklich passiert«, wispert Nik, dessen Hände sich inzwischen wieder entspannt haben.

Schließlich setzt sie sich und er sieht, wie sie sich über die Flasche hermacht, die der Penner vorher noch gekauft hat. Das ist eine mögliche Art – vielleicht sogar die naheliegendste – um mit dem Geschehen klarzukommen, er kann das echt verstehen.

Sie trinkt, lehnt sich zurück, trinkt weiter, und wühlt irgendwann in der Tüte herum ...

»Fuck!«, kommentiert Nik, denn sie hat soeben die zweite Flasche gefunden. »Das ist nicht gut, gar nicht gut! Du wirst dich in den Knock-out saufen. Sieht nur wie Brause aus, ist aber viel mehr ...«

In der Zwischenzeit hat sich der Himmel bezogen, und der Regen, der sich am Morgen bereits angekündigt hat, macht seine Drohung offenbar diesmal wahr.

Noch kommt nichts, nur der Wind nimmt stetig zu, lässt sich brutal an seinen Klamotten aus und tut Gleiches wohl auch an ihren. Denn nachdem sie in einem Akt, den Nik gern gefilmt hätte, die verdammte Flasche geöffnet hat (ein schriller Schrei ist auch dabei, als der Korken endlich aus dem schmalen Hals schießt), schaut sie missmutig zum Himmel.

Dabei ist sie wieder ganz das kleine Mädchen, das er so gern beobachtet.

Dann zuckt sie mit den nackten, zierlichen und selbst in der Dunkelheit schneeweißen Schultern, nimmt die Decke, auf der sie bisher gesessen hat, und wickelt sich darin ein.

»Coole Idee«, pflichtet Nik ihr bei, seine Mundwinkel haben sich zu einem unbewussten und sehr zärtlichen Lächeln verzogen. »Nur leider wird dir das nichts nützen, wenn´s erst mal gießt.«

Kritisch blickt er zum Himmel und seufzt. »Und mir auch nicht.«

6. Tina

Fuck Cassy!

Tinas Lebensgeister sind zurück. Zumindest insoweit, um zu wissen, dass sie nicht nach Hause will.

Gründe:

1. Cassys Wut.

2. Die ausstehende Beichte

3. Cassys Zorn

4. Die ausstehende Diskussion

5. Cassy Hysterie

6. Die ausstehenden Gedanken, die dem Cassy-Theater folgen werden.

Okay, vor Letzteren kann sie sich auch hier nicht schützen. Die sind wohl unabdingbarer Bestandteil einer einsamen Strandparty, bei der nur der Sekt zu Gast ist. Doch Tina will ums Verrecken nicht reden. Das Chaos in ihrem Kopf hat sich nicht etwa gelichtet, sondern noch mal an Brisanz zugenommen. Inzwischen ist sie nicht einmal mehr sicher, was da eben überhaupt geschehen ist. Er war sauer – sehr sogar –, aber kann es denn wirklich sein, dass er sich einbildet, sie wären das Traumpaar des Jahrhunderts?

Na ja, das steht wohl fest. Die weitaus interessantere Frage ist doch die: Jetzt mal ehrlich, was ist denn dagegen einzuwenden? Er ist mit Abstand der attraktivste Mann, dem sie je begegnet ist.

Er spricht sie auf eine Art an, wie es bisher noch nie jemandem gelungen ist. Sie sehnt sich nicht in seine Arme, nein verdammt, sie will SEX – so sieht es in Wahrheit in ihr aus!

Nach diesem Abend und seiner abschließenden Vorstellung sogar noch mehr als sonst. Oh ja, es ist so jämmerlich, das leugnet sie für keine Sekunde. Aber am Ende gewinnen eben immer die Bad-Boys ... irgendwie.

Er ist ihr noch fremder, als er das ohnehin bereits war, und sie weiß tief in ihrem Innern, dass sie sich von ihm abwenden sollte. Doch die Neugierde, was es mit diesem seltsamen Mann auf sich hat, ist ebenso groß. Die Lust auf das Abenteuer gleichfalls, das er laut seiner eigenen Aussage nicht will. Und nicht zuletzt hat ihr sein Dandy-Gehabe geschmeichelt. Es ist so jenseits all dessen, was sie an Männern hier kennengelernt hat und damit in seiner Exotik unglaublich anziehend.

Wie bei *Edward* ... wie bei *Christian* ... wie bei allen, die sich jenseits des Mainstream bewegen.

Das Wetter wird rauer, sie sieht zum Himmel, beobachtet die schnell vorbeiziehenden Wolken, die sich von dem dunklen Hintergrund absetzen und durch den Mond noch heller wirken, als sie es ohnehin schon sind.

Heimgehen?

Niemals!

Zunächst will sie allein sein und sich ein wenig ihrer Wehmut hingeben, vielleicht ein bisschen träumen, möglicherweise auch ein paar Tränen vergießen. Denn offensichtlich ist gerade beendet worden, was wirklich interessant hätte sein können.

Und sie hatten noch nicht mal Sex ...

Daher sitzt Tina da und fühlt sich mit jeder Sekunde einsamer und verlassener. Das Wetter und der Alkohol tun ihr Übriges. Bald meint sie, die einzige Person auf diesem Planeten zu sein. Die letzte Überlebende nach der ultimativen humanitären Katastrophe. Ja, selbst die Zombies sind schon wieder weg. Verrottet, nur noch Gerippe, bestehend aus fahlen Knochen, die auch irgendwann zum Ursprung zurückkehren werden.

Ein Teil von ihr lächelt über sich, verspottet sich sogar als ewigen Teenie, der sie nicht mehr ist. Doch manchmal will ein Mädchen traurig sein. Manchmal will es sich bemitleiden, manchmal will es sich zickig, unreif und so grenzenlos dumm aufführen. Sie hat diese Neigungen mit Kappung der Zwanzig nicht hinter sich gelassen und bezweifelt ernsthaft, dass dies der Fall sein wird, wenn sie dreißig oder gar vierzig geworden ist.

Bei dem Gedanken, dass irgendwann mal eine Vier an erster Stelle ihres Alters stehen könnte, läuft ihr ein kalter Schauder über den Rücken.

Ihre Mommy ist längst so alt und sie lebt noch. Doch momentan ist dies für Tina die so ungefähr grauenhafteste Vorstellung, die sie sich denken kann.

Lieber sterben, als jemals so alt zu werden ...

Irgendwann fröstelt sie so sehr, dass sie flüchtig darüber nachdenkt, wenigstens ihr Hemd überzuziehen, das derzeit sicher verborgen in der Tüte mit dem grandiosen Inhalt ruht.

Doch als sie danach sucht, findet sie eine zweite Flasche von der Blubberbrause und die Bluse ist vergessen.

Beinahe bricht sie sich die Finger und ist flüchtig davon überzeugt, dass dieser verdammte Korken genau in ihr Auge gehen wird. Doch irgendwie gelingt es ihr, unfallfrei die Flasche zu öffnen.

Nach ein paar Schlucken ist ihr jeder noch so geringe Plan das Anziehen betreffend vergessen (da wäre nämlich auch noch dieses Jäckchen, das er mitgekauft hat). Und als ihr wirklich kalt wird, nimmt sie einfach die Decke und hüllt sich unbeholfen darin ein, während sie sich überlegt, dass sie dann eben hier sterben wird.

Mutterseelenallein, von aller Welt verlassen und am Ende.

Kaum gedacht, kichert sie belustigt auf und nimmt noch einen Schluck.

Wir sind heute ein wenig theatralisch, Baby, oder?

»Ja, sind wir«, räumt sie trocken ein und genehmigt sich noch eine Ladung Champagner, obwohl das Zeug nicht sonderlich gut schmeckt. »Und?«

Dennoch, ein wenig Wahrheit ist dabei, denn Tina fühlt sich tatsächlich verlassen. Und ein bisschen ängstlich ist sie auch, denn dieses Gefühl, beobachtet zu werden, verlässt sie für keine Sekunde. Sie würde schwören, dass da jemand ist, weiß aber, dass sie nichts sehen wird, sofern sie sich umschaut. Was übrigens das gesamte Gefühl von Mystik noch mal sprunghaft zunehmen lässt.

Schließlich hat sie die gesamte Flasche geleert, und ihr schwirrt nicht nur der Kopf, sondern sie ist restlos abgefüllt.

So sehr, dass ihr der Sturm, der ihre schweineteure Frisur hoffnungslos zerstört und ihre Ohren klingeln lässt, total egal ist.

Passt alles in ihr persönliches Szenario vom Weltuntergang.

Viel davon bekommt sie ohnehin nicht mehr mit, weil sie es sich irgendwann im noch warmen Sand bequem macht. Und bevor sie sich noch überlegt, dass der Strand ein verdammt toller Ort ist, um mal ein kleines Schläfchen einzulegen, ist sie auch schon weggedämmert ...

* * *

Ihr Traum ist total wirr.

Tina weiß in jeder Sekunde, dass er überhaupt nicht real sein kann. Da sind Vampire, Werwölfe und Indianer – keine Ahnung, was Letztere hier zu suchen haben. Dann ist da noch dieser Fifty, der sie ständig irgendwie fesseln und verhauen will.

Doch neben allem anderen sind da auch blaue Augen ... welche so wundervoll aussehen, dass sie nur eines denken kann: *›Beautiful Sky‹*.

Scheiß auf den Kitsch, scheiß auf Edward mit Bellas blöden Schokoladentiefen, diese hier sind wirklich wunderbar. Und sie scheinen losgelöst, als hätten sie keinen echten Träger, sondern wären ein eigenständiges Wesen. Wie der Ozean, wie das Blau des Himmels, wie all die Weiten, die der Mensch als unendlich einstuft, weil sie scheinbar keine Begrenzung haben.

Erst als sie eine Stimme hört, so leise, sanft und schön, wird ihr bewusst, dass diese unvorstellbar herrlichen Augen tatsächlich einen Besitzer haben.

»Du musst hier weg«, verkündet er und sie betrachtet hingerissen seinen perfekt geschnittenen Mund. Sanfte Konturen, als würden sie einem Engel gehören, unter einer geraden kleinen Nase und diesen verdammten Augen, die sie ab sofort bis an ihr Lebensende verfolgen werden.

»Bist du ein Engel?«, erkundigt sie sich kaum hörbar.

Der Mund verzieht sich zu einem spöttischen Lächeln. »Klar.«

Okay, das klingt nicht, als wäre er eines dieser Engelsgeschöpfe, aber woher weiß sie schon, wie die wirklich sprechen? Ist ja der Erste, den sie trifft.

»Deine Augen«, wispert sie und hebt vorsichtig einen Arm, doch kurz vor seinem Gesicht verharrt sie, fragt sich ernsthaft, ob sie in die Hölle kommt, wenn sie ihn einfach so berührt.

»Was ist damit«, fragt er, ohne auch nur das geringste Stück wegzurücken. Sie hat sogar den Eindruck, er würde sich noch etwas weiter zu ihr herabbeugen.

»Sie sind so schön«, bringt sie ehrfürchtig hervor. Da sich sein atemberaubender Mund zu einem Lächeln verzieht, tut es ihrer auch. Dann endlich bringt sie den Mut auf, ihn anzufassen. Als ihre Fingerspitzen mit der zarten Haut seiner Schläfe Kontakt aufnehmen, über seine Lider fahren, die sich über den Himmelaugen schließen, die hohen Wangenknochen entlanggleiten und dann hinab zu den Lippen gehen, überlegt sie sich, dass manche Träume verdammt noch mal zu geil sind.

»Du musst hier weg«, bemerkt er wieder und hält ihr Handgelenk fest, als sie gerade seinen Hals erkunden will. Seine Miene ist plötzlich hart.

»Warum?«

»Weil es regnet und du dir den Tod holst!«

Eilig sieht sie nach oben, registriert die Wolken, dann erst das Wasser, das in großen Tropfen stetig auf sie herniedergeht, und blickt rasch wieder in sein Gesicht. »Ist mir egal. Das ist ein Traum und da kann man nicht sterben. Weißt du das nicht?«

»Möglicherweise ja, möglicherweise nein«, erwidert er kryptisch, und erneut findet sie den Spott auf seinem engelsgleichen *Antlitz*.

PAH!

Nie zuvor hat sie dieses Wort gedacht, geschrieben oder gesagt. Es war ein NO GO! Zu sehr Jane Austen, zu kitschig, *zu alt!*

Jetzt benutzt sie es mit ungeahnter Leichtigkeit, würde es sofort niederschreiben, in ihrem Tagebuch verewigen und es in die Welt hinausbrüllen. Denn IHR Engel besitzt kein Gesicht im herkömmlichen Sinn, sondern ein *Antlitz* – ein wunderschönes, um genau zu sein.

Seine braunen, so muskulösen Arme schieben sich unter ihre Decke und dann wird sie auch schon hochgenommen. »Ups«, macht Tina, obwohl sie nicht wirklich überrascht ist.

»Du bist betrunken«, stellt er amüsiert fest.

»Hmmm«, bestätigt sie das Offensichtliche, schlingt ihre Arme um seinen Hals und lehnt die Schläfe an sein Kinn.

Wissend, dass sie nicht sicherer sein könnte.

Es ist eine Tatsache, so unumstößlich wie Ebbe und Flut und diese Gewissheit hat sie aus ihrem Innersten geborgen. Dort, wo ihr Herz schlägt – na ja, ist auch Kitsch, aber das Ganze ist nun mal ein Kitschtraum, dafür kann Tina weniger.

Als er sich in Bewegung setzt, hat sie das Gefühl, zu schweben, als würde er fliegen. Okay, er ist ein Engel, also trifft das wohl zu.

Der Sekt hat seine brachiale Wirkung vollständig entfaltet und macht keine Anstalten, sich zu verflüchtigen. In ihrem Kopf befindet sich noch immer nichts als undurchdringlicher Wirrwarr, der sich innerhalb einer ziemlich unkontrolliert wabernden Substanz rekelt.

Tina will nicht darüber nachdenken, dass sie in Wahrheit soeben am Strand im Regen liegt und wohl absaufen oder sich tatsächlich eine Lungenentzündung holen wird.

Die unabwendbare Gewissheit, dass ihr momentan *nichts* passieren kann, ist zu übermächtig und ihre Müdigkeit ebenfalls. Sie spürt sein schlagendes Herz an ihrer Haut und mag den Takt, hat bald den Eindruck, er würde mit ihrem eine Einheit bilden.

Im Traum ist alles so einfach und klar ersichtlich: Wäre das Leben genauso, Mann, was würde die Menschheit glücklich sein. Keine unsinnigen Fragen, weil man alles bereits weiß, auch wenn man es möglicherweise nicht unbedingt artikulieren kann.

Zum ersten Mal fühlt sie sich eins mit sich und ihrem Körper, so ganz, so behütet und geborgen. Während sie in einem sanften Rhythmus bedingt durch die Bewegung seiner Beine hin und her geschaukelt wird, schläft Tina ein.

Ihre Arme fest um seinem Hals, an seiner warmen Haut, die Stirn an seinem Kinn, in der Nase seinen herben, so unglaublich wohlriechenden Duft, der eine kleine aber bestechende Unternote von Gras hat. Kaum bemerkt sie, dass er sie ins Wohnheim bringt oder dass er genau weiß, wo sich ihr Schlüssel befindet, dass er die Tür aufsperrt und sie in ihr Zimmer bringt, und dort ohne Umwege in ihr Bett.

Einzig der Gedanke: *›Gottseidank, Cassy schläft‹*, kommt ihr, aber sehr überrascht ist sie nicht. In Träumen geht ganz selten was schief.

Er zieht die Decke über sie und will dann ihre Arme von seinem Hals lösen, doch so einfach hat sie nicht vor, ihn davonkommen zu lassen. Störrisch hält sie sich fest. »Nein!«

»Ich muss los«, wispert er so nah an ihren Lippen, dass sie ihre nur zu spitzen braucht, um es zu einem – zugegebenermaßen halben – Kuss werden zu lassen. Im Traum kennt man auch keine Skrupel oder so etwas wie Beklemmungen. Sie zwingt ihn näher, registriert, dass er kaum Widerstand leistet und seufzt, als sie erfahren darf, dass seine Lippen genauso göttlich schmecken, wie sie aussehen. »Ja«, murmelt sie und berührt seine Zungenspitze mit ihrer, hört ihn stöhnen und spürt dann den sanften, aber bestimmten, Druck, mit dem er sie von sich löst.

»Halt!«, wispert sie hektisch, als ihr aufgeht, dass er wirklich gehen will.

Ihr Engel stöhnt ein bisschen entnervt, aber das ist Tina egal. »Wie heißt du?«, flüstert sie und hebt bedeutend mutiger eine Hand, um sein Haar zu berühren, das in dicht gedrehten Dreadlocks von seinem Kopf absteht.

Diesmal ist sein Lächeln sehr alt, sehr weise und verdammt spöttisch. »Beautiful Sky«, sagt er langsam. »So nennt man mich, dort, wo ich hingehöre.«

Damit dreht er sich um, verschwindet und Tina schläft lächelnd weiter.

Hat sie es doch gewusst!

Beautiful Sky ...

7. Nik

Als er wieder vor ihrem Haus steht, kann er für einen langen Moment nur an der Fassade hinaufstarren.

Offen Mundes, schätzt er, was ihm aber meilenweit am Arsch vorbeigeht.

Er ist trunken vor der nachhallenden Anspannung, wie besoffen von dem Gefühl, sie in seinen Armen zu halten und das zu spüren, was er bisher nur sehen durfte.

Nichts hat ihn getäuscht. Die Realität ist sogar noch besser, als er es sich erhoffen konnte. Allein dieser umwerfende Duft, der jeden seiner Nerven auf die bestmögliche, anheizende Art anspricht.

Ehrlich, er hätte einiges darum gegeben, sich mit zu ihr ins Bett zu legen und sie auf eine sanfte, nie zuvor da gewesene Art zu vögeln.

Nicht wie die Schlampen, mit denen er es sonst so treibt, sondern auf eine liebevolle, einzigartige Weise, die er gern mal erfahren würde.

Sie zu verlassen, obwohl er sie mit Leichtigkeit hätte dazu bringen können – so viel steht fest –, war eine der seiner Ansicht nach heroischsten Taten, die er bisher vollbracht hat.

Und nun steht er in der windigen Nacht, die bald zum Morgen werden wird und weiß nicht weiter. Selten zuvor hat er sich so verlassen gefühlt. Ehrlich ...

Mit den Händen in den Taschen seiner Jeans überdenkt er den letzten Satz, bevor er ein dumpfes Lachen von sich gibt.

Was für ein Scheiß!

ECHT!

Dann dreht er sich abrupt um und schlendert davon, während er in der hinteren Tasche bereits nach seinem Gras fahndet.

* * *

Doch ganz so einfach, wie Nik sich die Nummer vorstellt, wird sie heute nicht.

Auch der Joint, den er sich kurz darauf genehmigt – er ist wieder am Strand –, ändert daran nichts.

Egal, was er auch dagegen unternimmt, er sieht unentwegt ihre Augen, die ihn tatsächlich gemustert haben, als sei er irgendeine göttliche Erscheinung. Er entdeckte diese tiefe Zuneigung, die nach allem, was er bisher weiß, gar nicht da sein dürfte, und würde am liebsten zu ihr zurückkehren und das nachholen, was er leider versäumt hat.

Geht nur dummerweise nicht, auch wenn der Gedanke, sie nie haben zu dürfen, plötzlich nicht mehr ganz so vorherrschend in ihm lebt. Wenn es eine Möglichkeit gäbe, er würde sie nicht ungenutzt verstreichen lassen. Einfach, weil er inzwischen nicht mehr nur ahnt, sondern *weiß*, dass sie den Himmel für ihn bereithält.

Und den will er einmal berühren – gemeinsam mit diesem unvergleichlichen Wesen, das sich vor Monaten in seinem Kopf eingebrannt hat und seitdem nicht mehr daraus verschwinden will.

Mit geschlossenen Augen sitzt er an seinem Baum und

raucht seinen Joint. Nur langsam wird es hell und die Sonne – derzeit noch glühend rot – macht Anstalten, sich unter die tiefe Wolkendecke zu schieben.

Wieder bleibt der Sturm aus, belässt es bei der wüsten Drohung und auch der Regen hat längst wieder nachgelassen. Daher sitzt er da und träumt sich in ihre Arme, bis er Schritte auf nassem Sand und signifikantes angestrengtes, gleichmäßiges Atmen vernimmt.

Als er aufblickt, sieht er ein Mädchen nahen. Es handelt sich um eine der vielen irren Joggerinnen, die sich das Leben bereits am Morgen nachhaltig versauen. Sie ist sozusagen das Paradebeispiel: Knappe Leggins (die sie sich glücklicherweise figurmäßig leisten kann), schwarze Knieschützer, ein enges Trägershirt, gegen das sich die festen Nippel von innen pressen. Das blonde, selbst von seiner Perspektive aus seidig wirkende Haar ist zu einem langen Pferdeschwanz gebunden und auf den Ohren befinden sich die obligatorischen Kopfhörer, deren Schnur zu dem an ihrer Taille befestigten I-Pod führt.

Ihre kleinen festen Titten bewegen sich kaum, was Nik ernsthaft bedauert. Wenn dieses wahnwitzige Umhergerenne überhaupt irgendeinen Sinn ergibt, dann ist es seiner Meinung nach der daraus resultierende Anblick.

Na ja, hier ist er mal wieder einer Niete aufgelaufen.

Mit nichtssagendem Blick läuft sie an ihm vorbei, doch als er gerade ihren festen Hintern abcheckt, bleibt sie plötzlich stehen und legt ungelogen den Rückwärtsgang ein. Sobald sie auf seiner Höhe angekommen ist, stoppt sie, legt die Hände in die Hüften und beugt sich wild verschnaufend nach vorn.

Nik beobachtet sie, ohne mit der Wimper zu zucken.

Schließlich sieht sie auf und um ihre vollen Lippen spielt ein eigentümliches Lächeln. »Bist du echt?«

»Find es raus!«, erwidert er wie aus der Pistole geschossen und ohne die geringste Überraschung. Es ist eine Symptomatik seines doch ziemlich eigentümlichen Lebens, dass sie sich tatsächlich nähert.

Als würde jede multigeschlechtliche Interaktion mit ihm unter einem gewissen Code laufen, weil nichts von alldem zur Wirklichkeit gehört, einschließlich seiner Person.

Ihr Körper ist drahtig, die Haut samten und Nik gelangt in den nächsten Sekunden dahinter, dass sich Leggins verdammt schnell ausziehen lassen.

Denn sie tut es ohne die geringste Furcht vor etwaigen Zaungästen. Zuerst jedoch fällt das Shirt, unter dem sie keinen BH trägt. Nik hatte recht, ihre Brüste sind sehr klein, aber dafür eben auch sehr fest und schön geformt. Er mag das.

Die Leggins fallen als Nächstes, dann die Unterwäsche und zuvor wurden bereits die Sportschuhe und die Socken beseitigt. Dann steht sie vor ihm, nackt und schön – keine der Schlampen, die er sonst hier trifft, sondern nur ein Mädchen, das zum Joggen losging und diesen Morgen mit ein bisschen abgedrehtem, heißem, dreckigem und unverbindlichem Sex beschließen wird.

Sie nähert sich ihm mit lauernder, lasziver Miene, ihre ungeschminkten Lippen sind feucht und eine Strähne hat sich aus dem Zopf gelöst, die ihr jetzt in das blasse, sehr hübsche Gesicht hängt.

Blaue Augen ... sie haben die gleiche Farbe wie seine.

Dann hat sie ihn erreicht, setzt sich breitbeinig auf ihn und platziert die Hände auf seinen Schultern. Ihre Lippen berühren zunächst seine Schläfe, dann die Nase und schließlich die Lippen. Die filigranen Finger tasten sich in seinen Nacken und sie zieht ihn ein wenig an sich, bevor sie gekonnt ihr Becken kreisen lässt.

Ehe die Welt um ihn herum für ein paar selige Minuten versinkt, schießt Nik durch den Kopf, dass die Kleine heute Nacht eine ähnliche Frage gestellt hat wie diese Tussi hier, die vielleicht gar keine ist.

Seine Hände tasten sich an der seidigen Haut hinauf, berühren die tatsächlich süßen Brüste und er stöhnt, als sie sich aufrichtet, seine Hose öffnet, mit flinken, resoluten und dennoch sanften Bewegungen seinen Schwanz befreit und sich auf ihn sinken lässt.

Das Ganze ist so unreal, dass er nicht mehr denkt und garantiert nicht daran zweifelt. Nur noch ein Gedanke kommt ihm:

Sie glaubt das auch, nicht wahr?

Für sie ist er doch auch nur ein Gespenst, ein Schatten, dem sie sich bedingungslos ausliefern konnte, weil er ohnehin nicht wirklich existiert und ihr daher nicht gefährlich werden kann.

Nik nimmt sich vor, diese Überlegung noch mal aufzugreifen, sobald er dazu wieder rein technisch in der Lage ist.

Dann hört er sie stöhnen – fuck, ist die laut, aber egal! –, sie wirft den Kopf zurück, schließt die Lider, benetzt mit einer feuchten Zunge ihre Lippen, während ihre Finger in seinem Nacken ihn gegen ihre Titten zwingen und er praktisch gezwungen wird, einen der harten Nippel mit dem Mund zu verwöhnen.

Dabei hebt und senkt sie sich auf ihm in immer schnellerem Tempo, nimmt ihn beinahe sofort mit, ohne dass er auch nur den Hauch einer Chance hat, sich dagegen zu wehren. Sie ist warm, weich und verdammt eng, ihr Nippel sehnt sich faktisch selbst zwischen seine Lippen, und als er ihn sanft mit der Zunge streichelt, stöhnt sie wieder über ihm auf.

Ehrlich, immer diese sexuellen Belästigungen!

8. Tina

Als sie wach wird, merkt Tina zunächst nur eines:

IHREN KOPF!

Oh, verdammter Mist!

Woher diese Schmerzen und das dumpfe Dröhnen stammen, das zusätzlich ihren misshandelten Schädel flutet, ist ihr nicht unbedingt bewusst. Um dahinterzugelangen, müsste sie denken und das erscheint ihr momentan echt unangebracht.

Nur langsam breiten sich die Ereignisse des vergangenen Tages vor ihr aus und damit hält auch das schlechte Gewissen Einzug, das sie in ihren Träumen für keinen Moment verspürt hat.

Wenn überhaupt. In Wahrheit kann sie sich zunächst nämlich nicht daran erinnern, *was* sie überhaupt geträumt hat.

Doch dann nimmt sie noch etwas wahr, und das beendet ihr Wachwerden schlagartig.

Jemand atmet.

Sehr tief und mühsam.

Asthma?

Oder eine wütende Cassy?

Asthma wäre toll, doch bei ihrem Glück wird wohl das Zweite zutreffen. Nachdem auch Tina ein paarmal tief Luft geholt hat, wagt sie tatsächlich, die Augen zu öffnen ...

... und blickt geradewegs in das wütende, zornige, *rauchende* Gesicht ihrer Freundin.

Die befindet sich genau vor ihr. Also nicht stehend vor ihrem Bett, nein, sie kniet davor und hat ihre Nasenspitze direkt vor Tinas postiert.

Deren erste Reaktion fällt daher wohl eher zwangsläufig aus.

»AHHHHH!«, brüllt sie und flüchtet sich in die hinterste Ecke ihres Bettes.

»Was ist los?«, wird sie verdächtig ruhig gefragt. »Angst?«

»Quatsch!«, stößt Tina hervor und ignoriert ihr klopfendes Herz. Ehrlich, wenn sie sauer ist, kann Cassy wirklich gruselig wirken. Vielleicht, um sich abzulenken, geht ihr genau in diesem Moment auf, dass sie noch dieses blöde Gala-Kleid trägt.

Und das ist der Auslöser! Während all das, was bisher noch von der vorangegangenen Nacht verschüttet war, plötzlich wieder Gestalt annimmt, weiten sich ihre Augen immer mehr und sie hebt schließlich einen Zeigefinger.

»Warte!«

Anscheinend wirkt sie dabei so seltsam, dass selbst die wutschnaubende Cassy nichts dagegen anzubringen hat. Denn sie hält tatsächlich inne und beobachtet ratlos, wie Tina unter dem Bett nach ihrem Tagebuch fischt und es mit leicht bebenden Händen aufschlägt.

Der Stift hängt immer daran, weshalb sie eilig nach einer neuen freien Seite sucht und mit noch zitterigeren Fingern schließlich einträgt.

10. September
Beautiful Sky
Antlitz!

Dann klappt sie das Ganze wieder zu, verstaut es nach einem langen Blick auf den Einband diesmal nicht wieder unter dem Bettgestell, sondern unter ihrem Kopfkissen, holt tief Luft, streicht sich das wirre Haar aus dem Gesicht und sieht Cassy dann entschlossen an.

»Okay, leg los!«

* * *

Na ja, es wird laut, ein paar Tränen gehen mit der nun folgenden Auseinandersetzung auf beiden Seiten ebenfalls einher, einige gemeine Worte fallen auch, aber am Ende sitzen die beiden Mädchen relativ einträchtig nebeneinander auf Tinas Bett.

Über allem stehen die Sorgen, die Cassy sich gemacht hat, und die kann und wird Tina ihr nicht verdenken.

Trotzdem. »Es ist meine Sache«, sagt sie leise, ihr Arm liegt um die Schultern ihrer Freundin. »Er ist anders als die anderen. Schon, weil er älter ist. Aber auch sonst. Ich will wissen, was sich hinter dieser aalglatten, schönen Fassade verbirgt. Bitte, versau es mir nicht!«

Für eine lange Weile herrscht Stille, bis Cassys zögernde Stimme ertönt. »Okay ... Aber ich werde auf dich aufpassen.«

Erleichtert drückt Tina ihr einen Kuss auf die Wange. »Danke! Und ... Klar, mach ich ja auch!«

Das bringt sie wieder zum Kichern und danach ist der häusliche Frieden fast wiederhergestellt.

* * *

Die Dinge verbessern sich noch einmal um satte 100 Prozent, als Gabe am Abend vor ihrer Tür steht. Er grinst wie immer, sieht gut aus wie immer und ist sichtlich froh, wieder zurück zu sein. »Boah!«, sagt er und lässt sich auf die Couch fallen. »Nur fürs Protokoll: für mich in den nächsten zwanzig Jahren keine Beerdigung mehr!«

Cassy setzt sich neben ihn, wie üblich mit diesem mütterlichen Ausdruck, für den Tina sie ständig schlagen könnte. Wird sie das denn nie lassen? »War es so traurig?«

Gabe mustert sie mit erhobener Augenbraue. »TRAURIG? HA! Seit Jahren hat alles auf das edle Ableben der edlen Alten gelauert. Kannst du dir vorstellen, was los ist, wenn sich circa 100 potenzielle Erbschleicher in einem Haus einfinden, von denen die Hälfte seit fünf Jahrzehnten untereinander verfeindet ist und die andere schon mal abcheckt, was man ohne großen Aufwand vom Inventar mitgehen lassen kann?«

»Oh!«, haucht Cassy betroffen.

»JA!« Heftig nickt er. »Diese verlogene Bagage! Es war so widerlich und ich mittendrin. Die Hälfte von ihnen kannte ich gar nicht. Aber!« Plötzlich vollführt seine Stimmung eine 180-Grad-Wendung, denn er strahlt. »Es hat sich herausgestellt, dass sich das ewige Rasenmähen bei Oma bezahlt gemacht hat. Denn ...« Damit steht er auf und breitet die Arme aus. »Vor euch steht der Haupterbe.«

Die Mädchen sehen zu ihm auf, wobei beide identisch zweifelnd wirken. »Aha, und was bedeutet das jetzt genau?«, wagt Cassy schließlich zu fragen.

Das überdenkt Gabe sehr intensiv (was die Spannung noch mal zusätzlich steigert), bevor er grinst. »Im Grunde nichts, aber ich wollte es mal anbringen, nur um zu demonstrieren, dass ich eine verdammt gute Partie bin. Ich weiß, interessiert wieder keinen.«

Damit lässt er sich zurück auf die Couch fallen, reißt noch im Sturz Cassy in eine Knochen brechende Umarmung und legt für die nächsten paar Minuten (für Tina fühlt es sich wie Stunden an) einen dieser gigantischen Küsse hin.

Schließlich, als Cassy sichtlich schwer atmend in seinen Armen liegt, werden seitens Gabe wieder die Augen geöffnet. »Und, was war sonst so los?«

* * *

Dass Cassy ihre Freundin ist, bewahrheitet sich übrigens ganz besonders darin, dass sie eben nichts von Tinas heimlichem Ausflug erzählt.

Auch Robin kommt nicht ins Gespräch und schon gar nicht die diversen Auseinandersetzungen, welche die beiden in Gabes Abwesenheit geführt haben. Daher machen sich die Drei am späten Abend einträchtig auf zum *Simple Plan.*

Es ist der letzte Tag vor dem Beginn der Vorlesungen und den wollen sie noch einmal gigantisch feiern.

Henry ist selbstverständlich auch vor Ort. Gabe und er hatten sich in der Zwischenzeit nicht mehr viel zu sagen, was nicht unbedingt verwunderlich ist. Hin und wieder entsendete er einen giftigen Blick zu ihm und zu Cassy einen flehenden. Doch seitdem er neben sich immer eine unscheinbare Brünette sitzen hat, die ihm wie hypnotisiert an den Lippen hängt und die Getränke holt, sind auch diese Ausrutscher fast eingedämmt.

Tina und Cassy rätseln noch darüber, ob sie ihm schon die Socken wäscht und das Frühstück zubereitet. Nach allem, was sie sehen, vor allem, weil die beiden gemeinsam das *Simple Plan* verlassen, dürfte er wohl seine neue Haushälterin gefunden haben.

»Vielleicht hat er sich in Sachen Sex ja verbessert!«, bemerkt Cassy, klingt aber nicht sehr hoffnungsvoll. Und nachdem die beiden Mädchen einen langen Blick gewechselt haben, prusten sie gleichzeitig los.

»Der? Nie im Leben!«, lacht Tina. »Er findet doch immer wieder eine blöde Kuh, die es ihm besorgt ... also in jeder Hinsicht.«

»Wow!«, erwidert Cassy gedehnt. »Der hat gesessen.« Doch bevor Tina sich Sorgen machen kann, lächelt sie. »Du hast recht. Ich *war* blöd.« In diesem Moment erscheint Gabe und händigt jedem Mädchen ein Bier aus. »Aber ich bin entwicklungsfähig«, grinst sie und stößt mit Tina an.

Na ja, wo sie recht hat.

Der Abend verspricht, witzig zu werden. Die Musik ist laut, die Leute allesamt lustig drauf und mit der festen Absicht erschienen, zum Abschluss der Ferien noch mal die Sau rauszulassen.

Tina jedoch sitzt in ihrer behaglichen Ecke, ein Bier in der Hand und hat zum ersten Mal Zeit, an diese besondere, *andere* Sache von gestern Nacht zu denken.

Sie weiß, dass es nur ein Traum war, doch selbst in ihrer Erinnerung macht der sich so real aus ... so gigantisch schön ... dass sie, wann immer sie daran denkt, von dem überwältigenden Wunsch geflutet wird, es wäre keine Einbildung gewesen.

In ihrem Alter kann sie auf jede Menge dieser nächtlichen Fantasien zurückblicken, doch noch nie hatte sie so ein *echtes* Gefühl, wie nach diesem.

Noch immer fühlt sie sein hektisch pochendes Herz an ihrer Haut, spürt noch immer die so erstaunlich zarte Haut unter ihren Fingern, sieht noch immer dieses unvergleichlich schöne Gesicht (*Antlitz!*), hört noch immer diese Stimme, die unter anderem echt weltliche, reale Dinge gesagt hat. Vor allem aber kann sie nach wie vor seine Lippen auf ihren fühlen.

Tina ist keine Jungfrau und weit von dem Zeitpunkt entfernt, als sie noch eine war. Doch sie sucht ihre Liebhaber mit äußerstem Bedacht aus, und achtet tunlichst darauf, dass es kein One-Night-Stand wird. Eine derartige Nummer ist ihr in Hinblick auf Gesundheit von Leib und Seele einfach zu gefährlich. Allerdings hat sie gegen einen heißen Flirt bestimmt nichts einzuwenden, was im Umkehrschluss bedeutet, dass sie schon verdammt häufig geküsst hat.

Doch noch nie hat es sie so geflasht und so einen nachhaltigen Eindruck hinterlassen. Sie braucht nur die Augen zu schließen und schön spürt sie wieder diese weichen und dennoch festen Lippen und nimmt wieder diesen unendlich überwältigenden Duft wahr. Dabei wird Tina von einem Gefühl erfasst, das ihr den Eindruck vermittelt, sie würde auf Wolken schweben, während ihr die Aufregung schlicht den Atem raubt.

»Ein Penny für deine Gedanken!«

Erschrocken reißt sie die Lider auf und sieht in Robins sehr ernstes Gesicht. Mit dem hat sie nun am Allerwenigsten gerechnet! Um genau zu sein, fand sie die Idee, ins *Simple Plan* zu gehen, deshalb so gut, weil er eben hier nicht aufkreuzen würde. Hat er doch selbst gesagt! Sie ist heute nicht dazu gekommen, diese Geschichte mit ihm, die an Seltsamkeit ja auch nicht zu überbieten ist, eingehend zu überdenken. Das Gespräch mit Cassy konnte ihr nicht wirklich weiterhelfen, weil sie der ja nicht mal die Hälfte der wahren Ereignisse gebeichtet hat.

Ursprünglich wollte sie diesen Abend nutzen, um über Robin Carter nachzudenken, nur dass sich ihr *Beautiful Sky* (verdammt, so hat er sich wirklich vorgestellt und sie wusste es bereits vorher) dazwischengeschoben hat.

Weshalb Tina momentan umfassend in der Falle sitzt.

Ihr Räuspern klingt daher ein wenig rau. »Hey.«

Noch immer macht sich kein Lächeln um seinen Mund bemerkbar. »Es war anzunehmen, dass ich dich hier finden würde«, erklärt er förmlich wie üblich. »Ich würde gern mit dir reden – allerdings das Gestrige *nicht* ungeschehen machen, dafür war der Tag zu schön. Nur der Abschluss ...« Seufzend senkt er den Kopf und betrachtet für einen Moment die Flasche Wasser in seiner Hand.

Womit er seit Cassys Neugeburt der erste Mensch sein dürfte, der in diesem Laden irgendwas Antialkoholisches zu sich nimmt.

Als Tina erkennt, dass sie die verpasste Grübelei in seiner Gegenwart auch nicht mehr nachholen können wird, beschließt sie kurzerhand, sich ganz auf ihre Intuition zu verlassen. Dabei tut sie übrigens alles, um Cassys kritischen Blick zu ignorieren. Gabe hat sich ihr inzwischen auch angeschlossen, also hat die Petze doch gesungen.

Mist!

Ihr Seufzen wird leider fehlinterpretiert. »Das heißt, ich habe bereits verspielt«, erkundigt er sich und sie beeilt sich, den Kopf zu schütteln. »Nein, hast du nicht.«

Damit wendet sie sich demonstrativ von ihren Freunden ab und strahlt Robin an. »Allein, dass du heute hier aufgetaucht bist, obwohl ich weiß, wie sehr du das *Simple Plan* hasst, ist ein Pluspunkt«, räumt sie ein.

»Oh, du erstellst also eine Pro- und Contraliste?«, erkundigt er sich interessiert und mit einem Hauch von Spott.

»Das tut jeder«, erklärt sie freimütig. »Jedenfalls, wenn er unsicher ist.«

»Was du bist?«

»Was ich bin.«

Diesmal deutet er ihr Seufzen richtig. Eine sanfte Hand greift nach ihrer, und als sie aufsieht, könnte sein Blick nicht aufrichtiger sein. »Ich habe mich danebenbenommen, habe ausschließlich und zum denkbar falschen Zeitpunkt mein Herz sprechen lassen. Bitte, gib mir die Möglichkeit, es wiedergutzumachen und dir zu beweisen, dass ich kein Idiot bin. Also, kein extremer ...« Er betrachtet sie unter seinen schönen Wimpern hervor und Tina muss kichern, bevor sie sich ein wenig aufrichtet.

»Okay«, sagt sie langsam. »Ich vergebe dir.«

Seine Augen blitzen flüchtig auf, dann nickt er. »Ich verstehe.«

»Wir könnten uns morgen außerhalb dieses ...« Sie lässt einen Blick über die Menschenmenge schweifen. »... räudigen Etablissements treffen.«

»Das halte ich für einen gelungenen Vorschlag.«

»Sehr gut ... Ich ziehe übrigens meine Klamotten an, erscheine also nicht in Gala.«

»Hmmm ...« Das scheint er allen Ernstes überdenken zu müssen, bevor er abermals nickt, seine Mundwinkel zucken. »Dürfte ich diesbezüglich eine klitzekleine Anmerkung machen?«

»Du darfst«, gestattet sie würdevoll.

»Könntest du eines deiner entzückenden Kleider anziehen?«

»Das ginge, sofern die klimatischen Verhältnisse mit diesem Vorhaben konform laufen.«

»Nun, die klimatischen stimmen in diesem Landstrich

wohl immer, du redest eher von den meteorologisch bedingten ...«

»Klugscheißer!«

Und endlich ist sein Grinsen echt. »Das werde ich nicht abstellen können, sorry. Ist unabwendbarer Teil meines Wesens ... wirst du damit klarkommen?«

Gleichmütig zuckt sie mit den Schultern. »Werde ich wohl müssen, oder? Aber wenn ich mir so das Gesamtpaket betrachte ...« Tina neigt den Kopf zur Seite und unterzieht ihn einer ausgiebigen Musterung. Wieder trägt er Jeans und ein schlichtes Hemd, doch bei ihm wirkt es, als wäre er in Smoking aufgekreuzt. Gibt es irgendetwas, was spätestens an diesem Mann nicht perfekt werden würde? Die Züge sind erlesen, die hohen Wangenknochen zeugen tatsächlich von einer gewissen Aristokratie, die Augen versprühen reine Intelligenz, selbst die Brauen darüber sind perfekt geschwungen und nicht zu dicht oder zu schmal – als würde er sie regelmäßig zupfen lassen.

Und erst die Lippen ... wie gut sie küssen, durfte sie bereits erleben. Bis vor wenigen Stunden hätte sie behauptet, mit ihm diesbezüglich die bisher beste Erfahrung gemacht zu haben. Wäre da nicht die vergangene Nacht mit ihren Seltsamkeiten gefolgt.

Nur im Gegensatz zu diesem Engel mit den starken Armen und dem abgedrehten Schmuck um den Hals, ist dieser Mann hier real. Und er ist schön, wenn auch auf eine ganz andere Weise.

Aus dem Augenwinkel macht Tina die vielen Mädchen aus, die unverblümt zu ihm sehen, Neid spricht aus ihren Gesichtern und nahezu alle Lippenpaare sind verlangend geöffnet. Auch sie registrieren, was Tina bereits vor zwei Tagen begriffen hat: Robin ist der Hauptgewinn. Jedenfalls der greifbare, und wäre sie gestern nicht so betrunken gewesen, dann wäre diese Illusion womöglich überhaupt nicht aufgetaucht.

Weg damit!, befielt sie sich und lächelt ihn an. »Ich denke, das ist es wert.«

9. Tina

Es funktioniert, bis sie abends im Bett liegt.

Also das mit dem Verdrängen. Im Grunde müsste Tina glücklich sein, und das ist sie vermutlich auch zum überwiegenden Teil. In ihrem Magen macht sich dieses signifikante erwartungsvolle Gefühl breit, welches von dreitausend Insekten herrührt, die nur der Einbildung entsprechen, aber verdammt überzeugend sein können.

Sie hat Robin zum Abschied geküsst und davor ist er nicht gegangen, sondern hielt tapfer bei den feiernden Studenten aus. Was ihn einiges gekostet hat, Tina ist seine gelegentliche entnervte bis angewiderte Grimasse keineswegs entgangen. Seine bewundernden Blicke entschädigten für vieles und seine Berührungen, die alle eher beiläufiger Natur waren – jedenfalls gab er das vor –, taten ihr Übriges.

Als er sie nach Hause brachte, während Cassy und Gabe ihnen in angemessener Entfernung nachschlichen, fühlte sie sich wirklich, wirklich gut.

Wie der Winner des Abends. Einzig die stechenden Blicke ihrer Freundin, die sich permanent in ihren unschuldigen Rücken bohrten, nervten ein wenig. Tina nimmt sich vor, das morgen auszudiskutieren. Heute ist leider nicht möglich, weil Cassy die Nacht bei Gabe verbringt.

Logisch, sie haben ein paar Tage Abstinenz nachzuholen.

Tina seufzt. Ja, zumindest Letzteres kann sie gut verstehen. Sie hätte da auch so einiges, was dringend Nachholebedarf besitzt.

Besonders über die jüngsten Gedanken grübelt sie länger nach, denn sie gehören im Grunde nicht zu ihr, passen nicht zu ihrem eher tiefgründigen Wesen und erschrecken sie daher ein wenig. Lebt sie bereits zu lange unter diesen Studenten, die mit ihrer ›Haltet die Welt an, ich will aussteigen‹-Einstellung wie ein schnell ansteckendes Virus alles mit sich in den verdammenswerten Sog reißen?

Hat sie all das, was sie einst auszeichnete inzwischen verloren und ist zu einem oberflächlichen Wesen verkommen, das nur noch an schnellen, heißen Sex denkt, ohne Rücksicht auf Verluste. Sogar, wenn der Preis ihre Seele sein könnte?

Nein, entscheidet sie nach reiflicher Überlegung und mit deutlichem Aufatmen. Ganz so verhält es sich nicht, vielmehr ist sie wohl derzeit Opfer der verdammten Natur.

Und gegen die und deren Rufe ist der Mensch nun mal machtlos.

Selbst sie ...

* * *

... und *wie* machtlos sie ist!

Eine Stunde später sitzt Tina aufrecht in ihrem Bett, das Haar ist ein Nest aus dunklem Chaos, die Augen sind so weit aufgerissen, als hätte sie Aufputschmittel geschluckt, und sie befindet sich fernab von jedem erholsamen Schlaf.

Da kann sie sich noch so häufig sagen, dass morgen die Vorlesungen in die nächste Runde gehen werden und sie daher ausgeruht und wach sein muss.

Ihr verdammter Körper sieht das anders.

Dem ist nämlich erneut etwas eingefallen, und zwar zum denkbar falschesten Zeitpunkt.

ER.

Ihr persönlicher Engel.

Robin ist ein großartiger Mann und sie fühlt, dass sie mit ihm tatsächlich glücklich werden könnte. Aber da gibt es noch den anderen, dieses nicht ganz körperliche Wesen, das sich eben nicht für immer und ewig aus ihren Erinnerungen verzogen hat. Eher scheint es nur auf eine solche Gelegenheit gewartet zu haben, um sich wieder in ihr vorderstes Bewusstsein zu stehlen.

Die Nacht ist noch relativ jung, die Uhr zeigt kaum nach Mitternacht, Tina ist wach und ihr Bauch erzählt ihr die neuesten, süß schmerzenden Geschichten von Sehnsüchten, blöden Träumen und ihrer dämlichen Naivität.

Letztere ist unbestritten, sie macht allerdings auch keine Anstalten, einfach mal abzuhauen!

Mit jeder verstreichenden Minute wird Tina ein wenig ungeduldiger, doch es benötigt lange, bevor sie auch endlich erkennt, *weshalb!*

Sie will gehen.

Jetzt!

Während der dunklen Nacht, in der schwärzesten Stunde überhaupt.

Kein Schwein dürfte jetzt auf den Straßen sein, abgesehen von Mördern, Vergewaltigern und ähnlichem Abschaum. Darüber hinaus wird sie morgen wie ein Zombie aussehen.

Grübelnd kneift Tina ein Auge zusammen.

Okay, das sind die negativen Dinge, klar. Doch es gibt auch ein paar positive, durchaus überzeugende Gegenargumente.

Beispielsweise ist sie verdammt jung, und derartige Abenteuer daher wohl derzeit höchst angebracht. Die Gelegenheit wird garantiert nicht wiederkommen.

Zweitens ist sie allein! Keine Gouvernante namens Cassy lauert im Nebenraum und droht, sie zu fesseln und zu knebeln, sobald sie Anstalten macht, die Flucht zu ergreifen.

All das sind gute Gründe, allerdings nicht in letzter Instanz überzeugend. Derjenige, auf den das zutrifft, sorgt schließlich dafür, dass sie auf Zehenspitzen durch ihr Zimmer tappt, sich Jeans und Shirt überstreift, die nächsten Schuhe zum endgültigen Versauen auswählt und dann so lautlos wie möglich aus ihrem Zimmer schleicht.

Okay, die Nummer mit dem Schleichen hält sie nur bis ungefähr zwei Meter vor der Tür durch, dann kracht sie nämlich gegen das Sofa und ihr fällt zeitgleich ein, dass ja überhaupt keiner da ist, den sie versehentlich wecken kann!

»Blöd!«, schimpft sie mit sich, wobei sie kaum die Lippen auseinandernimmt. »Du benimmst dich total blöd, und dein schlechtes Gewissen wird dich irgendwann noch mal umbringen. Und das ist nicht gut, absolut nicht!«

Murmelt es, strafft tatsächlich die Schultern, ihr Kinn hebt sich als Nächstes, und dann marschiert sie aus dem

Appartement, den Flur des Wohnheims entlang, die Treppen hinab und schließlich allen Ernstes durch die dunkle Straße, die den Campus hinab in die Stadt führt.

Wegen des Ferienendes befindet sich tatsächlich niemand auf der Straße, zumindest zeigt sich heute nicht einmal eine streunendende Katze. Doch kaum, dass sie das unebene Pflaster betreten hat, in dem sich das Licht der vereinzelten Laternen spiegelt, stellt sich auch wieder dieses unwirkliche, aber dafür äußerst penetrante Gefühl ein.

Diese unbedingte Gewissheit, beobachtet zu werden. Und verdammt, bei Dunkelheit ist das Ganze noch um ein Vielfaches gruseliger. Dort bewegt sich ein Busch viel zu stark, als dass es Zufall sein könnte. Da meint sie, einen Schatten auszumachen, der eben noch nicht da war. Abrupt bleibt sie stehen – das Herz klopft ihr dabei bis zum Hals – und hebt lauschend den Kopf.

Doch alles, was Tina wahrnimmt, ist der leichte Wind, der sich pünktlich zum Einbruch der Nacht eingestellt hat.

Kein Vogel ist zu vernehmen, kein entfernter Schrei einer Möwe – nichts. Sie hört nur ihren eigenen Atem, der sich in der sprichwörtlichen Lautlosigkeit so beängstigend gigantisch ausmacht.

Längst ist ihre Haut von einem unangenehmen Frösteln überzogen, obwohl sie heute cleverer war und eine Jacke gegriffen hat, bevor sie das Appartement verließ. Für einen winzigen Moment droht sie, dem Hasenfuß in sich nachzugeben, und zurück in ihre kleine, aber so sichere Wohnung zu schleichen.

Lange hält es sich nicht, schon wegen der Selbstachtung – schließlich ist sie eine erwachsene Frau. Zwar mit leicht wahnhaften Tendenzen, aber immer noch volljährig.

Und so schlingt sie die Arme fest um sich und stürmt los. Immer die Straße hinab, durch das Haupttor des Campus in die Innenstadt, über die Gleise, auf denen heute keine Straßenbahn mehr entlangrattern wird, weil jeder vernünftige Mensch längst in seinem Bett liegt.

Okay, Tina hat auch nie von sich behauptet, vernünftig zu sein ...

* * *

Der weitläufige, offene Strandabschnitt, der abends den Studenten vorbehalten ist, empfängt sie mit ungewohnter Stille und Dunkelheit. Auch hier befindet sich keine Möwe am rabenschwarzen Himmel. Raben übrigens auch nicht. Die seichte Brise, die sie vor dem Wohnheim gefühlt hat, entpuppt sich so nah am Ozean als rauer Seewind, der mal wieder hemmungslos an ihren Klamotten zerrt.

Im Licht des Mondes schwappen die Wellen hektisch ans Ufer. Es ist Flut, weshalb der Bereich, an dem sie noch am gestrigen Morgen gesessen hat, momentan rettungslos überschwemmt ist.

Unsicher läuft sie in sicherer Entfernung am Strand entlang, fragt sich wieder, was sie hier sucht, fühlt sogar so etwas wie leichte Wehmut anfliegen und gleichfalls diese verdammte Gewissheit, die sie für keine Sekunde verlassen hat.

Das ist so wahnsinnig und bizarr, dass jeder Gedanke an eine vorzeitige Flucht sofort gekillt wird.

Stattdessen sucht sie die Stelle auf, an der sie in der vergangenen Nacht mit Robin gesessen hat, und lässt sich mit dem Meer zugewandtem Gesicht in den Sand sinken.

Und dann – so blöd, wie es vielleicht auch scheint –, wartet Tina.

* * *

... nur leider vergebens.

Denn nichts geschieht. Kein süßer Engel steigt an seiner imaginären Leiter vom Himmel herab, erklärt ihr, sie jetzt retten zu müssen, schwingt sie wieder in seine starken Arme und trägt sie heim.

So in etwa hatte sie sich den weiteren Ablauf nämlich gedacht. Leider passiert nichts Entsprechendes, was Tina echt missmutig stimmt.

Eine Weile sitzt sie da und weigert sich einzusehen, dass die Nummer gelaufen ist und Träume nun mal Schäume sind – egal, wie schön sie waren. Als endlich diese gemeine aber nun mal so bodenständige Information zu ihr durchgesickert ist, kommt ihr stattdessen ein genialer Gedanke!

Sie hat gestern geschlafen!

Okay, sie war auch betrunken, aber vorrangig nicht ganz bei sich.

Vielleicht muss sie schlafen, damit er wieder auftaucht. Was ja in sich logisch ist, schließlich kam er ursprünglich ja auch in einem Traum! Egal, was es mit ihm auf sich hat, es wäre doch möglich oder?

»Japp!«, bescheinigt Tina sich nach ausufernder Überlegung und lässt sich einfach zur Seite fallen. »Dann schlaf ich jetzt eben mal!«

* * *

Eine äußerst brillante Idee, nur in der Umsetzung leicht kompliziert. War sie bereits in ihrem Bett ungefähr zehn Meilen davon entfernt, so ist es hier so, als hätte ihre Schlaffähigkeit beschlossen, sie auf Nimmerwiedersehen zu verlassen.

»Mist!«, knurrt sie nach einer Weile und kneift demonstrativ die Augen zusammen. Darüber, wie dämlich sie sich soeben aufführt, will Tina erst gar nicht nachdenken.

Sieht ja gottseidank keiner ... oder doch?

Mit gespitzten Ohren liegt sie da, nimmt sicherheitshalber noch schnell die Embryonalhaltung ein, weil das garantiert überzeugender wirkt, befindet aber dann, dass es leider auch nicht sexy aussieht, und legt sich auf die Seite. Eine Hand beiläufig unter ihrem Kinn, die andere unter ihrem Kopf, die Beine zusammen und leicht angewinkelt – natürlich so, dass ihre Länge optimal zur Geltung kommt.

Leben eigentlich Käfer in diesem verdammten Sand? Wenn ja, dann ist die Gelegenheit günstig, mal einen Ausflug in ihren Gehörgang zu wagen.

Allein der Gedanke jagt eine Invasion kalter, grausiger Schauder über Tinas Rücken. Resigniert und auch ein bisschen angewidert stöhnt sie auf. Um diese unvergleichliche Fantasie nochmals aufleben zu lassen, nimmt sie erstaunlich viel auf sich ...

Echt jetzt!

* * *

Leider umsonst – so scheint es zumindest. Denn auch gefühlte Ewigkeiten später (die in etwa zehn Minuten ausmachen müssen, in dieser Stellung vergeht die Zeit eindeutig langsamer) taucht niemand auf.

Tinas Selbstwertgefühl sinkt ins Bodenlose.

Als sie schließlich so weit ist, einzusehen, dass sie a) eine dämliche Kuh ist und b) daher jetzt besser nach Hause gehen sollte, hört sie Schritte.

Kaum wahrnehmbar über dem Wellenrauschen und in diesem feuchten Sand, aber da. Unwillkürlich spannt sie sich an, wagt nicht zu atmen, das Herz hat sich wieder mal verselbstständigt und lebt jetzt in ihrem Mund, und die beginnende Panik droht bereits, ihre mühsam aufrechterhaltene Selbstbeherrschung restlos zu vernichten.

Wie kann sie denn davon ausgehen, dass *er* es ist? In dieser verdammten Stadt leben eine Million Menschen! Oh Gott, was hat sie nur getan?

Die Schritte sind verstummt, folglich muss die Person, wer immer es ist, jetzt direkt vor ihr stehen. Tina kneift die Augen noch fester zusammen, und versucht zeitgleich, durch eines davon ein bisschen zu linsen.

Funktioniert nur nicht – so was Doofes!

Und als dann die Stimme ertönt, ist sie so nah, dass sie zusammenzuckt. Seidig, weich, nicht real, nicht weltlich ... und dennoch da. Umgehend breitet sich ein wohliges, unvergleichliches Gefühl in ihrem Körper aus, das keine einzige Faser auslässt, und die Furcht mit sich hinwegschwemmt.

»Hast du kein Bett?«

Da sie offiziell schläft, wäre es vielleicht dumm, derzeit zu antworten. Außerdem wüsste sie eh nicht, was sie sagen sollte. Daher stöhnt Tina nur leise ... wie man es im Schlaf eben so tut (könnte sie sich vorstellen), und setzt ihren Pseudoschlummer fort.

Nach einer Weile spürt sie eine sanfte Hand auf ihrer Wange. Nur der Hauch einer Berührung, so unwirklich wie diese gesamte Gestalt. »Du kannst hier nicht bleiben, es ist nicht sicher«, wispert er.

Ohhhhhhhh, er ist um sie besorgt!

Für eine Weile hört sie nur seinen Atem und ärgert sich, weil sie ihn nicht anschauen kann. Mist! Das ist doch Teil des gesamten Freudentaumels: sein Aussehen!

Als er wieder spricht, klingt er bedeutend weltlicher – nämlich leicht amüsiert. »Ich weiß, dass du nicht pennst, du kannst mit dem Theater aufhören!«

Mist!

Widerwillig und erst nach mehrmaligem innerem Zureden öffnet Tina die Lider und könnte sich im nächsten Moment schlagen, weil sie das nicht bereits früher getan hat. Was ist ihr alles entgangen!

Er ist ihr tatsächlich so nah, dass seine Knie beinahe ihren Arm berühren. Dabei beugt er sich auch noch über sie, die feinen Züge werden vom Mond beleuchtet, und sie macht seine halb belustigte, halb ärgerliche, aber auf jeden Fall überirdische Miene aus.

Mehr sagt er nicht, stattdessen betrachtet er sie fragend, legt irgendwann sogar den Kopf zur Seite und nimmt schließlich seine Hand von ihrer Wange.

Schade ...

Sie muss irgendwas von sich geben ... nur was?

Am Ende entscheidet sich Tina für das Naheliegendste. Sie richtet sich auf, wobei er leider zurückweicht, bevor sie mit ungefähr dreißig Zentimeter Entfernung voreinander sitzen.

»Ich habe auf dich gewartet«, bekundet sie verdammt ehrlich und verdammt blöd. Doch er wirkt keineswegs überrascht, eher resigniert.

»Dachte ich mir.«

»Warum?«

Das bedenkt er nur mit einem Schulterzucken, wobei dieser seltsame Schmuck um seinen Hals sich im Mond spiegelt und das wunderlichste visuelle Schauspiel aufleben lässt. Für einen winzigen Moment ist es, als sei der Strand von unzähligen Glühwürmchen heimgesucht, die alle auf seine bloße Regung agieren.

Der Herr der Glühwürmchen ...

Sie lauscht dem Klang dieser Bezeichnung und befindet dann, dass das nicht zu dem gewaltigen Bild der himmlischen Heerscharen passt, das sie von ihm hat.

»Bist du echt?«, platzt die wichtigste Frage aus ihr heraus, bevor sie es überdenken kann. Eines steht fest: Diese Nacht wird als die peinlichste ihres gesamten Lebens in die Geschichte eingehen. Dummerweise stört es sie nicht sonderlich, denn er wirkt noch immer nicht so, als würde sie ihn nerven.

Seine Antwort lautet eher unerwartet, aber so strikt und überzeugend, dass es sie tatsächlich verwirrt. »Nein.«

»Aber ...« Mutig wie nie zuvor, und mit dem Gefühl, einer Selbstverständlichkeit nachzugehen, berührt sie einen der festen Zöpfe. Nur ganz kurz und sie lässt ihn auch gleich wieder los, aber auch diesen kurzen Kontakt wird sie niemals wieder vergessen. »Die fühlen sich echt an«, krächzt sie, weil ihre Stimme vor lauter Ehrfurcht plötzlich verschwunden ist.

Schulterzucken. »Alles Teil meines Mojos. Du sollst ja nicht dahinterkommen, dass ich in Wahrheit nur aus Rauch und Träumen bestehe.«

Tina will lachen, ihn fragen, ob er sie aufziehen will, doch sie überlegt es sich im letzten Moment anders und mustert ihn grüblerisch. »Wenn du nicht echt bist ... also mal angenommen, du erzählst mir hier keine gequirlte Scheiße, dann ... findet dies nicht wirklich statt, richtig?«

Interessanterweise steht er auf und setzt sich direkt neben sie, sodass jetzt beide ihr Gesicht dem Meer zugewandt haben. Einer der dunklen, muskulösen Arme liegt lässig auf seinem angewinkelten Knie.

»Nein, tut es nicht«, sagt er endlich und es klingt wie ein etwas kryptischer Vers, der mit samtweicher, überirdischer

Stimme rezitiert wird.

Verdammter Mist!

»Das bedeutet doch, dass ich im Grunde alles machen kann, was mir so in den Sinn kommt, es dürfte nicht die geringsten Konsequenzen haben?«, führt sie ihre Überlegungen weiter aus, sobald sie sich vom jüngsten Schock erholt hat.

»Das klingt irgendwie gefährlich«, bemerkt er leise, und als sie ihn von der Seite betrachtet, sieht sie ein Funkeln in seinen bemerkenswert grellen Augen, das vorher nicht da gewesen ist.

»Ich bin doch nur ein unbedeutendes Mädchen«, frotzelt sie. »Wie könnte ich einem höheren Wesen gefährlich werden?«

»Noch nie was von Zeus gehört?«, brummt er.

»Oh!«, haucht sie. »Daran hab ich noch gar nicht gedacht! Also könnte *ich* dir gefährlich werden?«

»Möglich.« Noch immer sieht er sie nicht an. »Nur so weit werde ich es nicht kommen lassen.«

Hmmm, das ist ein Schlag in die Magengrube. Aber er ist da und allein das (neben der Tatsache, dass er neben ihr sitzt) verleiht Tina ein nie zuvor gekanntes Gefühl der Ruhe. Es ist so richtig, so grenzenlos friedlich, so ... wundervoll, atemberaubend, überirdisch schön, dass sie es unmöglich infrage stellen kann ... und das auch nicht will.

Scheiß drauf!

»Warum bist du hier?«, erkundigt sie sich nach einer Weile und widersteht heldenhaft ihrem Wunsch, wenigstens beiläufig seine Hand zu berühren. Verdammt, sie wusste bisher nicht, dass sie so süchtig nach Körperkontakt ist.

Am liebsten würde sie sich wieder in seine Arme werfen, nur um ihm so nah wie möglich zu sein.

Vielleicht träumt sie ja wirklich und dies findet in Wahrheit nicht statt. Zumindest würde das ihre total unüblichen Reaktionen erklären.

Erst jetzt fällt ihr auf, dass er diesmal zögert und als sie ihm wieder einen raschen Blick zuwirft, hat sich seine sonst so glatte Stirn in viele Falten gelegt. Anstatt zu antworten, fingert er in seiner Hosentasche und holt eine Tüte hervor. Tina macht Papier, Tabak und Gras aus. In aller Seelenruhe dreht er sich seinen Joint, zündet ihn an und blickt dann sinnierend auf das Meer hinaus.

Ein kiffender Engel ... nur mit Mühe kann sich Tina ein Kichern verkneifen. Doch als er sie unvermutet ansieht, erstirbt es ihr in der Kehle.

Verdammter Mist, hat dieser Typ einen Blick drauf! Mit diesen grellblauen Augen scheint er ihr direkt in die Seele zu blicken. Sie sieht so viel echte Empathie, so viel Zuneigung, Leidenschaft und ... ZORN!

WAS?

»Du baust nur Scheiße«, bestimmt er knurrend. »Und irgendwer muss ja auf dich aufpassen. Ich schätze, ich hab den Job, obwohl ich echt nicht darum gebeten hab!«

Glühende Wärme flutet ihr Herz, sie ist dagegen machtlos

und endlich begreift Tina das, was sie mit etwas mehr Grips bereits schon vor Ewigkeiten gewusst hätte. *»Du* bist mir gefolgt?«

Er antwortet nicht, was auch nicht erforderlich ist.

»Dann bin ich doch nicht paranoid«, murmelt sie und muss, ob sie will oder nicht, an eine gewisse Bella denken. Denn plötzlich fühlt sie sich mit dieser im Grunde so wenig sympathischen Figur aus einem nur mäßig sinnreichen Buch tief verbunden. Die hatte auch einen Stalker und empfand für keine Sekunde so etwas wie Panik.

Tina ergeht es gerade genauso. Diese unvergleichliche Ruhe, dieses Gefühl, beschützt und umsorgt zu sein, überwiegt alles. Nicht die geringste Empörung macht sich bemerkbar. Oder vielleicht leichte Zweifel, ein Hauch von Furcht, eine Prise Unwohlsein – nichts! »Ich wusste, dass da jemand ist.«

Das lässt er unkommentiert, und als er wieder an seinem Joint zieht, hält sie ihm ihre Hand hin. »Lass mich auch mal!«

Er wettert nicht, widerspricht oder hält ihr gar einen Vortrag darüber, dass *Engel* zwar kiffen, kleine Studentinnen das allerdings noch lange nicht dürfen.

Stattdessen hält er ihr das Teil an den Mund und lässt sie ziehen.

Das Zeug ist gut, es flutet fast sofort ihren chaotischen Kopf und lässt das Gefühl der Ruhe noch etwas mehr übernehmen.

Fünf Minuten später ist Tina davon überzeugt, ihre Zeit nie sinnvoller investiert zu haben.

Sie will nicht erfahren, warum sie seiner Meinung nach ›nur Scheiße baut‹, und auch jeden Gedanken an Robin schiebt sie weit von sich. Selbst wenn sie den Engel neben sich, der verdammt gutes Gras hat, derzeit nicht berühren darf, war sie nie glücklicher.

Hier bis in alle Ewigkeit sitzen und schweigen – Worte sind wohl nicht wichtig zwischen ihnen –, das wäre derzeit ein höchst erstrebenswertes Ziel.

Er lässt sie wieder an dem Joint ziehen und Tina senkt die Lider, während sie beschließt, einfach überhaupt nicht zu denken.

Das erscheint ihr die einzig probate Reaktion auf diesen unvergleichlichen realen Traum.

10. Nik

Fuck!

Die Sache ist heikel. *Sehr* heikel, denn er mag es, neben ihr zu sitzen, mit scheinbar aller Zeit der Welt. Offenbar trägt sie nicht die Spur der gewissen Hektik und Unruhe in sich, welche die übrigen Bewohner dieses heruntergewirtschafteten Planeten sonst so eifrig verbreiten. Womit sie Nik übrigens permanent auf die angespannten Nerven gehen.

Auch als die Sonne am fernen Horizont auftaucht und sich anschickt, langsam ihren Weg zum Zenit des Himmels anzutreten, rührt sie sich nicht. Es ist Nik, der dem seltsamen Beisammensein irgendwann ein jähes Ende bereitet.

»Du musst los, wenn du nicht von deiner Freundin und ihrem Macker beim unerlaubten Landgang erwischt werden willst.«

Oh, FUCK! Er hasst sich dafür, weil er keinen Sinn dahinter ausmachen kann, aber er mag ihr Zögern. Gleichfalls gefällt ihm ihr unsicherer Blick, mit dem sie über die Schulter schaut und damit dorthin, wo sich hinter der endlosen Allee aus großen Büschen die Stadt und gleichsam die Realität versteckt.

Das Mädchen hat ihm eine friedliche Nacht beschert, in der er kaum auf den Gedanken gekommen ist, ihr die Klamotten auszuziehen und sie zu vögeln. Stattdessen war es ein echt interessantes Erlebnis, einfach nur mit ihr zusammen zu sein.

»Ja, muss ich wohl«, stimmt sie zu, was mit so viel Trauer und Wehmut versehen ist, dass er gleich wieder aufhorcht.

»Du kannst ja nicht hier einziehen! ER wird auf dich warten!«

Ohhh SHIT!

Den hätte er sich sparen können, doch zurücknehmen ist unmöglich, weshalb er mannhaft auf ihren Ausbruch wartet.

Der bleibt aus, sie betrachtet ihn nur wieder mit dieser süßen, krausgezogenen Nase. »Es geht um ihn?«

»Nein!«, wehrt er unwirsch ab und einigt sich dann mental darauf, wenigstens halbwegs bei der Wahrheit zu bleiben. »Okay, teilweise vielleicht ...«

»Boah!« Unvermutet lässt sie sich nach hinten fallen und strampelt wie ein Säugling mit den Beinen. »Ich kann nicht begreifen, weshalb ihr alle so tut, als wäre er irgendein Serienkiller!«

Nik schweigt. Wenn er nicht lügen will, müsste er konkreter werden und danach steht ihm absolut nicht der Sinn. Wäre ja immerhin möglich, dass er sich irrt, auch wenn er das wirklich für sehr, sehr unwahrscheinlich hält.

Und so wohnt er schweigend ihrem Tobsuchtsanfall bei. Der währt nicht sehr lange. Schon nach einigen Minuten setzt sie sich schwer atmend auf und streicht sich das seidige Haar aus dem zugegebenermaßen ziemlich müden Gesicht.

»Ich geh jetzt wirklich.«

»Wird auch Zeit«, bestätigt er nickend.

»Toll, du hättest ja abhauen können, wenn es dich so nervt!«, faucht sie ihn an.

»Warum bist du so angepisst?«, erkundigt er sich verwirrt.

»Bin ich gar nicht!« Damit steht sie auf und beginnt unsinnigerweise, ihre Jeans sauber zu klopfen. »Ich frage mich nur, was der Scheiß überhaupt soll!«

Okay, damit ist sie nicht allein. Kritisch beäugt Nik den Himmel, wissend, dass nur noch wenige Minuten vergehen werden, bevor es hell ist. Und genau dann muss er sie los sein. Klingt mies, ist aber garantiert nicht so gemeint. Auch wenn er seine wirren Gedankengänge nicht unbedingt erklären könnte.

Muss er ja auch nicht, sind eben wirr – das waren sie schon immer. Er hat es längst aufgegeben, immer eine tiefere Bedeutung dahinter ausmachen zu wollen. Stattdessen hat er gelernt, seiner Intuition zu trauen, wenn sein Bewusstsein derartige Impulse mal wieder nicht erklären kann.

Er nimmt ihren Arm, achtet nicht darauf, dass sie immer noch saumäßig sauer ist – warum auch immer –, sondern beginnt, sie den Strand hinauf zur Böschung zu ziehen.

»Was soll das?«, erkundigt sie sich schrill.

»Ich entführe dich«, erwidert er, als wäre das ja nun offensichtlich.

»Lass mich los!« Inzwischen wehrt sie sich, was ihm gefällt – sehr sogar. Nur leider ist dies der falsche Zeitpunkt, um ein derartiges, zugegeben witziges Spiel abzuziehen.

Und so nimmt er sie einfach wieder auf die Arme, was sowieso die angebrachteste Art darstellt, sie zu transportieren, und stiefelt los.

Glücklicherweise ist sie leicht. Problematisch wird das Ganze nur, weil sie ihre Protestaktion zunächst weiterführt. Denn mit ihr zu kämpfen, laufen und sie gleichzeitig noch tragen, dürfte auf die Dauer eine Aufgabe zu viel sein, weil er eben *kein* Übermensch ist.

Interessanterweise verstummen ihre Widerworte noch bevor sie den Strandabschnitt verlassen, und auch die Handgreiflichkeiten gehören bald der Geschichte an. Stattdessen tauchen ihre Arme um seinen Hals auf und sie beobachtet stumm sein Gesicht, während er sie in jämmerlich kitschiger Haltung die Straße entlangschleppt (nach ein paar hundert Metern wird sie nämlich doch schwer) und dabei dem lieben Gott aller Mojos dankt, dass niemand ihnen begegnet.

»Du bist komisch«, sagt sie irgendwann ohne besondere Betonung, doch er presst die Lippen aufeinander.

Da kennt er nämlich noch einen, und der, oder vielmehr die, steht ihm in nichts nach.

»Warum tust du das?«

Auch so eine Frage, die er erstens heute schon beantwortet hat, die ihm zweitens so ziemlich auf den Sack geht und deren Erklärung er deshalb drittens garantiert nicht noch mal ausführen wird.

Was soll der Scheiß? In Wahrheit weiß er es nicht.

Es ist zu spät, geht ihm auf, als er sie die lange Allee entlangträgt, an deren Ende sich der Eingang zum Campus befindet.

Die Nacht ist vorüber, der Morgen hat unweigerlich übernommen, und seine Prinzessin, dieses unnahbare Wesen, das er aus irgendeiner kranken Regung heraus seit ein paar Wochen mehr oder weniger stalkt, ist zu einem Menschen aus Fleisch und Blut geworden.

Diese Erkenntnis frustriert Nik derart, dass er seinen Schritt noch einmal beschleunigt und mit verbissener Miene die Straße zum Wohnheim entlangtrabt. Dabei kann es ihm gar nicht schnell genug gehen.

Verdammt noch mal, warum muss sie auch gerade in dem entlegensten Haus wohnen, he?

Das ist doch scheiße!

Sie verliert keinen weiteren Ton. Weder, als er sie die Treppen hinaufträgt, noch, als sie den langen Flur entlangschleichen, der schließlich zu ihrem Appartment führt.

Doch ihr Blick liegt unverwandt auf ihm, und wenn er das richtig deutet, ist sie leicht verwirrt.

Na ja, willkommen im Club. Warum sollte es ihr besser ergehen als ihm?

He?

Sobald die Tür in Sichtweite gelangt, will er sie absetzen, in der Absicht, sich dann sofort umzudrehen und endlich abzuhauen. Das hätte er nämlich schon bedeutend früher tun sollen.

Doch sie erweist sich als Klette der besonderen Art, denn ihre Arme verschwinden nicht von seinem Hals.

Sie setzt auch nicht ihre Füße auf den Boden, sondern schlingt ihre Beine (sehr schlank, sehr warm und sehr kräftig) wie ein paar Lianen um ihn, als sei er ein verkappter Tarzan.

Stöhnend richtet er sich wieder auf und missachtet störrisch seinen schmerzenden Rücken. Ehrlich, so ein Gewaltlauf mit circa sechzig Kilo Marschgepäck ist für die Gesundheit auf jeden Fall nicht ungefährlich.

»Was ist?«, erkundigt er sich.

Offenbar braucht sie einen Moment, bevor sie antworten kann, doch schließlich sieht sie ihn furchtlos an, was all seinen Zorn vorübergehend in den Hintergrund drängt.

Ja, sie besteht aus Fleisch und Blut. Das weiß er sogar ganz genau, weil ihr Körper warm und verheißungsvoll ist und weil ihr Herz so laut klopft, dass er meint, es in der Stille auch akustisch wahrnehmen zu können.

Die blassrosa Lippen sind ebenfalls noch immer da und diese wundervollen Augen auch.

Etwas bedauerlich ist, dass ihre kleine Spange seit ein paar Tagen nicht mehr vertreten ist, die hat sie für ihn noch etwas märchenhafter gemacht.

Doch die geraden Zähne sind auch nicht zu verachten und was sie dann sagt, entwaffnet ihn vollständig.

Mal wieder.

»Das ist nicht der Deal, du musst mich noch reinbringen!«

»Aber du bist doch wach«, wagt er zu widersprechen, obwohl Nik längst weiß, dass er verloren hat.

»Aber so ist es *nicht richtig!«*, beharrt sie störrisch.

Okay ...

Wieder fingert er in ihrer Hose nach den Schlüsseln, missachtet dabei konsequent ihr dämliches Grinsen, als er sie auf Anhieb findet, und schließt dann umständlich die Tür auf.

Damit ist die Folter nur leider noch immer nicht überstanden. »Du musst mich ins Bett bringen!«

»Baby, du BIST WACH!«, stößt er zwischen den Zähnen hervor.

»Aber sonst ist es nicht richtig!« Ehrlich, fehlt nur, dass sie trotzig die Arme verschränkt. Doch anstatt die zunehmend angebrachte bissige Bemerkung an die schöne, aber leicht nervige Frau zu bringen, schleppt er sie zum Bett und lässt sie dann aufatmend darauf fallen.

»Das war nicht nett«, beschwert sie sich auch noch prompt, während er so ziemlich unbequem über ihr hängt, denn sie hat seinen Hals noch immer nicht losgelassen. Und endlich begreift er, was die ganze Show soll.

Ihr Schmollen gehört längst der Vergangenheit an, dafür liegt ihr Blick begehrlich auf seinen Lippen und ihre dunklen Augen glänzen. Dabei wirkt sie nicht etwa nervend, sondern verdammt scharf. Ihr Brustkorb hebt und senkt sich schnell, bei jedem Ausatmen drückt es ihre harten Spitzen gegen den Leinenstoff ihrer Bluse und dann fährt sie sich auch noch mit einer süßen, roten Zungenspitze über die rosa Lippen!

Was ihn am Ende davon abhält, dem Drama von letzter Nacht eine Neuauflage zu verpassen, ist das rapide in den Raum dringende Tageslicht und die Sonne, die sich anschickt, ihn vollends zu fluten.

Höchste Zeit, endlich zu verschwinden.

Eilig tupft er einen knappen Kuss auf ihre seidige Stirn, zwingt dann ihre Hände von seinem Hals und flieht.

11. Tina

Nur kurz schaut sie ihm nach, schüttelt dann einige Male heftig den Kopf und springt wieder aus dem Bett.

Verdammter Mist, sie hat sich aufgeführt wie ein Kleinkind!

Und er war genervt, als wäre sie ein Kleinkind.

Und er hat sie nicht geküsst – was bestimmt auf diesen Kleinkindeindruck zurückzuführen ist.

Sie ist einfach zu dämlich!

In seiner Nähe mutiert sie ständig zu einer geistlosen Bitch, die nun wirklich nichts an einer Uni verloren hat.

In Blitzgeschwindigkeit rauscht Tina ins Bad und nonstop auf die Toilette, weil sie wirklich dringend muss. Während sie dort sitzt, überlegt sie sich, dass sie es in Bausch und Bogen versaut hat.

Aber richtig!

Danach steht sie minutenlang mit wachsendem Missmut vor dem Spiegel und betrachtet ihre flammenden Wangen unter den großen, fragenden und dennoch leuchtenden Augen. Sie lauscht in sich hinein, findet immer noch dieses wohlige Gefühl, das inzwischen jedoch mit einer gewissen Verlegenheit vermischt ist ... und natürlich ihre Gewissensbisse.

Die gehen diesmal nicht nur in Cassys Richtung ... Kritisch betrachtet sie sich und verzieht das Gesicht ...

Ja gut, auch in Gabes, Himmel!

Nein, da ist noch jemand, den sie wohl nicht mehr ganz so reinen Gemüts gegenübertreten können wird, obwohl sie nichts Verwerfliches getan hat.

Robin.

Verdammt noch mal!

Von einem Gefühl überwältigt, das sie bis vor wenigen Sekunden nicht für möglich gehalten hätte, stützt sie sich plötzlich auf das Waschbecken und lässt den Kopf zwischen die Schultern sinken. Was hat sie nur getan ...?

Noch schlimmer. Was *will* sie zukünftig noch tun?

Ewigkeiten verharrt sie auf der Stelle, ohne die kleinste verwertbare Antwort zu finden. Sie mag Robin und vermutet, dass sie mit ihm noch so einiges erleben kann und wird. Vielleicht wartet tatsächlich auf sie ein Leben mit ihm, es ist nicht das Schlechteste, was sie sich für ihre Zukunft vorstellen könnte.

Ihre Augen verengen sich.

Fuck off!, denkt sie wild. Nicht das Schlechteste ist doch falsch!

Sie kann sich ein Leben mit Robin sogar sehr gut ausmalen, sonst würde sie sich nicht wieder mit ihm treffen wollen. Er ist ein toller Mann, er ist schön, er ist zärtlich, bemüht und freizügig. Nur zu gern lauscht sie seiner Stimme und küsst ihn noch viel bereitwilliger. Stünde er jetzt vor ihrer Tür, dann würde sie mit ihm sofort ins Bett gehen. Genau genommen kann sie es gar nicht erwarten, ihn endlich spüren zu dürfen. Und das, weil er eben nicht perfekt ist, sondern Ecken und Kanten besitzt, die in ihren Augen aus diesem schönen unvergleichlichen Mann erst einen wahren, echten machen.

Sie will diese makellose Fassade knacken, will in sein Innerstes schauen, will sich mit ihm in leidenschaftlicher Umarmung in ihrem verdammten Bett wälzen oder eben in seinem, verflucht! Tina sehnt den Augenblick herbei, in dem er sie endlich ausziehen und küssen wird, am gesamten Körper ... in dem er endlich in ihr sein wird.

Sie kann es kaum erwarten!

Das verheißungsvolle Pochen in ihrem Unterleib, kaum dass die ersten Bilder des Bevorstehenden in ihrem Schädel eintreffen, sind Beweis genug, dass sie sich nicht gerade einer dämlichen Lüge hingibt.

Als er gestern im *Simple Plan* vor ihr stand, ehrlich, Tina hätte nicht glücklicher sein können. Es ist nichts Falsches oder mit einem unguten Gefühl behaftet. Ihre vorübergehenden Zweifel haben sich längst in Luft aufgelöst. Sie freut sich auf die Zukunft mit ihm und auf all das, was sie mit diesem Mann noch erleben wird. Nicht nur den Sex, auch die Erfahrungen, die er ihr sonst bereiten wird und die Erlebnisse, auf die sie in vielen Jahren mal lächelnd zurückschauen wird. Immer noch glücklich, aber umso vieles schlauer, als sie es heute ist.

Das alles wusste sie bereits vor Stunden, auch wenn sie es nicht in allen Details gedacht hat. Und dennoch ging sie heute Nacht an den Strand.

Trotzdem verspürte sie den unwiderstehlichen Drang, nach ihm zu suchen. Gleichwohl bevölkert dieser andere einen guten Teil ihrer Gedanken und lässt sie nicht los, egal, was sie tut. Trotz alledem klopft ihr Herz unwillkürlich schneller, wann immer sie seine so außergewöhnlichen, feinen, wunderschönen Züge vor sich sieht, die so anders gehalten sind als Robins.

Nur leider hat sie sich eben wie ein Teenager aufgeführt, um ihn zu einem Kuss zu erpressen – was bedeutet, sie benimmt sich mit jeder Stunde, die vergeht, etwas unrationeller.

Was wird das, wenn es fertig ist, Tina?

Bist du so untervögelt, dass du dir gleich zwei anlachst, um auf Nummer sicher zu gehen? Du wirst bei dieser Geschichte nicht glücklich werden, das ist dir doch klar, oder? Und du wirst mindestens einen von ihnen ausnutzen – hintergehen wirst du mit Sicherheit beide. Warum? Um dich zu finden? Um dir sicher sein zu können? Um alle vorhandenen Alternativen zunächst gründlich abzuchecken, bevor du eine Entscheidung triffst? Ohne Rücksicht auf Verluste – ist das dein neuer Weg?

Argwöhnisch beäugt sie ihr Spiegelbild, versucht sogar, sich wirklich tadelnd anzusehen, doch es ändert nichts.

Obwohl sie weiß, dass es falsch ist, bleibt Tina bei ihrer Meinung. Egoistisch, wenig freundlich, vielleicht sogar abgrundtief boshaft. Die Erwartung des Kommenden, die Aufregung, auch die Neugierde, welche diese Männer in ihr entfacht haben, ist in beiden Fällen zu stark. Sie will auf keinen der beiden verzichten, und sie wird es auch nicht tun.

Zumindest nicht zum jetzigen Zeitpunkt.

Tina kann diese Entwicklung nicht aufhalten. Weil sie aber keine Erklärung für ihr verdammenswertes Benehmen findet und ihr Spiegelbild alles in allem heute nun wirklich nicht besonders freundlich wirkt (der fehlende Schlaf und die Joints sind nicht ohne Effekt geblieben) wendet sie sich schließlich brüsk ab und geht unter die Dusche.

Ihr nächtlicher Ausflug hat noch einen weiteren Preis und der geht ihr erst auf, als sie längst mit Cassy und Gabe in der Uni ist.

Verdammt, sie ist hundemüde!

Nur mit Mühe gelingt es ihr, in der Vorlesung nicht einfach einzunicken. Nachdem sie sich mit letzten Kräften hinabgeschlichen hat, erreicht sie ihr Schließfach und erkennt, dass dort in ihrer Abwesenheit ein Zettel in dem Schlitz drapiert wurde.

Mit leicht sinkendem Gefühl in der Magengegend, das diesmal absolut nichts mit Euphorie zu tun hat, entfaltet sie ihn, und ihre Ahnung wird prompt zur Gewissheit.

Entzückende Tina!
Treffe dich heute Nachmittag um vier.
An deinem Wohnheim.
Ich liebe dich!
Robin

Klasse!

Krasse Klasse!

Wie betäubt starrt sie auf den Zettel und versucht, in ihrem kaputten, übermüdeten Gehirn die Tatsache zu verkraften, dass kein super Nachmittagsschlummer nach dieser Folter auf sie wartet, sondern ein Date mit Robin.

... der sie liebt.

Ihre Augen weiten sich und sie liest noch mal die wenigen Zeilen. Bei erster Sichtung ist ihr dieses Detail glatt entgangen.

Verdammte Hacke!

Schließlich lehnt Tina sich mit dem Rücken an die Metalltür und sinkt, ohne es zu merken, daran hinab, bis sie sitzt.

Inmitten all der Studenten, die an ihr vorbeihasten, mit der üblichen Hektik, aber auch dem Lachen und all den anderen Nebenwirkungen, die es mit sich bringt, wenn Hunderte junger Leute an einem räumlich begrenzten Ort aufeinandertreffen.

Ratlos befragt sie ihr Herz, fühlt darin allerdings nicht unbedingt Ärger, vielleicht ein wenig Beklemmung, aber keineswegs Frust. Da ist auch dieses Herzklopfen, das mit einer solchen Eröffnung einhergehen sollte. Über allem jedoch liegt Furcht, ihm nicht genügen zu können ...

Verdammt, sie hatte das total vergessen!

Wie konnte sie nur?

Ermattet legt sie den Kopf an die Tür und schließt die Augen. Was nun?

* * *

»Was ist mit dir?«

Als Tina die Augen aufreißt, blickt sie in Cassys besorgtes Gesicht. Die letzte Vorlesung hatten sie nicht gemeinsam und ihr Weg hierher war etwas weiter.

Blitzschnell überlegt Tina, bevor sie irgendeine Erwiderung hinschleudert. »Ich weiß nicht, mir geht´s irgendwie nicht so gut!« Was noch nicht mal gelogen ist.

Es wäre nicht ihre beste Freundin und die verkappte Mutter Theresa, wenn ihr das genügen würde. Schon sitzt Cassy neben ihr und befühlt tatsächlich ihre Stirn. »Hast du gestern Abend was Komisches gegessen? Wieder diese verdammte Pizza von Pablo? Ich hab dir gesagt, der Kerl ist nicht sauber. Ich meine, was hat denn ein Mexikaner mit Pizza zu schaffen? Das *muss* doch schiefgehen!«

»Nein, nein«, erwidert Tina rasch und versucht, so leidend wie möglich auszusehen. Was ihr wohl auch gelingt, den Cassy wirkt gleich noch ein bisschen besorgter. »Ich glaube, ich bin mit meiner Regel ein bisschen früh dran und diesmal ist es echte Scheiße.«

Grenzenloses Mitgefühl macht sich auf dem hübschen Gesicht ihrer Freundin breit. Diese Art von Miene lässt sie immer um mindestens zehn Jahre älter erscheinen. Weiser, gesitteter, so gar nicht studentisch.

»Das ist wirklich mies«, murmelt sie und streichelt tröstend ihre Wange. »Meinst du, du hältst durch bis zum Vorlesungsschluss? Ich hab ein paar Tabletten!«

Womit sie Tina endlich eine Lösung geliefert hat, welche diese mit ihrer derzeit herabgesetzten Denkfähigkeit niemals allein gefunden hätte.

»Nein ... Ich glaub, heute bin ich einfach im Arsch«, haucht sie, und muss sich nicht mal Mühe geben, dabei erschöpft zu klingen. Scheiße, wenn sie nicht gleich aufsteht, wird sie genau hier einschlafen und dann werden sie keine zehn Pferde mehr wach bekommen!

»Armes Häschen«, ertönt Cassy neben ihr. »Warte!«

Das Handy wird gezückt und kurz darauf Gabe darüber informiert, dass er dringend hier erscheinen muss. Und dann genießt Tina wieder Cassys besorgte, uneingeschränkte Aufmerksamkeit.

* * *

Nur zwanzig Minuten später liegt sie in ihrem Bett, mit einer Wärmflasche, die der tolle Gabe in Cassys Auftrag noch schnell bereitet hat.

»Wenn was ist, ruf an«, meint er noch, was garantiert auch im Auftrag jener Frau geschieht, für die er sich neuerdings regelmäßig zum Trottel macht. Affenliebe ist ein Scheißdreck dagegen, aber Tina mag es. Die Story der beiden hat ihr ein bisschen den Glauben an die Liebe wiedergegeben.

Das gigantische schlechte Gewissen, weil sie die Gutherzigkeit Cassys so ausgenutzt hat, verblasst bald, weil die bleierne Müdigkeit gnadenlos übernimmt. Bevor sie einschläft, denkt Tina aber noch, dass sie abgesehen von den Vorlesungen dieses signifikante Gefühl, beobachtet zu werden, für keine Sekunde losgelassen hat.

Wenn sie ihre Sinne nicht neuerdings trügen, ist er also irgendwo in der Nähe ...

Beautiful Sky

Verdammt!

* * *

Sie schläft wie ein Baby, träumt von einem dunklen, mit Sternen verhangenen Himmel, der von einem perfekten Mond erhellt wird. Er sitzt neben ihr und seine ohnehin schon grellen Augen blitzen. *»Ich bin nicht echt. Nur Schall und Rauch und ich passe auf dich auf!«*

Ihre Lippen verziehen sich zu einem entrückten Lächeln und sie seufzt ein bisschen auf. Blöd nur, dass es wie wild an der Tür hämmert, denn das versaut den ganzen abgehobenen, mystischen Effekt ...

»Verschwinde«, murmelt Tina und versucht, das Bild ihres persönlichen Engels mit dem seltsamen Halsschmuck zurückzuholen. Sie will seinen Duft wieder in die Nase bekommen, das Gefühl erneut erleben, wenn sie seine Haut streichelt und sein verrücktes Haar berührt.

Fehlanzeige.

Das Hämmern wird fortgesetzt und dies so vehement, dass selbst Tina wohl oder übel das Reich der Träume verlassen muss.

Zwei Sekunden später sitzt sie im Bett und starrt wild um sich.

Was?

Außerirdische haben die Stadt eingenommen?

Der dritte Weltkrieg ist ausgebrochen?

Im *Simple Plan* ist das Bier ausgegangen (was ungefähr mit Option zwei gleichzusetzen wäre ...)

Wieder hämmert es, sie zuckt zusammen und angelt benommen nach ihrem Handy, das neben ihrem Futonbett gelegen hat.

Vier Uhr dreißig.

»FUCK!«, wispert Tina, klettert aus dem Bett, verliert dabei einmal komplett das Gleichgewicht, stößt sich das Bein an der verdammten Holzkante und geht laut fluchend in die Knie. Da das aufdringliche Klopfen aber unvermindert anhält, bleibt ihr keine Zeit für Selbstmitleid. Sie rappelt sich wieder auf, diesmal allerdings auf die sichere Art (erst auf alle viere, dann *langsam* aufrichten), streicht sich – sobald sie steht – in einer eher hilflosen Geste über das garantiert wirre Haar und stürzt zur Tür.

Gerade, als sie diese aufreißt, hat Robin die Faust erneut zu einer Hämmerattacke erhoben. Daher ist es reines Glück, dass sie nicht Tinas Gesicht trifft.

Na ja, dann wäre sie wenigstens vollständig wach gewesen.

»Wo bleibst du denn?« Es klingt nicht etwa entnervt, nur fragend.

Für einen Moment starrt sie in das scheißattraktive Gesicht (nein, kein Antlitz), bevor sie verlegen den Blick senkt. »Sorry, ich hab geschlafen, ich war so müde.«

Damit tritt sie zur Seite und lässt ihn ein.

Erst als er auf ihrem Sofa sitzt, und damit so exotisch wirkt wie ein Kühlschrank im Dschungel, geht ihr auf, dass er damit zum ersten Mal ihr nicht unbedingt ordentliches Appartement betreten hat.

Das Herz rutscht ihr für einen Moment in die Hose, die sie noch nicht trägt und Tina starrt ihn mit wachsendem Grauen an. Sie holt einige Male tief Luft. Währenddessen bleibt ihr Blick an seinen Lippen hängen, die sich ein wenig geteilt haben. Dann sieht sie zu seinen Augen hoch, die amüsiert blitzen, und lässt ein ziemlich ordinäres »Oh KACKE MANN!« los.

Kaum gesagt schlägt sie sich auch noch die Hand auf den Mund – das Klatschen klingt so schmerzhaft, wie es sich in Wahrheit auch anfühlt. Um die Situation nicht noch vollends zu ruinieren, rauscht sie einfach ins Bad und verbarrikadiert sich dort fürs Erste.

Als wäre das für den heutigen Tag ihr persönlicher Fluch oder so, rutscht sie zu Boden, schließt die Augen und versucht, irgendwie zu sich zu kommen.

Da draußen ist ein Mann.

Kein Junge ... kein Idiot ... kein Freund der Freundin ... kein Engel ... *ein Mann.*

Der sie laut eigener Aussage liebt.

»Oh Scheiße«, murmelt sie noch ein bisschen ordinärer.

Dann lauscht sie mal wieder in sich hinein. Denn dies scheint die beste Methode zu sein, mit diesem Chaos an Gefühlen, das in ihr tobt, auch nur annähernd klarzukommen.

Sie findet Aufregung, die ihren Herzschlag flattern lässt; in ihrem Bauch leben haufenweise Insekten; in ihrem Magen tobt die Verlegenheit, weil sie ihn nicht nur in diesem Aufzug empfangen hat, sondern auch noch beinahe versetzt hätte.

Und noch ein bisschen weiter südlich, in ihrem Unterleib, macht sich dieses inzwischen vertraute Sehnen breit.

Okay, die Antwort ist nicht zu missdeuten.

Mit einiger Mühe kämpft sie sich hoch, schüttet sich jede Menge Wasser ins Gesicht, putzt noch schnell die Zähne und geht dann (nachdem sie langsam bis zehn gezählt hat) wieder hinaus.

Sein fragender, leicht verwirrter, aber umwerfender Blick empfängt sie und Tina beschließt, bei der alten Lüge zu bleiben, um eventuelle Patzer zu vermeiden.

»Ich hatte Magenprobleme (ehrlich, kein Mann will wirklich was von den diversen Nebenwirkungen der Menstruation wissen) und hab mich ins Bett verkrochen. Sorry.«

»Oh«, sagt er betroffen. »Warum hast du mich nicht angerufen, wir hätten unser Date auch verschieben können.«

Doch es ist unleugbar, dass er genau das nicht im Sinn hat. In Wahrheit gleitet sein Blick immer wieder über sie, bleibt bewundernd auf ihren Brüsten hängen, die sich unter dem Shirt ohne BH befinden, und strandet dann auf ihren nackten Beinen.

»Nein, alles klar!«, sagt Tina rasch und sprintet in ihr Zimmer, wo sie die Schranktür aufreißt.

Nächstes Problem, was soll sie anziehen?

Chaotische Hirnzustände sorgen für ausgewachsene Ratlosigkeit bei einem Thema, bei dem Frau ohnehin zumeist schon ziemlich kaltgestellt ist.

Was auch immer sie von ihren Klamotten ansieht, es

erscheint ihr nicht passend. Ganz bestimmt jedoch wird sie nicht das schwarze Abendkleid nehmen, das sie vorgestern für ihn getragen und das schätzungsweise ein mittleres Vermögen gekostet haben wird.

Jeans und Shirt?

Kleid - von der bezahlbaren und damit modisch vertretbaren Sorte?

Kurze Hose und weite Bluse nebst Sporttretern?

Oder doch was anderes?

Rock?

WAS?

»Nimm das!«, ertönt unvermutet seine samtene Stimme direkt hinter ihr. In Wahrheit ist er so nah, dass sein warmer Atem ihren Nacken berührt und der Duft seines teuren Aftershaves ihre Geruchsnerven umschmeichelt. Ein Arm schlingt sich um ihre Taille und eine Hand legt sich locker auf ihren Bauch, während er auf ein blumiges Kleid deutet (enges Oberteil, weiter Rock, der nicht über die Knie geht).

Sie schließt die Augen, lehnt den Hinterkopf gegen ihn und atmet einige Male heftig ein und aus.

Verdammt soll sie sein, es *ist* schön!

Noch verdammter wird sie sein, weil ihr nämlich für keine Sekunde entgeht, dass ihr Bett nur wenige Zentimeter entfernt steht – die Räume sind nicht sehr groß.

Halb ist sie versucht, sich umzudrehen und ihn irgendwie dazu zu bringen, den Rest des Tages hier zu verbringen. Seine Lippen tun ihr Übriges.

Denn sie arbeiten sich plötzlich von der kleinen Einbuchtung unter ihrem Ohr nach unten, schieben den Stoff ihres Shirts beiseite und erkunden ihre Schulter, während seine Hand unmissverständlich hinabwandert, sie nur leider NICHT dort berührt, wo sie es gerne hätte, sondern auf den Oberschenkel ausweicht.

Leise stöhnt sie auf, als sich der Druck seiner Lippen verstärkt. Sie spürt seine Erregung, die er nicht unbedingt tarnt, fühlt sich sicher in seinen Armen ... und auch wieder nicht.

Blödes Chaos! Eben noch war alles scheinbar geklärt und jetzt kämpft sich die nächste, alles wieder umkehrende Erkenntnis an die Oberfläche.

Der ILD-Satz ist nicht vergessen und trotz der unmissverständlichen Signale, die ihr Körper sendet (sie braucht dringend ein neues Höschen und die Spitzen ihrer Brüste drängen sich verheißungsvoll gegen den weichen Stoff ihres Shirts, von der Gänsehaut, die sie einmal komplett überzogen hat, will sie gar nicht reden), ist sie absolut noch nicht bereit.

Und das keineswegs aus moralischen Überlegungen heraus, die ja in Sachen Tina Desplat momentan ohnehin im Urlaub sind.

»Ja«, sagt sie rau. »Wenn es dir gefällt, ziehe ich das an.«

»Fein«, murmelt er, seine Lippen ziehen eine heiße Spur über ihren Nacken hinüber zur anderen Schulter.

Heilige Scheiße!

Dann gibt er sie abrupt frei, als würde er den verzweifelten

Versuch unternehmen, einer gefährlichen Sirene zu widerstehen.

So unerwartet in die Freiheit entlassen, taumelt Tina ein wenig und muss sich an der Schranktür festhalten, um nicht zu stürzen. Sobald sie sich gefangen hat, dreht sie sich um und wird von seinem musternden Blick empfangen.

Sein Kopf liegt wie so häufig schief und um seine Lippen spielt das übliche spöttische/halb herausfordernde Lächeln.

»Tu es vor mir!«, verlangt er plötzlich. Seine Hände streifen noch einmal ihre Arme, bevor er sich von ihr abwendet und sich auf das Bett legt. Auf die Seite, mit einer Hand, die seinen Kopf stützt, einer Strähne, die sich in seine Stirn gestohlen hat und erwartungsvollem, begehrlichem, provozierendem Blick.

»Ich soll was?« Klingt alles in allem etwas schrill, doch er bleibt total unbeeindruckt.

»Zieh dich vor mir an. Ich will dir dabei zusehen!«

Mindestens tausend Argumente dagegen schießen Tina gleichzeitig durch den Kopf, einige davon klingen sogar vernünftig. Wie zum Beispiel die Feststellung, dass sie diesen Mann gar nicht kennt und dass sie so was noch nie gemacht hat.

Doch dann kehrt ihr schlechtes Gewissen zurück, gepaart mit der Abenteuerlust, die neuerdings in ihr lebt, ihrem Verlangen, das nicht einmal annähernd gesunken ist. Nicht zuletzt wegen seines heißen Blickes, der so unendlich bewundernd ausfällt, dass die Luft vor sexueller Interaktion zu vibrieren scheint.

Die Atmosphäre ist so gesättigt von reiner Erotik, dass Tina kaum atmen kann. Wie in Trance – ihr Blick verlässt seinen für keine Sekunde – greift sie mit leicht bebenden Händen nach dem Saum ihres Shirts.

Tina schluckt, was so schwierig ist, dass das dabei verursachte Geräusch im Raum nachzuhallen scheint, ihre Lippen sind mit einem Mal so trocken, als hätte sie Meilen durch die Wüste zurückgelegt und ihr Herz scheint Anstalten zu machen, sich aus ihrer Brust zu befreien.

Was tut sie hier eigentlich, und warum ist das trotzdem so unsagbar heiß?

Trotz alledem kostet es sie unendlich viel Überwindung, sich den Stoff schließlich über ihren Kopf zu streifen. Und dann steht sie da ... tatsächlich nackt, mit glühenden Wangen, den Armen hilflos an den Seiten hängend und unfähig, ihn länger anzusehen.

Nie hat sie etwas derart bereut wie diese Tat, denn die erwartete Belohnung für ihren Mut bleibt irgendwie aus.

... scheinbar. Als die Verzweiflung droht, sie restlos zu vereinnahmen, ertönt plötzlich seine Stimme und er klingt derart anbetend, hingerissen und liebevoll, dass alle Zweifel sofort wie weggeblasen sind.

»Gott, du bist so schön!«

Ach echt?

Vorsichtig hebt sie den Blick und begegnet prompt seinem glühenden. Robin scheint regelrecht vor Leidenschaft zu vergehen, die Augen führen ein wahres Feuerwerk auf und die Lippen stehen etwas weiter auseinander, weil er hektisch durch sie ein- und ausatmet. Sie sieht seine Hand zucken, die bislang eher beiläufig auf seiner Seite lag und Tina ahnt, wohin sie will. Denn seine Hose, wenn auch gut geschnitten – natürlich trägt er schwarze Hose und weißes Hemd –, ist verdammt eng geworden. Seine Erregung ist sprichwörtlich und sie weiß, dass er sich nur zu gern Erleichterung verschaffen würde.

Genau wie sie.

Wieder schwankt sie, überlegt, sich ihrem pochenden Unterleib zu ergeben, zu ihm zu gehen, seinen verdammten Reißverschluss zu öffnen und sich das zu nehmen, was darunter ist. Lange, ausgiebig – allein der Gedanke daran, lässt sie fast kommen.

Sie wird von einer ungeahnten Leidenschaft erfasst – Tina hätte nicht gedacht, dass sie zu derartigen Gefühlen überhaupt fähig ist.

Notgeil hätte sie es genannt, wäre eine andere Person davon heimgesucht worden. *Verzweifelt erregt* bezeichnet sie es jetzt, wo es sie selbst betrifft. Ihre Knie sind so weich, dass sie aus Gummi zu bestehen scheinen, ihr Körper ist elektrisiert und bebt mit jeder Faser bis in die Fingerspitzen hinein. Das Atmen fällt ihr mittlerweile so schwer, als hätte ihr jemand ein Tuch bestehend aus wilder Gier über Mund und Nase geschlungen.

Verdammt, zwischen Himmel und Erde existiert so vieles, was sie noch nicht kennt, so vieles, was es noch zu erleben gilt, so vieles, von dem sie ahnt, dass es sie möglicherweise umwerfen wird, sobald sie es erlebt – mit ihm.

»Leg dein Haar über die linke Schulter«, sagt er plötzlich und klingt dabei so gepresst, dass sie ihn verwundert anstarrt.

Erst dann besinnt sie sich und überlegt fieberhaft, wo denn jetzt links ist. Von ihm aus, von ihr aus, was meint er?

Die Erkenntnis, dass sie es nicht weiß, lässt sie beinahe verzweifeln. Und als tatsächlich Tränen drohen, wählt sie einfach eine der beiden Schultern. Es muss die richtige gewesen sein, denn er interveniert nicht.

Eine lange Weile geht ins Land, in der er sich nicht berührt, und auch Tina dem Wunsch widersteht, obwohl sie sich nur zu gern ein wenig Erleichterung verschafft hätte.

Dann entschärft er plötzlich die so unendlich bizarre Situation. »Nimm die schwarze Spitzenunterwäsche!«

Das muss sie diesmal nicht überdenken, Tina greift blind in den Schrank und holt das Zeug heraus. Es handelt sich nicht unbedingt um ihre Lieblingsklamotten, weil sich die Spitze ein bisschen unangenehm auf der Haut anfühlt. Doch heiß sieht die auf jeden Fall aus.

Während sie sich den BH überstreift – mit bebenden Fingern, die kaum ihren Befehlen gehorchen wollen – betet sie darum, keine allzu dämliche Figur zu machen.

Es scheint nicht so, denn sein Blick hängt immer noch an ihr, als stünde er unter Drogeneinfluss.

Tina schafft es sogar, den Verschluss ohne größere Unfälle zu bewältigen, doch als sie das Höschen folgen lassen will, greift er wieder ein.

»Langsam ...«, befiehlt er. »Erst einen Fuß durchgleiten lassen, dann den anderen. Berühre dabei deine Beine, lass deine gespreizten Finger langsam hinaufwandern.«

Klingt in der Theorie gut, ist in der Praxis mit Gummiknochen und überhaupt zitternd allerdings ziemlich kompliziert. Tatsächlich verlangt Tina dieser Stunt ihre gesamte Konzentration ab, weshalb die wahnsinnige Erregung, die sie zuvor noch zu töten drohte, langsam etwas abebbt.

Sie ist dankbar. Übrigens auch dafür, dass sie nicht umkippt und sich somit vollständig zum Deppen macht.

Als auch das Höschen an der dafür vorgesehen Stelle ist, fordert er sie auf, das Kleid anzuziehen. Das Ganze erfolgt mit derart kehliger, maskuliner, unwiderstehlicher Stimme, selbst wenn sie diesen Mann hassen würde, wäre sie derzeit nicht in der Lage, zu widersprechen. Er ist wie ein Fakir, ein Schlangenbeschwörer, der genau die Tonlage draufhat, die einen sofort in Trance versetzen kann.

Sobald auch das Kleid optimal sitzt, lässt sie die Arme an ihre Seiten fallen und mustert ihn abwartend.

Doch für lange Zeit regt er sich nicht, betrachtet sie nur verzückt und auf diese Art, die ihre Eingeweide erneut zum Glühen bringt. Auch wenn es nicht mehr so schlimm wird wie zuvor.

Und dann, total unvermittelt, hören beide das Öffnen der Tür und lautes Gelächter.

»TINA!?«, ruft Cassy. Die Stimme nähert sich. »Bist du ...« Wie bereits erwähnt, das Appartement ist nicht sonderlich groß – noch bevor der Satz zu Ende gesprochen ist, steht Cassy im Raum.

»... wach?«

Sie sieht Robin, auf dem Bett, Tina, die mit ihren heißen Wangen garantiert aussieht, als hätte sie soeben extrem heißen Sex gehabt, und ihre sonst so lieblichen Züge verhärten sich. »Oh!«

Ganz schnell dankt Tina den himmlischen Heerscharen oder dem Schicksal – wer auch immer dafür verantwortlich ist, dass Cassy nicht zehn Minuten früher hier hereingeplatzt ist.

Mit der Peinlichkeit hätte sie nicht leben können. Mit Cassys Zorn schon, auch wenn selbst das nicht unbedingt einfach wird. »Hey«, sagt die gerade trocken zu Robin. Und noch ehe er reagieren kann, fixiert sie wieder Tina. »Dir geht es also besser, wie ich sehe?«

»Ich ...« Hastig fährt Tina sich über das Haar, obwohl es diesmal garantiert kein Vogelnest darstellt. »Ja, danke. Alles super.« Etwas hektisch blickt sie zu Robin. »Wollen wir?«

»Klar.«

In aller Gemütsruhe steht er auf, überwindet die geringe Distanz zu Tina und nimmt ihre Hand, bevor er Cassy mit diesem umwerfenden, leicht spöttischen Lächeln bedenkt. »Wir gehen aus. Ich hoffe, das ist dir recht?« Letzteres klingt relativ ironisch und er wartet auch auf keine Antwort, sondern zieht Tina aus dem Raum, die nur noch entschuldigend über ihre Schulter blinzeln kann.

Hätte sie das mal lieber gelassen, denn so wird sie mit Cassys starrem Todesdrohungsblick beehrt.

Oh, oh!

»Hey«, begrüßt Robin Gabe, der sich auf die Couch fläzt und die beiden ziemlich verblüfft anstarrt.

»Und bye.« Damit haben sie die Tür erreicht und stehen keine Sekunde später auf dem Flur.

Lebend ... gottseidank.

* * *

»Unterbrich mich, wenn ich falsch liege, aber ich habe den aufdringlichen Eindruck, dass deine Mitbewohnerin einen gewissen Groll gegen mich hegt.«

»Was? Oh, das bildest du dir nur ein!«

Sie sitzen in einem Eiscafé und Tina war gerade in Gedanken versunken. Diese bewegten sich in ihrem Zimmer und bezogen sich auf all die Dinge, die leider nicht stattgefunden haben. Bis hierhin toll, doch da war auch noch das schlechte Gewissen und das betrifft nicht etwa Cassy, sondern jemand ganz anderen ...

Beautiful Sky.

Pünktlich mit Verlassen des Gebäudes hat sich auch dieses Gefühl wieder eingestellt, eben nicht allein zu sein. Mittlerweile kommt Tina sich wie die Kreuzung aus einer hundsgemeinen Lügnerin und einer Geheimagentin vor.

Denn ganz im Verborgenen ist ein Entschluss gereift, der im Grunde nie erforderlich war, weil es ohnehin für sie feststand. Diesen Abend wird sie nicht mit Robin beschließen.

Was das soll?

Nun, diesbezüglich fällt ihr noch immer nichts ein, weshalb sie jede Überlegung in diese Richtung brutal kappt, sobald sie auftaucht.

»Der Blick sprach Bände«, ruft Robin sich ins Gedächtnis zurück und sie seufzt innerlich.

»Cassy ist immer sehr besorgt, das hat nichts mit dir zu tun. Vielleicht dachte sie, ich hätte meine Bauchschmerzen nur markiert, um mit dir wilden, leidenschaftlichen Sex haben zu können.«

Sofort schlägt seine Stimmung um und er neigt den Kopf zur Seite. »Meiner Ansicht nach hatten wir den.«

Ihre Blicke versinken ineinander und beide kehren in Tinas Zimmer zurück. Die Luft scheint sich ein weiteres Mal an diesen Schwingungen zu entzünden, die da zwischen ihnen kursieren und die Atemlosigkeit, die damit ja immer irgendwie einhergeht, setzt zuverlässig wieder ein.

»Du bist so außergewöhnlich«, wispert er und streicht ihr mit einem Finger sanft über die frisch entflammte Wange. »Nicht viele Mädchen hätten den Mut aufgebracht, sich so zu präsentieren. Und schon gar nicht, wenn sie so etwas nie zuvor getan haben.«

Es ist nur eine Feststellung, doch in ihr schwingt eine unterschwellige Botschaft mit. Beklommen fragt Tina sich, worauf er sich bezieht. Darauf, dass sie noch nie vor einem Fremden gestrippt hat?

Bingo! Hat sie noch nicht mal vor einem *Bekannten!*

Oder ist er vielleicht der Meinung, dass vor ihm eine holde Jungfrau sitzt?

Das wäre dann eine Niete, denn diesen Status hat Tina im Alter von 16 verloren und es nie bereut. Wieder drängt sich ihr der Gedanke an *Christian Grey* und *Edward Cullen* auf, denn in Robins Blick liegt so viel Aufrichtigkeit und – wenn sie nicht alles täuscht: Besitzdenken. Es ist fast, als würde er unbewusst, aber mit Hingabe alle Klischees erfüllen, die es gibt, seitdem die Twilight-Reihe eines unrühmlichen Tages das Licht der Welt erblickte.

Sie beschließt, ihn nicht über die Tatsachen aufzuklären, sondern lächelt nur in sich hinein und fühlt ihre Hand in seiner, die er zu seinem Mund führt und einen leichten Kuss darauf haucht.

Es wirkt nicht aufgesetzt, auch nicht albern, wenngleich Tina froh ist, dass niemand zusieht ... Kaum geht ihr auf, dass dies nicht ganz zutrifft, sofern sie ihren Instinkten noch trauen kann, zieht sie ihre Hand zurück, was ihr einen zutiefst verstörten Blick einbringt.

»Sorry«, sagt sie eilig. »Das ... äh, das ist peinlich.«

»Warum?« Schon ist der Kopf wieder zur Seite geneigt und er mustert sie auf diese sehr interessierte, fragende Weise.

»Weil ...« Unangenehm berührt rutscht sie auf ihrem Stuhl hin und her. »Na ja, es ist altmodisch.«

»Ist es nicht«, korrigiert er sie knapp. »Es ist gentlemanlike, und wenn das gleichbedeutend mit altmodisch ist, dann haben wir schon mal einen probaten Beweis, dass es mit der Menschheit und deren Gebaren ziemlich bergab geht.«

Das ist Edward ... na ja, sehr verwundert ist sie nicht.

Doch als seine Miene so gar keine Anstalten macht, sich mal aufzuhellen, nimmt sie ihren Löffel und führt die nächste Eisportion auf besonders erotische Weise zu ihren Mund.

Es funktioniert blendend: Schon ist er wieder gebannt und von Ärger kann keine Rede mehr sein.

Nachdem sie genüsslich das Metall abgeleckt hat – Ed--- äh, Robins Augen werden immer größer – mustert sie ihn unschuldig. »Und, was hast du heute noch so geplant?«

»Nicht viel«, murmelt er, ohne den Blick von ihren Lippen zu nehmen. Aktuell hat er sich sogar ein bisschen vorgebeugt, wahrscheinlich ist er kurzsichtig. »Ich dachte mir, das entscheiden wir spontan, dir scheint so etwas zu gefallen.«

»Spontane Entscheidungen?«, haucht sie zurück, auch Tina hat sich inzwischen über den Tisch gebeugt, weshalb sie sich eigentlich küssen könnten ... die Entfernung ist schon mal richtig, nur macht Robin keine Anstalten. »Das stimmt ... sei spontan!«

In der nächsten Sekunde hat er sich zurückgelehnt und mustert sie bemerkenswert kühl. »Ich dachte mir, dass dir so etwas zusagen würde«, informiert er sie geschäftsmäßig. »Allerdings habe ich dich zuerst in dieses Etablissement entführt, um einige Dinge zwischen uns zu klären.«

Ein Klirren durchschneidet die bisher behagliche Atmosphäre des Cafés, in der nur das unterschwellige Raunen der anderen Gäste zu hören gewesen war. Verursacher ist Tinas Löffel, der ihr aus den plötzlich klammen Fingern gerutscht ist. Scheiße! Jetzt wird er ihr einen Heiratsantrag machen.

GENAU JETZT!

Und dann ist sie erledigt!

Ein Teil ihres Schocks muss wohl auch auf ihrem Gesicht zu sehen sein, denn er betrachtet sie verwundert. »Was hast du? Ist dir wieder übel?«

»Nein!«, stößt Tina hervor und versucht, sich wenigstens äußerlich zusammenzureißen. Während die Gedanken in ihrem Kopf Achterbahn fahren und versuchen, irgendeine Abfuhr zu kreieren, die nicht ganz so verletzend klingt, wie sie garantiert sein wird.

Sie mag Robin wirklich gern, ganz sicher könnte daraus Liebe werden. *Beautiful Sky* hin oder her. Doch sie wird heute garantiert keine Verlobung mit ihm feiern und morgen auch nicht.

Ihr Lächeln muss irgendwas zwischen totaler Verblüffung respektive Angst und Freude ausdrücken – denn er mustert sie noch etwas intensiver, bevor er leise auflacht. »Was auch immer da gerade durch dein kleines Köpfchen geht, ich schätze, du liegst meilenweit von der Realität entfernt.«

»Oh!« Na ja, wenn das so ist, dann kann sie ja langsam den Entspannungsgang einlegen.

Mit einem Mal wirkt Robin etwas unsicher. Seine schlanken, sehr sauber manikürten Finger spielen mit der Serviette und es dauert einen langen Moment, bis er sie anschaut.

»Wir kennen uns nicht wirklich, du hast mich neulich Abend darauf hingewiesen und ich hatte Zeit, mir über deine Worte Gedanken zu machen. Das ist ein Manko, an dem wir arbeiten sollten und auch werden, sofern ich damit auf deine Zustimmung stoße.«

Gar nicht so einfach, dem Mann geistig zu folgen.

(Tina muss das Gesagte immer erst in eine normale Sprache übersetzen), ihn dabei unbefangen anzusehen, seine Lippen nicht zu extrem anzuglotzen und auch noch hinreichend zu verarbeiten, was er ihr da gerade auf seine umständliche Art verklickern will.

Sie gibt sich alle Mühe, diese spezielle Multitaskingaufgabe zu bewältigen. Robin zupft derweil an seiner Serviette. Zum ersten Mal, seitdem sie ihn kennt (okay, was nicht sehr lange ist), scheint er eine Situation nicht zu 100 Prozent zu beherrschen. Doch er überwindet seine Skrupel mannhaft und fährt fort.

»Ich hatte dir bereits angedeutet, dass ich keine Affäre oder andersgeartete Liaison anstrebe. Was gleichfalls auf ein flüchtiges Abenteuer zutrifft. Meine Intentionen sind anderer Natur und mein Hinweis auf dem Zettel heute Morgen war von mir genauso gemeint.«

Er sieht auf und Tina trifft ein derart leidenschaftlicher Blick, dass ihr wieder mal der Atem stockt.

»Du bist ähnlich gepolt«, fährt er fort. »Ich weiß es, weil ich dich sehr lange beobachtet habe, bevor ich dich ansprach. Und daher ist es wohl nur natürlich, dass du Zeit benötigst, um dir über deine Gefühle klar zu werden. Ich räume ein, diese wohl natürliche Verzögerung in meinen ursprünglichen Überlegungen nicht berücksichtigt zu haben.«

Was für eine Verzögerung? Wenn Tina diesem unvergleichlich schönen aber eindeutig leicht altmodischen Mann richtig folgt, dann hat er nicht einberechnet, dass sie ihn erst mal kennenlernen muss, um ihn auch lieben zu können.

Ist ja lustig ...

Nun, Robin findet das nicht, denn obwohl er nie sonderlich witzig wirkt, strömt ihm jetzt die Aufrichtigkeit aus jeder einzelnen seiner bewundernswerten Poren.

»Ich bin ein sehr leidenschaftlicher Mann, der nichts mehr möchte, als dich zu sich ins Bett zu holen ... (aha, jetzt übernimmt der Christian Teil). Aber du brauchst Zeit, um das auch von ganzem Herzen zu wollen. Die werde ich dir einräumen. Allerdings verbinde ich dies mit einer gewissen Distanzhaltung. Was bedeutet ...«

Tina lauscht ihm atemlos gespannt ...

»... dass ich mich dir nicht auf irgendeine sexuelle Art nähern werde, bevor du dir nicht sicher bist. Gleiches bitte ich auch dich, für meine Person zu respektieren, also in dieser Zeit nicht gegenteilig auf mich einzuwirken. Denn ...« Sein Mund verzieht sich zu einem spöttischen Lächeln. »Ich bin auch niemand für ein flüchtiges Abenteuer.«

Für mindestens zwei Minuten glotzt Tina ihn an, während sie versucht, hinter dem aufgesetzten Stuss irgendeinen Sinn auszumachen. Na ja, lange muss sie nicht suchen. »DAS HEISST KEIN SEX?«, platzt es aus ihr heraus.

»Solange du dir nicht sicher bist, nein.«

WAS?

Fassungslosigkeit macht sich in ihr breit, sie hat nicht mal Zeit, darüber nachzudenken, wie dämlich sie momentan aussehen muss. So mit einer Kinnlade, die fast ihren Halsansatz berührt und gigantisch weit aufgerissenen Augen.

»Aber!«, bricht es schließlich erneut aus ihr heraus.

»Was war das vorhin?«

Er hat sich so schnell zu ihr vorgebeugt, dass sie diesmal ein erschrockenes Keuchen nicht ganz unterdrücken kann. Seine Augen funkeln und er reibt sanft seine Nasenspitze an ihrer, womit er einen Stromstoß nach dem nächsten durch ihren Körper jagt, die alle ziemlich weit südlich stranden. »*Ich* bin mir sicher und ich habe ... nun, ich habe uns zu ein wenig Spaß verholfen und dazu, dass du vielleicht erkennst, was auf dich wartet.«

So schnell, wie er sich vorgelehnt hat, verschwindet er wieder und lehnt keine Sekunde später lässig in seinem Stuhl, der Blick hat abermals diesen geschäftsmäßigen Charakter angenommen. »Wenn du das natürlich nicht wünschst, dann werde ich in Zukunft auch davon Abstand nehmen.«

»NEIN!«, ruft Tina, diesmal wirklich laut und wird rot, als sie spürt, dass sie von etlichen Gästen fixiert wird. Mist, verdammter!

Robin, der sonst so entschieden auf Etikette achtet, scheint die derzeitige Aufmerksamkeit, die sie genießen, nicht zu interessieren. Er sieht nur Tina und seine Lippen zucken. »Das war schon mal eine unmissverständliche Aussage.«

Super!

»Was ist mit Küssen?«

»Hmmm ...« Abwägend betrachtet er sie und schüttelt dann den Kopf. »Zu gefährlich. Du könntest die Kontrolle verlieren und mich zu Dingen nötigen, die ich bei diesem Stand unserer Beziehung nicht dulden kann.«

So langsam gehen mit Tina die Pferde durch. »ICH könnte

die Kontrolle verlieren? Ach und du bist über so was erhaben, oder was?«

Sein Lachen klingt so schön, so glockenhell und offen, dass ihr Wutlevel gleich um etliche Grade sinkt. »Ganz und gar nicht, aber ich bin älter, erfahrener ...« Er hebt die Augenbrauen, was für Tina der Beweis ist, dass er sie tatsächlich für eine Virgin hält.

Verdammter Mist! Kommt sie echt so naiv rüber?

Er scheint einen Teil ihrer Gedanken lesen zu können, oder ihre Mimik ist auskunftsfreudiger, als sie dachte, denn urplötzlich ist er wieder ernst.

»Ich habe mir diese Auszeit von meinem Beruf genommen – entgegen dem Willen meines Vaters – weil ich nicht länger allein sein will.«

Der Sinngehalt dieser Information schafft es auf Anhieb in Tinas vorderstes Bewusstsein. »DU BIST AN EIN COLLEGE GEGANGEN, UM DEINE FRAU FÜRS LEBEN ZU SUCHEN?« Das war jetzt wirklich gekreischt und die Audienz der vielleicht zwanzig anderen Anwesenden ist ihnen damit verdammt sicher.

Diesmal bleibt Robin nicht ganz so locker. »Würdest du dich bitte etwas mäßigen?«, erkundigt er sich leicht verbissen, bevor er der Kellnerin, die herbeieeilt, wohl, um sie zu bitten, etwas leiser zu sein oder um sie gleich rauszuwerfen, einen Geldschein in die Hand drückt. »Wir nehmen noch mal das Gleiche.«

WIE BITTE?

Verwirrt starrt sie auf ihren Eisbecher, den sie noch nicht mal annähernd geleert hat, dann wieder auf ihn, seine Augen zucken ein wenig. Doch die Krise ist wohl überwunden, denn auch seine Mundwinkel tun das. »Du wirst dich ranhalten müssen, um beide zu schaffen. Deine Schuld, wärst du nicht so ausfallend geworden, wäre ich nicht in die Verlegenheit gekommen, noch etwas zu bestellen, damit man uns nicht vor die Tür setzt.«

Also, Tina hat ihre Krise noch lange nicht überwunden, denn sie kann ihn nur anstarren. Gut möglich, dass sie ihre Stimme für den Rest des Tages nicht mehr wiederfindet, denn die ist momentan ganz, ganz weit weg.

»Du kannst es sowieso gebrauchen«, führt er unbekümmert fort, greift über den Tisch und legt einen Finger unter ihr Kinn, damit er ihr in die Augen sehen kann. »Meiner Ansicht nach bist du viel zu dünn.«

Aha.

»Um auf deine in den Orbit gebrüllte Frage zurückzukommen«, fährt er unbeschwert fort und zieht seinen Arm zurück. »Nein, das habe ich keineswegs. Doch mir liegt das Herumlungern nicht, weshalb ich das Angenehme mit dem Nützlichen verband und meinem früheren Mentor, dem Dekan, aus einer misslichen Lage half. Ich hatte nicht damit gerechnet, genau dort auf diejenige zu treffen, um ehrlich zu sein, habe ich nicht einmal gesucht. Vielmehr hielt ich außerhalb des Campus die Augen offen, ich habe mich sogar in einer dieser Internet-Partnership-Börsen eingetragen und dann ...«

Eben noch spöttisch wird sein Lächeln jetzt liebevoll. »Dann sah ich dich. Und was ich zunächst für eine vorübergehende emotionale Verirrung hielt, steigerte sich mit der Zeit zu dem, was du heute für mich darstellst. Mit jedem Tag, den ich dich aus der Ferne bewundern durfte, wuchs meine Überzeugung, dass wir zusammengehören.

Du hast keine Vorstellung, wie lange ich dich bereits ansprechen wollte und es immer wieder verschob, denn zunächst musste ich sicher sein. Erst als ich das auch wirklich und mit aller Überzeugung, derer ich fähig bin, sein konnte, wagte ich den nächsten Schritt.«

»Du hast mich gestalkt«, erkennt sie ohne das geringste Grauen, eher macht sich eine Art Resignation in ihr breit. Vielleicht ist es ihr Los, dass die Leute sie verfolgen. Möglicherweise sind da noch mehr als Robin, der ja irgendwann aus dem irren Kreis ausgebrochen und an das Tageslicht gekommen ist. Mehr als *Beautiful Sky*, bei dem schließlich Ähnliches geschah. Vielleicht verfolgt sie die Hälfte des Campus und alle denken angestrengt darüber nach, wann denn der beste Zeitpunkt wäre, um sie anzusprechen und ihr zeitgleich einen Heiratsantrag zu unterbreiten. Ist das auf die hiesige Luft zurückzuführen? Frische Meeresluft soll ja irgendwie stimulierend wirken. Und die hier sorgt eben dafür, dass die schönsten aller schönen Männer allesamt durchdrehen.

Mit wachsender Verzweiflung betrachtet sie Robin und wartet auf den Moment, wo er *›April, April!‹* ruft und sich über sie halb totlacht.

Ehrlich, sie würde sofort mit einstimmen, weil das einfach nur zum Kichern *ist!*

Leider trifft der erhoffte Moment nie ein, stattdessen bleibt Robins Miene so überzeugt wie eh und je. Nebenbei mustert er sie derart erwartungsvoll, dass Tina sich plötzlich sogar barbarisch in die Enge gedrängt fühlt.

»Ich will dich nicht heiraten!«, bricht es schließlich aus ihr heraus. »Weder das noch will ich in dein Appartement ziehen. Ich bin dreiundzwanzig, niemand denkt in meinem Alter an so was!«

Seine Lippen sind vielleicht etwas schmaler als sonst, aber darüber hinaus ist ihm kein Ärger anzumerken. »Es ist mir durchaus geläufig, dass du Schwierigkeiten haben dürftest, auf mein Angebot einzugehen. Deshalb möchte ich ja, dass wir uns umfassend kennenlernen.«

»Du verstehst ...« In diesem Moment kommt die Kellnerin mit den nächsten kalten Kalorienbomben und Tina wartet ungeduldig, bis die das Zeug endlich abgestellt und wieder Leine gezogen ist, bevor sie fortfährt. Weit über den Tisch gebeugt und hektisch wispernd. »Du verstehst das nicht! Auch wenn ich dich liebe und gern mit dir zusammen bin, heißt das noch lange nicht, dass ich dich heirate oder auch nur zu dir ziehe. Das eine hat mit dem anderen *nichts* zu tun!«

»Das ist *deine* Meinung«, erwidert er ruhig. »Und die kann sich ändern. Tust du es?«

»Was?«, erkundigt sie sich verwirrt.

»Mich lieben«, erklärt er. »Liebst du mich?«

Boah, dieser Mann ist immer so unglaublich direkt! Er

stellt die intimsten Fragen, ohne auch nur zu blinzeln, und das mit einem Blick, aber hallo!

Zum ersten Mal geht Tina auf, dass sie ihm nicht gewachsen ist. Sie ist nur ein Mädchen, das irgendwelche Saiten in ihm angesprochen hat, die bisher noch keine andere berührte – also seine persönliche *Anastasia*, wenn man so will. Aber, abgesehen von der Tatsache, dass ihm kein Konzern gehört (tut es doch nicht, oder?) und er noch keine Anstalten gemacht hat, sie zu verhauen, sind die Parallelen unglaublich. Er äußert das alles mit einer Arschruhe, die Züge sind ernst aber nicht verbissen und der gesamte Mann derart einschüchternd schön, dass sie nicht weiß, was sie sagen soll.

Nein?

Es wäre momentan die Wahrheit, doch sie fühlt, dass nicht viel fehlt und sie könnte ihn lieben. Ein paar derartige Nachmittage, am besten mit dem gleichen Beginn in ihrem Zimmer. Ein paarmal in seine dunklen Augen gesehen, ein paarmal seine Zärtlichkeiten gespürt, seine Aufmerksamkeit genossen, von seinem Intellekt geflasht und sie wird ihn vergöttern.

Aber deshalb heiraten?

Nein!

»Noch nicht«, sagt sie zögernd und kann nicht verhindern, dass ihr das Blut in die Wangen kriecht. Diesmal ist sie nicht mal resigniert. *Niemand* könnte eine solche Unterhaltung ohne gewisse Nebenwirkungen führen.

Außer Robin natürlich.

Sein Lächeln ist atemberaubend und offenbart jede Menge weißer, perfekt geformter Zähne. »Das genügt mir. Ich habe Wochen gebraucht, um mir sicher sein zu können, daher werde ich von dir keine Entscheidung in Lichtgeschwindigkeit verlangen.«

»Aber du kanntest mich doch gar nicht«, wirft sie eher hilflos ein und erntet nur einen seltsamen Blick.

Dann nickt er zu ihren Eisbechern. »Lass den alten stehen, das Zeug ist ohnehin längst getaut. Nimm den neuen!«

Eine unmissverständliche Aufforderung, mit dieser unwiderstehlichen Mischung aus Arroganz und grenzenloser Souveränität geäußert, dass sie nur gehorchen kann.

So einfach ist das ... und so verdammt schwer.

12. Nik

Er ist *nicht* verliebt!

Bisher tauchte diese widerliche Begrifflichkeit nie in seinem Schädel auf. Stets verband er Dinge mit ihr, die allesamt verdammt unangenehm und hochgradig lächerlich waren. Und jetzt, wo ihm das erste Mal dieser schauderhafte Gedanke kommt, killt er ihn, bevor er auch nur annähernd so was wie Gestalt annehmen kann.

Sie ist durchgeknallt und er will sie flachlegen – und *wie!* Außerdem passt er halt auf sie auf, weil es ja sonst niemand tut.

Und das ist auch schon alles.

Nach wie vor hält Nik sich auf dem Campus von ihr fern und sorgt umsichtig dafür, dass sie ihn nicht zu Gesicht bekommt. Denn er will, dass ihr Spiel genau das bleibt, was es ist: eine Illusion. Die Anonymität liegt ihm, auch wenn sie heute Morgen ein bisschen ins Wanken geraten ist.

Außerdem kommt Nik nicht mit ihr klar.

Er sieht sie mit *ihm*, sieht sie lachen, sieht ihre leuchtenden Augen, sieht all das, was ihn unvorstellbar anmacht und fragt sich immer häufiger, warum er ihr überhaupt wie ein spitzer Dackel nachrennt. Der Typ ist nicht ganz sauber, nein, aber Nik könnte sich auch geirrt, ihm Dinge angedichtet haben, die nicht wirklich zutreffen, und überreagiert haben, weil es eben um die Süße geht.

Warum fährt er nicht mit seinem Leben fort und lässt die beiden ihre Suppe kochen? Denn die kochen sie, und zwar mit wachsender Begeisterung. Der Topf brodelt sozusagen bereits über, ist ja erstaunlich, dass sie bisher noch keinen dieser Fesselringe überreicht bekommen hat.

Warum zieht es Nik an den Strand, als er Tina sicher in ihrem Appartement weiß. Und warum sitzt er dort nicht wie sonst an seinem im Schatten gelegenen Baum, sondern sozusagen auf dem Präsentierteller. Warum?!

Weil er ein Idiot ist, schon klar.

Warum noch?

Nik schließt die Augen und legt den Kopf weit in den Nacken, als könnte dies das gesamte Unwohlsein, das ihn seit Neuestem heimsucht, mit einem Schlag zerstören.

Bis vor Kurzem war sein Leben einfach – er führte es ohne Rücksicht auf Verluste, und es interessierte auch keinen sonderlich. Ehrlich, er ist wahrscheinlich der unsichtbarste, nicht studierende Student, den die Uni je gesehen hat. Da muss es so eine Art interner Absprache unter den Dozenten geben, die festgelegt hat, dass er in Wahrheit überhaupt nicht existiert. Denn obwohl er *noch nie* irgendeine geforderte Arbeit angefertigt, geschweige denn abgegeben hat, geht ihm niemand auf die Nerven.

Er bringt sein Studium sozusagen total relaxt und in einem immerwährenden Chillstatus hinter sich. Weil er so fair ist, und wenigstens fast täglich zum Campus schleicht, kann er auch mit Sicherheit sagen, dass die anderen Studenten irgendwie dem gleichen Kodex folgen müssen wie deren Lehrer. Denn nach anfänglichen kleineren Rempeleien – soweit er sich erinnert, ging dabei auf der gegnerischen Seite eine Nase zu Bruch und ein Typ hatte mal ein blaues Auge –, weicht ihm auch dieses Gesocks inzwischen weiträumig aus.

Er ist faktisch nicht anwesend, was ihn immens freut.

Nik hat seine Mädchen, kann seinen Schwanz in einem von ihnen versenken, wann immer es ihm einfällt und auch noch, wenn er nicht mal einen Gedanken daran verschwendet hat. Er lebt sein Leben und niemand mischt ihm da rein.

Herrlich!

Und jetzt das!

Plötzlich scheint alles durcheinanderzugeraten, was allem voran auf ihn selbst zutrifft.

Er fühlt sich geknebelt und gefesselt, obwohl sie überhaupt keine Anstalten macht, das wirklich zu tun, nicht wahr? Tatsächlich war er doch der Idiot, der als Erstes angeschissen gekommen ist!

Warum?

Missmutig kramt er seine Relaxutensilien heraus und dreht sich einen frischen Joint. Nachdem der brennt, blickt er sinnierend in den Himmel.

Beautiful Sky ...

Er lauscht dem Klang der Worte, die er nur in seinem Kopf ausgesprochen hat, und lacht trocken auf.

Selbst das ist nur Schwachsinn, Bullshit, den er sich irgendwann mal als Ausdruck seiner Identität gewählt hat, weil ihm nichts Besseres einfiel, oder weil er nichts anderes hatte. Was denn, wenn seine Mutter anstatt dieser kryptischen Scheiße kurz nach seiner Geburt FUCK gebrüllt hätte?

Würde er sich dann so nennen?

Wahrscheinlich ...

Was ihn allerdings am meisten nervt – weit vor allem anderen – ist, dass er es zum ersten Mal bereut, keine Uhr oder Handy zu besitzen.

So kann er nämlich nicht nachsehen, wie spät es ist und sich darüber aufregen, dass sie nicht erscheint.

Noch ist alles im Bereich des Normalen, wenn man nach zwei Dates überhaupt davon sprechen kann. Aber er hätte schon gern gewusst, ob er sich hier sinnlos seinen Arsch wund sitzt oder ob die Braut vielleicht doch noch mal die Freundlichkeit besitzen wird, hier runterzulatschen.

Außerdem hat er in seiner abgefuckten Verwirrung seinen Aufpasserposten verlassen. Was ja *auch* gegen die Regeln verstößt! Irgendwie existieren ja neuerdings welche.

Und als wäre das nicht alles schon schlimm genug, spürt er seit Neuestem wieder diese spezielle Wut in sich aufsteigen, die er endlich hinter sich gelassen glaubte. Sie drischt auf ihn ein, wann immer er sie mit *ihm* sieht, wenn er beobachten muss, wie dieser Pisser sie anglotzt und noch krasser: wenn er dem beiwohnen muss, wie sie *ihn* anstarrt.

Er bekommt leichte bis mittelschwere Sichtschwierigkeiten, weil sich vor seinen Augen alles leicht rot färbt, sobald er sich nur vorstellt, dass dieser Dreher sie anfasst. Und das Ganze verdoppelt seinen Effekt noch mal, sofern ihm auch nur annähernd in den Sinn gelangt, dass es ihr vielleicht gefallen könnte.

Ganz grandios wird die Geschichte allerdings erst, wenn er so bescheuert ist, sich auszumalen, dass der Typ sie fickt. Und weil seine Synapsen durch das ewige Gras irgendwie dauerhaft hyperaktiv zu sein scheinen, legt sein verdammtes Gehirn mit Vollgas los, sobald er auch nur den entferntesten

Gedanken in diese Richtung bewegt. Irgendein Geistesblitz, das Aufflackern einer noch so geringen Impression, und schon dreht er faktisch komplett durch.

Da hilft nicht mal mehr das Gras.

Genau das mag Nik aber nicht. Er will sich nicht manipulieren lassen, weder von irgendeiner Tussi, denn am Ende ist sie das auch nur, noch von sich und seinem leicht gestörten Biorhythmus. Er hat sogar schon daran gedacht, diese verdammte Uni, die Stadt, den Staat, verdammt, gleich den bepissten Kontinent hinter sich zu lassen. Einfach das Erbe ausschlagen, den Pflichtteil nehmen – er braucht doch eh nicht viel – und dann nichts wie weg. Ist ohnehin sehr, sehr schaurig, dass er sich auf diese Art einfangen ließ.

Ginge er, wäre sie aus seinem Dunstfeld verschwunden ...

... und genau deshalb verschwindet er eben nicht.

Noch kann er das nicht hinter sich lassen, noch hängt sie mit diesem Penner ab, der eben nicht sauber ist, egal welchen Dreck er auch immer am Stecken hat. Und wenn es nur der ist, dass er sie zu verändern versucht, wo doch in der Basis bereits alles perfekt ist.

All das ist irgendwie noch sinnig – also, nach drei Tüten wird es das zumindest –, erklärt aber nach wie vor nicht, weshalb Nik mit jeder Sekunde, die sie nicht auftaucht, etwas unruhiger wird. So sehr, dass er bald permanent unter seinen Wimpern hervor in Richtung Straße glotzt. Verstohlen, weil er ja vorgibt, relaxt und mit geschlossenen Augen zu rauchen. Noch ist es nicht sehr spät, es befinden sich jede Menge Leute am Strand, die ihre beschissenen Lagerfeuersuperpartys veranstalten, bei denen jede Menge Bier, Whisky, Sekt und Gras mit im Spiel sind.

Der Kodex funktioniert wie immer prächtig, denn die meisten scheinen seine Anwesenheit, auch wenn er heute sozusagen auf den VIP-Plätzen residiert, nicht zu bemerken.

Die meisten, nur leider nicht alle. Denn es dauert gar nicht lange, da kommt eine von denen, die sich trotz größter Mühe keinen Stecher für die Nacht sichern konnten, zu ihm rübergewankt. Im Normalfall würde Nik das Angebot nutzen, bevor es überhaupt noch richtig an das ewig scharfe und unbefriedigte Halbblut gebracht werden kann.

Aber nicht heute.

Sobald sie sich in Hörweite befindet, kredenzt er ihr die ultimative Abfuhr: »Verpiss dich!«

Sie stoppt mitten in ihrem Schritt. Weil sie so verdammt abgefüllt, bekifft oder beides ist, gelingt ihr das nicht ganz sauber, denn sie strauchelt, geht vor ihm in die Knie und dann auf alle viere.

Die ultimative Position, er müsste sich nur hinter sie stellen. Es ist dunkel genug, das Feuer der Ahnungslosen weit genug entfernt, und wenn sie was sähen, ginge es ihm auch am Arsch vorbei. Von den Ordnungshütern mit dem Stock im Arsch, die tagsüber wie Zinnsoldaten hier patrouillieren, ist seit dem Dunkelwerden weit und breit nichts mehr zu sehen.

Sie ist ... nicht hübsch, aber auch nicht hässlich. In der heutigen Zeit ist das niemand mehr, der sich vor die Tür wagt – irgendwas Ansehnliches haben sie alle. Bei ihr sind es die vollen Titten und die Wahnsinnsfigur, wie Nik mit Kennerblick sofort sicherstellt. Mehr als ausreichend für seine Zwecke. Und zu allem Überfluss ist sie so breit, dass sie sich morgen garantiert nicht mehr daran erinnern können würde.

Doch in seiner Hose regt sich nichts. Der sonst so

unersättliche Kerl zeigt nicht das geringste Interesse. Im Gegenteil, allein der Gedanke, sie jetzt zu vögeln und damit zu riskieren, dass SIE im ungeeignetsten Augenblick mit hinzukommt, macht Nik für den Moment unrettbar impotent.

Nichts ist da, außer dass sie akut stört ...

... und wohl auch keine Lust hat, mal zu verschwinden, oder so. Denn sie hockt vor ihm auf Knien und Händen, starrt ihn an, als wäre er irgendeine Erscheinung – muss an seinem Mojo liegen, dass jeder das glaubt – und bringt ansonsten kein Wort hervor.

»Zieh Leine!«, wiederholt er vorsichtshalber, und weil ihm das nicht ausreichend erscheint, macht er dazu noch eine unmissverständliche Geste. Vielleicht ist sie ja taub.

All das hilft nichts, die Starr-Blick-Tussi starrt ihn an. Bis plötzlich ein gewaltiges Beben durch ihren Körper geht und sie Nik sozusagen ins Wohnzimmer kotzt.

»FUCK!«, brüllt er angewidert und springt auf. »Kannst du nicht woanders reiern?«

Na ja, hätte ihn auch gewundert, wenn er jetzt eine Antwort bekommen hätte.

Ihm bleibt nichts anderes übrig, als den Rückzug anzutreten, denn das kann dauern. Sie kotzt und würgt literweise die Scheiße aus, die sie den Abend über inhaliert haben muss. Und noch etwas anderes ist wieder mal signifikant für die versiffte Brut, mit der er an eine Uni geht. Obwohl sie keine dreißig Meter von ihren sogenannten Freunden entfernt ist, vermissen die sie nicht etwa oder eilen ihr zu Hilfe. Stattdessen vernimmt er den einen oder anderen Lacher. Jemand brüllt sogar: »Du wolltest ficken, Lina!

Nickt kotzen!« Also war sie wohl vorgeschickt worden und er ist gar nicht so durchsichtig, wie er sich immer einzureden versucht.

Das verwirrt ihn irgendwie, weshalb Nik einen Schritt rückwärts vollführt. Die Hände ballen sich zu Fäusten, den Joint hat er längst fallen lassen und in seinem Gesicht führen die Wangenmuskeln einen hemmungslosen Tanz auf.

Diese abgefuckten Pisser!

Noch einen weiteren Meter weicht Nik widerwillig zurück, weil er eben nicht fliehen will, sondern alle Zeichen in ihm auf Angriff stehen. Doch auch für eine Prügelei ist dies der perfekt unperfekte Zeitpunkt. Deshalb geht er noch einen, und ehe er sich versieht, ist er an der Böschung und damit am Ende des Strandes angelangt. Nicht genug, diese Idioten sind immer noch zu nah.

Unentschlossen sieht er zur Straße, dann wieder zum Feuer, an dem er die sitzenden Gestalten bloß noch in Schemen ausmachen kann. Auch die kotzende Kuh ist nur ein schwarzer – würgender – Schatten.

Aber sie rufen, sie johlen, sie provozieren ihn über alles Erträgliche hinaus. So sehr, wie schon lange nicht mehr. Schließlich wirbelt er herum und rennt frontal in ... SIE!

FUCK!

Er rammt ihren zarten Körper so stark, dass sie auf ihren Hintern gestürzt wäre, würde er nicht im letzten Moment zugreifen und sie daran hindern. Sobald sie jedoch wieder halbwegs eigenständig steht, lässt er ihre warmen Oberarme los und wankt mal wieder einen Schritt zurück. Jetzt in Richtung Strand – so was Dämliches, da kommt er doch gerade her!

»Sorry, ich bin zu spät!«, keucht sie.

»Wozu?«, erkundigt er sich und verschränkt langsam die Arme, wobei er übrigens dieses dumme warme Gefühl in seinen Eingeweiden strikt missachtet.

Total unangebracht!

Das Rot schießt ihr in die Wangen und sie senkt den Blick. Während sie den Asphalt zu ihren Füßen einer ausgiebigen Musterung unterzieht, überlegt Nik, ob es nicht besser wäre, einfach abzuhauen.

Er ist verdammt schnell, bevor sie überhaupt zu sich kommen könnte, wäre er bereits über alle Berge. Natürlich bleibt es beim Wunschdenken, denn aus irgendeinem Grund, den er nach wie vor nicht ganz begreift, markiert sie für ihn ja so was wie eine unabschüttelbare Klette.

Als sie aufsieht, ist ihre Miene auch noch bittend. »Können wir noch ein wenig zum Strand gehen?«

»Geht nicht, ist alles vollgekotzt«, informiert er sie knapp.

»Der ganze Strand ist vollgekotzt?«, hakt sie ungläubig nach.

»Na ja, auf jeden Fall die Stellen, auf die es ankommt. Wollte gerade gehen«, gibt er mürrisch von sich.

Darauf fällt ihr wohl nichts ein, aber da sie diesmal nicht den Blick abwendet, bekommt er das zweifelhafte Vergnügen, sie genauer zu betrachten. Noch immer trägt sie dieses leichte Sommerkleid, dessen Arme frei sind (der Grund, weshalb er eben unbeabsichtigt erneute Bekanntschaft mit der seidigen Haut gemacht hat). Das Haar ist zu einem Pferdeschwanz gebunden, aus dem sich nach und nach die Strähnen lösen.

Die Augen wirken müde, der Atem geht noch immer hektisch, die Titten sind verdammt groß und die Nippel durch den leichten Stoff gut sichtbar. Der Bauch ist flach, die Taille schmal, die Hüften darunter extrem sanft geschwungen, die Beine schlank und auch noch im Mondschein glänzend, und die schlichten Sporttreter, in denen ihre nackten Füße stecken, könnten den Anblick nicht besser abrunden.

Moment, die Augen sind müde?

»Warum bist du nicht pennen?«, fährt er sie an.

Das verwirrt sie offenbar so sehr, dass er auflachen muss. »Hey, die Nummer funktioniert nur, wenn du als Erste hier antanzt und wenigstens so tust, als würdest du schlafen. Sonst ist es irgendwie arschlos.«

Wieder werden ihre Wangen geflutet, also hat er mal wieder einen Volltreffer gelandet, doch sie haut nicht etwa ab. NEIN!

»Gehen wir an ein anderes Stück am Strand? Bitte?«, wispert sie und Nik – weil er ja neuerdings nicht mehr ganz zurechnungsfähig ist – willigt natürlich ein.

War ja klar.

Allerdings signalisiert er keine falsche Freude, denn er wendet sich einfach ab und trabt wieder hinab zum Ufer. Diesmal sucht er einen Platz, der weit abgelegen vom Feuer- und Kotzdesaster liegt, weshalb sie eine Weile laufen müssen. Tina folgt ihm, um das zu wissen, muss er sich nicht mal umdrehen, das Keuchen (sie ist immer noch außer Atem) reicht, um vollständig im Bilde zu sein.

Als sie längst die gefährliche Zone hinter sich gelassen haben, geht er sogar noch ein paar Meter weiter, einfach aus Rache für vieles.

Dann bleibt er stehen und dreht sich um. So abrupt, dass sie es unmöglich voraussehen kann. Insgeheim hofft er ein bisschen, sie würde in ihn hineinrennen. Tut sie nur leider nicht, denn sie bleibt haarscharf geschätzte fünf Millimeter vor ihm stehen und starrt ihn an.

Mit diesen tiefgründigen Augen ...

Mit diesem hinreißenden Mund ...

Mit dieser geraden kleinen Nase ...

Einmal komplett das Gesicht inspiziert – was er im Grunde nicht wollte –, pegelt er sich wieder auf den Augen ein und betrachtet sie etwas genauer. »Heulst du?«, erkundigt er sich fassungslos.

»NEIN!«, kommt es trotzig. Was in diesem Falle gleichbedeutend für ›ja‹ ist. Denn zu allem Überfluss wischt sie sich auch noch mit dem Handrücken über die besagten Tränenproduzierer.

»Sieht aber anders aus!«

»Ja, sorry!«, fährt sie ihn an und lässt sich mal wieder einfach so an Ort und Stelle in den Sand plumpsen. Und da Nik ja an ihr wie an einer gottverdammten Klette hängt, kann er nur folgen.

Lange Zeit passiert gar nichts, sie hat die Beine dicht an ihren Körper gezogen und die Arme darumgeschlungen und starrt aufs Meer hinaus.

Auch Nik sieht sich nicht bemüßigt, etwas anzumerken. Es würde nur auf Beleidigungen oder frustrierte Kommentare hinauslaufen, die er vielleicht in der Zukunft bereuen könnte.

Wird – korrigiert er sich nach flüchtiger Überlegung, denn verletzen will er sie auf keinen Fall, auch wenn sie es vielleicht verdient hätte.

Als das Schweigen unangenehme Züge annimmt, kramt er nach seinen Grasutensilien und dreht sich einen Joint.

»Du rauchst zu viel von dem Zeug!«, bemerkt sie ohne ihn anzusehen und er erstarrt.

»Woher willst du das wissen?«

»Simple Hochrechnung«, erklärt sie schulterzuckend. »Wenn wir zusammen sind, hast du immer einen an, also bedeutet das in der Summe ziemlich viele Tüten an einem Tag.«

»Um mal eins klarzustellen«, sagt er gedehnt, nimmt einen tiefen Zug und inhaliert provozierend inbrünstig den rauschbringenden Rauch, bevor er ihn wieder ausstößt. »Du hast keine Ahnung von mir, wir sind garantiert noch nie zusammen gewesen, davon wüsste ich nämlich, und deine abgefuckten Hochrechnungen kannst du vergessen! Die sind totaler Dünnschiss!«

»Stimmt«, sagt sie leise. »Jedenfalls das mit dem Nichtkennen und ... na ja, dem anderen.« Endlich sieht sie ihn an und er registriert erleichtert, dass das verhängnisvolle Glitzern verschwunden ist. »Aber umgekehrt bist du ganz gut im Bilde, oder?«

»Was?«

»Stell dich nicht so blöd!«, faucht sie ihn total unvorhersehbar an. »Wir können nicht jeden Abend bei null anfangen. Gestern hast du gesagt, dass du mich verfolgst! Darauf will ich hinaus!«

»Von Verfolgen war nie die Rede!«, brummt er und muss sich ein Grinsen verbeißen. »So weit ich mich erinnere, war da Aufpassen mit im Spiel ...«

»... klar, weil ich nur Scheiße baue!«

»Also weißt du es noch, warum erzählst du dann so einen Bullshit?«

Darauf fällt ihr nichts ein und so sitzen sie für eine Jointlänge schweigend nebeneinander. Die Rufe von dem ultimativen Feuerpartydings haben sich inzwischen vereinzelt und der Schein der Flammen ist gleich gänzlich verschwunden. Die Typen rüsten zum Heimgehen, was ihn auf seine ursprüngliche Frage bringt.

»Warum gehst du nicht pennen?«

Sie zuckt zusammen. »Was?«

Miese Ablenkungsmasche, derer er sich auch häufig bedient. Deshalb beißt sie damit bei ihm auf soliden Granit. »Du solltest dringend mal schlafen!«, führt er entnervt aus. »Ehrlich, hübsch hin oder her, ansonsten siehst du bald wie ein Zombie aus.«

»Du findest mich hübsch?« Das kommt wie aus der Pistole geschossen und sie bereut es, sobald sie es gesagt hat – er weiß es einfach!

»Nein, in meinen Augen wirkst du wie die Kreuzung zwischen einer Kröte und diesen schleimigen Dingern, die man sich öfter mal aus der Nase zieht.«

Wieder bleibt jede Antwort ihrerseits aus, doch nach einer Weile, in der sich wieder dieses unangenehme Schweigen ausgebreitet hat, seufzt sie. »Lass mich hier ein bisschen schlafen, ja?«

Zu dieser total widersinnigen Bemerkung fällt selbst Nik nichts ein. Fassungslos beobachtet er, wie sie sich im Sand ausstreckt, das Gesicht an seinem Oberschenkel bettet, die Beine anzieht und die Augen schließt.

»Das wird nicht funktionieren und ist übrigens total blöd«, informiert er sie kühl.

»Ich weiß«, räumt sie gleichmütig ein. »Aber ich glaube, ich *bin* momentan einfach ein bisschen blöde.«

Ihre Hand zuckt, wandert dann scheu an ihm hoch und legt sich auf sein Bein, nah an der Stelle, wo sich das Ding nach innen biegt und damit sehr nah an den wirklich interessanten Zonen.

Nicht gut!

Gar nicht gut!

Nik fühlt seine Erregung wachsen, weiß, welche Folgen das haben wird und wünscht sich weit, weit weg ... und auch wieder nicht.

Nach einer Weile erschaudert sie und zieht die Beine noch etwas enger an sich heran.

»Ist dir kalt?«

»Ein bisschen«, murmelt sie. »Ich sollte ab sofort immer eine Decke mitnehmen.«

»Du solltest nach Hause gehen«, widerspricht er, während sich über seinen Rücken eine Gänsehaut ausbreitet, denn sie hat zarte und schlanke Finger und in seiner Jeans sind Löcher, und genau die hat sie gefunden und keine Lust, sie zu ignorieren.

Haut auf Haut, er würde schwören, dass da gewisse Elektrizitäten von ihr auf ihn übergehen, die direkt in seinen sowieso schon ziemlich harten Schwanz fahren.

Scheiße, er ist so irre!

Sie sowieso.

Und so sitzt er da, zu einer Salzsäule mit riesiger Erektion erstarrt, wagt nicht zu atmen oder sich zu bewegen, geschweige denn, sich einen neuen Joint zu drehen. Denn nach einer Weile ertönen tatsächlich ihre ruhigen, gleichmäßigen Atemzüge. Wer trotz Kälte und der seltsamen Situation einpennt, der ist wirklich erledigt.

Als sie im Schlaf wieder erschaudert, legt er ein wenig unbeholfen seinen Arm um sie. Und weil das auch nicht zu helfen scheint, streckt er sich schließlich neben ihr aus, zieht sie an sich heran – was seine gerade im Abflachen befindliche Erregung wieder neu aufflammen lässt – stützt den Kopf auf eine Hand und schlingt den anderen Arm fest um sie.

Für den Rest der Nacht betrachtet er sie, knickt manchmal für ein paar Sekunden weg, aber nie lange genug, als dass ihm irgendein Detail entgehen könnte: Die schnell über sie hinwegziehenden Wolken, die Möwen, die sich mit Einsetzen des Morgengrauens wieder einfinden, um sich die nächste ultimative Schlacht zu liefern. Die Flut, die langsam zurückgeht, die Sonne, die glühendrot am Horizont auftaucht oder die Lichter der nur einen Katzensprung entfernten Stadt, die erst gegen vier Uhr aufflammen, um dann wieder zu erlöschen, als es hell genug ist.

Das ist der Moment, in dem er sie hochhebt – sie wird nicht wach – und nach Hause trägt.

Nik weiß, dass sie nicht allein wohnt; gleichsam ist ihm bekannt, dass er sich vorsehen müsste, um nicht in die Mitbewohnerinnenfalle zu tappen. Trotzdem macht er nicht die geringsten Anstalten, leise vorzugehen. Er trägt sie in ihr Bett, lässt sie diesmal sanft darauf nieder und nimmt sich einen langen Moment, um sie zu betrachten. Wehmut? Ja, möglich, dass es das ist, was derzeit so derb an seinem Herzen zieht.

Er mag es nicht, weder das Wort an sich noch das Gefühl überhaupt oder die Erkenntnis, dass es ihn tatsächlich überfallen kann. Dennoch. An diesem Morgen macht Nik die Erfahrung, dass er in gewissen Momenten kitschig veranlagt ist. Denn er kann sich an dem so friedlichen, süßen Gesicht nicht sattsehen. Kein Gedanke an Sex beherrscht ihn, während sie so arglos und auf bestechende Art vertrauensselig daliegt. Stattdessen kommen ihm die sinnlosesten Ideen, keiner will er nachgeben und gleichzeitig allen. Am Ende beugt er sich hinab, streicht ihr sanft eine Strähne aus dem Gesicht und küsst ihre Schläfe.

Effekt: schön aber zu wenig.

Fazit ... seine Lippen verziehen sich zu einem verdammt spöttischen Lächeln, bevor er sich weiter hinabtastet, über ihre geschlossenen Lider, die Wangen und dann schließlich zu ihrem Mund. Unsicher verharrt er darüber, hadert mit sich und weiß nicht, was er tun soll, bis er seine Lippen schließlich hauchzart darauf senkt, so zärtlich, wie er es sich niemals zugetraut hätte.

Nichts anderes will er, nur diese Zärtlichkeit, diese Nähe, diesen Duft und diesen Mund.

... und die Brüste und das darunter und ...

Eilig richtet er sich auf, wagt keinen letzten Blick, sondern verlässt sofort den Raum und kurz darauf das Appartement.

Weg hier!

* * *

In San Francisco gibt es neben dem *Simple Plan* auch noch andere Kneipen und darüber hinaus sogar einige, in denen Typen in der Aufmachung, wie Nik sie bevorzugt, bedient werden.

Das Ganze findet sogar um fünf Uhr morgens statt.

Ja, was für ein Scheißglück!

Er sucht eine davon auf, aber nicht, um sich zu besaufen (jeder Kiffer zieht das Gras dem Alkohol vor, schon weil es keinen Kater verursacht), sondern aus ganz anderen Gründen.

Es handelt sich um eine der vielen hier vertretenen Beinahe-Strandbars, die es sich zur Aufgabe gemacht haben, wie eine *echte* zu wirken, obwohl man von dieser Stelle aus nicht mal den Scheiß Ozean ausmachen kann.

Abgesehen vom Schankraum, in dem sich auch um diese Uhrzeit jede Menge trink- und sexfreudiger Gestalten tummeln, gibt es noch die Bar direkt davor, an der unter heißen Sambarhythmen (der Uhrzeit geschuldet leider nur leise) Cocktails aller Gattungen ausschenkt werden.

Natürlich vom schwarzhaarigen Latino mit Goldkettchen und mit Palmen versehenem Karibikhemd – alles Klischee und es funktioniert blendend.

Nik bestellt sich einen Tequila – wenn überhaupt, dann konsumiert er das Zeug – und lässt sofort den Blick schweifen.

Was er sucht, findet er auf Anhieb:

Blond, braun gebrannt, umwerfend schlank, der Blick starr und ein wenig verloren wirkend. Die gut betuchte Touristin, die billigen Sex sucht, ihn aber bisher nicht gefunden hat.

Noch nicht.

Mit seinem Glas in der Hand schlendert Nik zu ihrem Tisch. Warum sie leer ausgegangen ist, sei dahingestellt, denn normalerweise muss dieser spezielle Typ Frau nie lange warten. Vielleicht war sie zu spät dran oder sie ist zu spröde ... bei den anderen.

Wie *er* auf Frauen wirkt und dass bei ihm garantiert keine Zickentour oder gar eine Abfuhr droht, weiß Nik und stellt es für keine Sekunde infrage.

Arrogant?

Könnte man meinen, dabei liegt ihm nichts ferner. Vielmehr sind es die Erfahrungen aus nahezu neun Jahren, in welchen er es mit unzähligen Frauen getrieben hat, von denen *keine* eine billige Nutte war.

Okay, abgesehen von den Studentinnen, die aber dieses Prädikat aus anderen Gründen verdienen, als es gemeinhin verliehen wird.

Nik wartet nicht, bis sie aufsieht, sondern schwingt sich ohne Aufforderung auf den leeren Stuhl. Die spöttischen Blicke der übrigen Männer, die bei ihr schon verschissen haben, stacheln ihn nur noch mehr an. Ein Grinsen kann er sich nicht ganz verkneifen. Er war nie der Aufreißer, einfach, weil er so was nicht nötig hat. Aber da er eben ein freundliches Kerlchen ist, wird er ihnen mal einen erfolgreichen Aufriss demonstrieren.

Als sie aufschaut, ist ihre Miene ablehnend, und selbst ein »Verpiss ...« bekommt sie noch hin. Das ›dich‹ wird jedoch niemals ausgesprochen, denn in diesem Moment hat sie Niks Gesicht ausgemacht. Die Miene, eben noch so hart, unnachgiebig und abweisend, wird weich. Ihre ohnehin dunklen Augen nehmen diesen leicht verruchten, rauchigen Glanz an und die Stimme zieht nach. »Sieh an ...«

Sie ist bei seinen Klamotten angelangt, flüchtig verziehen sich die Mundwinkel nach unten, doch dann hat sie auch hier das Positive ausgemacht.

Er ist ein Tramp, ein Weltverbesserer, ein Hippie, ein

Kiffer, ergo nicht interessiert an ihrem Leben, ihrem Ehemann oder ihrer Kohle, und er ist verdammt gut im Bett.

Jupp, auch das ist angekommen, womit sie wieder in seinem Gesicht strandet. »Hey, ich bin Linda.«

»Hey.«

Sie verbeißt sich ein Schmunzeln, weil er offensichtlich inkognito bleiben will, und mustert nun seine Hose. Nicht schüchtern oder vielleicht ein bisschen verstohlen, sondern geradeheraus. Einmal mehr gratuliert sich Nik zu seiner immensen Menschenkenntnis, die ihm im Grunde total am Arsch vorbeigeht.

Als auch seine Schwanzgröße durch die Qualitätskontrolle gegangen ist, kippt er seinen Tequila und steht auf. Ohne noch einen Ton zu sagen, dreht er sich um und geht voraus. Wissend, dass sie ihm folgen wird.

Die Typen, die mal wieder leer ausgegangen sind, bedenkt er mit einem süffisanten Grinsen. Wenn er die Größe von deren Bierbäuchen so betrachtet und die ungepflegten Schnurrbärte addiert, dann weiß er, dass sie es auch in Zukunft tun werden.

Tja, man hat es, oder man hat es eben nicht.

So what!

* * *

Linda wohnt in einer der Ferienwohnungen, die für viel Geld von reichen Säcken gekauft werden, welche wiederum für den Sommer dort ihre Eheweibchen abparken, um weiterhin in den nördlicher gelegenen Städten der Kohle und den jungen Mädchen nachzujagen.

Ein riesiges Domizil, das dennoch nur aus drei Räumen besteht. Der erste ist das schier unüberschaubare Wohnzimmer, ein weiterer interessiert weder Nik noch Linda, die ihn ohne Umschweife in den dritten führt:

Das riesige Schlafzimmer, in dessen Zentrum ein gigantisches, französisches Bett mit schwarzem Bettzeug logiert. In der Luft hängt der Duft schweren Parfüms, und ein paar Kleider liegen verstreut umher – sie wusste wohl zuerst nicht, was sie heute anziehen sollte.

Sobald sie die Tür hinter sich geschlossen hat, strebt sie zu ihm, die Lippen sind zu einem aufreizenden Lächeln verzogen.

Sie befeuchtet sie leicht, sieht ihn dabei an, als wäre er ein süßes Dessert nach einem langen, sehr wohlschmeckenden Dinner, und ihre Hände gleiten an der Innenseite seines ohnehin bereits fast vollständig geöffneten Hemdes entlang.

Er steht da, umso einiges größer als sie, starrt sie von oben herab an, während sie ihm den Stoff über die gebräunten, so ausgeprägten Muskeln streift. Genau genommen müsste Nik das Gleiche bei ihr tun, je schneller man zum Ziel kommt, umso besser, dann haben sie nicht so viel Zeit, anhänglich zu werden.

Doch er kann nicht, denn plötzlich fragt er sich, was noch mal genau der Grund dafür war, diesen Ausklang der Nacht zu wählen, und kann sich nicht mehr erinnern. Seine Arme hängen untätig an den Seiten herab, während ihre vollen Lippen an seinem Oberkörper entlanggleiten, die Zunge dabei eine feuchte heiße Spur zeichnet, sie kurz darauf vor ihm in die Knie geht und sich an seiner Hose zu schaffen macht.

Linda ist flink, sie ist versiert und sie weiß genau, was sie will.

Die Hose fällt nur wenige Sekunden später, Shorts trägt Nik aus Überzeugung nicht, weshalb sie mit einem überraschten Keuchen Bekanntschaft mit seiner gewaltigen Erektion macht.

Ob er will oder nicht, als sie ihn in ihren Mund nimmt und er die fähige Zunge, die eben noch seine Brust verwöhnt hat, jetzt auf seiner Spitze fühlt, schließt er die Augen, legt den Kopf in stillem Genießen in den Nacken, während seine Hände ihre goldenen Locken suchen, und sich darin vergraben.

Diese Frau hat es drauf, denn sie besorgt es ihm auf eine Art, wie er es bisher nur selten erfahren hat. Ihr Mund ist groß und aufnahmefähig, ihre Hände massieren seine Hoden, die Zunge verwöhnt seinen Schwanz. Nur wenige Minuten, nachdem sie begonnen hat, stößt er sie fast grob zurück, packt sie an den Hüften und wirft sie auf das Bett.

Er will nicht!

HA!

Was für eine Erkenntnis an diesem total verhunzten Morgen. Nik mag es nicht, wie sie ihm einen bläst und dabei einem Höhepunkt entgegensaugt, den er nicht mit ihr erleben will. Er mag ihre Augen nicht, die ihm viel zu wissend und abgeklärt schauen, und er mag es nicht, ganz genau zu wissen, dass in ihr schon zu viele Männer vor ihm waren, um noch irgendeine spezielle Position bei ihr einnehmen zu können.

Überlegungen suchen ihn plötzlich heim, die ihn nie zuvor tangiert haben, und das zum denkbar ungünstigsten Zeitpunkt. Doch er wehrt sich nicht dagegen, heißt sie sogar willkommen und zieht die Nummer dennoch gnadenlos durch.

Als eine Art Strafe?

Yeah, könnte man beinahe so ansehen.

Rüde zerrt Nik ihr das Kleid herunter, wissend, dass es dieser Frau egal ist, wenn am Ende nur noch ein Fetzen davon übrig ist, drückt sie zurück, bis sie vor ihm liegt und ihre Titten nur noch die Hälfte des ursprünglichen Volumens aufweisen.

Nichts, was ihn weniger interessieren würde. In seiner Verbissenheit, beinahe Wut, mit welcher er diese unbändige selbstzerstörerische Aktion absolviert, ist sie längst zu einer Marionette verkommen. Ein Mittel zum äußerst fraglichen Zweck.

Und als sich ein Gesicht mit so wundervollen Augen und dunklem Haar vor sein inneres Auge schiebt, drängt er es nicht etwa energisch beiseite, sondern heißt es mit grimmiger Entschlossenheit willkommen.

Wie auch immer er gerade aussieht, Linda scheint die Geschichte extrem anzumachen, denn sie keucht bereits, obwohl er noch gar nicht in ihr ist.

Dies holt er ein paar Sekunden später nach. Mit ziemlicher Gewalt und ohne jedes Vorspiel. Ihren überraschten Schrei erstickt er mit seinen Lippen und seiner Zunge, die sogleich Besitz von ihrem Mund nimmt, während er Stoß um Stoß in diesen fremden, heißen, erregten Unterleib landet und dabei selbst einem verbissenen, ungewollten Höhepunkt entgegendriftet.

Er zögert es sogar noch hinaus, achtet diesmal darauf, dass auch sie zur Erlösung kommt, obwohl ihn nichts weniger interessiert als diese fremde Frau.

Linda ist so versiert wie in allem anderen auch, deshalb dauert es trotzdem nicht sehr lange, bis sie einen schrillen

Schrei ausstößt, seinen Kopf an den Dreadlocks zu sich hinabzerrt, bis seine Nasenspitze beinahe in ihre Wange sticht.

Weiter unten vollführt er noch zwei Stöße und kommt dann mit einem unterdrückten Stöhnen, das weniger Freude als vielmehr tiefste Resignation ausdrückt.

Sobald er ein wenig zu Atem gekommen ist, richtet er sich auf und betrachtet gelangweilt und auch ein wenig angewidert ihr erhitztes, vor Schweiß glänzendes Gesicht. Ja, Sex ist sehr oft hässlich, wenn man selbst nicht wirklich beteiligt ist.

Dabei stimmt das mit der Hässlichkeit diesmal nicht, von ihr geht eine gewisse Erhabenheit aus, sogar Schönheit, wie sie nur eine Frau verkörpert, die dies auch von Kopf bis Fuß ist.

Vielleicht richtet er sich deshalb so schnell auf und beginnt, sich seine Klamotten überzustreifen. Weil er erkennt, dass er mit ihr wirklich jede Menge Spaß haben könnte, den er neuerdings ja nicht mehr mag.

Linda richtet sich auf ihren Unterarmen auf und beobachtet ihn stumm, bis er fertig ist. Erst dann ertönt ihre leise Stimme. »Bleib!«

Nik sieht kurz auf. »Keine gute Idee. Nicht für dich und auch nicht für mich. Das weißt du. Bye!«

Damit geht er zur Tür, davon überzeugt, dass ihr kurzer Ausflug in die Wehmut oder was auch immer es war, bereits wieder überwunden ist, und sie ihn garantiert nicht zurückhalten wird.

Ja, Linda weiß, was sie will, und sie weiß auch ganz genau, welchen Preis diese flüchtigen Abenteuer kosten.

Anonymität, kein Gefühl, keine Liebe.

Er ist sicher, dass sie genau das gesucht und er ihr gegeben hat, was sie wollte.

Denn von dieser Frau driftet ihm keine Beleidigung nach, ungehindert verlässt er die Wohnung und steht kurz darauf allein und verlassen auf der Straße.

Ein Tramp in der Welt, ohne Heimat, ohne Ziel, mit pochendem Unterleib von Sex, der ihn nicht erfüllen kann und einem schönen Gesicht vor Augen, das noch viel weiter entfernt ist, als es diese Linda jemals sein könnte.

Fuck off, life!

13. Tina

Drei Wochen später

»Trag mich!«

Sich des unterschwelligen Befehls sofort bewusst werdend und aufgrund seiner warnend erhobenen Augenbrauen, schwächt Tina das Gesagte umgehend ab. Sie schaut ihn unter ihren dichten Wimpern an. »Bitte?«

Es wäre nicht ihr *Beautiful Sky*, wenn er einfach so einlenken würde. Stattdessen brummt er irgendwas in seinen garantiert nicht vorhandenen Bart und tut so, als würde er gehen. Allerdings macht er auf halbem Wege kehrt und schwingt sie wortlos in seine so starken Arme. Jedes Mal, wenn er das tut, spannt sich sein Bizeps an. Der Anblick dieser vielen unterschiedlichen und so gigantisch ausgeprägten Muskelstränge ist der helle Wahnsinn und gleichzeitig der Grund, weshalb sie sich nun mal so gern von ihm tragen lässt.

Neben der Tatsache, dass er ihr in solchen Momenten so unglaublich nah ist und sie ohne Gewissensbisse ihre Arme um seinen Hals legen darf. Dabei fühlt sie das kühle Metall seiner ... äh, Kette ... im krassen Gegensatz zu der heißen, so seidigen, fast jungfräulich wirkenden Haut. Sein starker, sehniger Körper an ihrem ... es ist jedes verdammte Mal ein derartiges Erlebnis, dass sie sich tatsächlich dabei ertappt, wie sie sich den Abend über danach sehnt.

Auch wenn dies stets die letzte Etappe ihrer gemeinsamen Stunden einläutet.

In jeder verdammten Nacht geht sie zu ihm – und ja, möglicherweise sieht sie inzwischen wie ein vor sich hinfaulender Zombie aus, weil sie wirklich nicht viel Schlaf bekommt. Dabei ist es längst zur Gewohnheit geworden, dass sie nebeneinanderliegen, ihr Kopf an seiner Schulter, die Hände unter ihrem eigenen, während sie gemeinsam in den Himmel blicken. Irgendwann dämmert sie immer weg, doch er weckt sie stets, bevor der Morgen wirklich anrücken kann.

Warum?

Sie weiß es nicht, wagt aber auch nicht zu fragen. Denn jede weitere Information würde dieses ganz bestimmte Flair der Unwirklichkeit nur noch weiter zerstören, als es das zwangsläufig ohnehin bereits ist.

Man kann noch so sehr die Augen zusammenkneifen und brüllen: ›SEH DICH NICHT!‹ Sofern man über einen halbwegs wachen Geist verfügt, muss man irgendwann die Wahrheit akzeptieren lernen.

Und ihre bedeutet nun mal, dass er ein Mensch ist, der neben den Stunden, die sie gemeinsam verbringen, ein eigenes Leben führt.

Was er dort, abgesehen davon, sie zu stalken (okay, auf sie *aufzupassen*) sonst noch so tut?

Sie weiß es nicht. Aber Tina ist inzwischen davon überzeugt, dass er ein sehr einsamer Mensch ist. Unverständlich bei der abgehobenen Schönheit dieses Mannes oder vielleicht gerade deshalb Programm?

Möglicherweise ist er für niemanden real, weil einem ein derartiges Exemplar nicht alle Tage über den Weg läuft. Er hat nichts mit Robin gemein ... und vielleicht ist das ein weiterer Grund, weshalb dieser *Beautiful Sky* in der Zwischenzeit ein ebenso fester Bestandteil ihres Lebens geworden ist wie eben jener Robin Carter.

Mit einem leisen Seufzen lehnt sie ihre Stirn an seine Schulter, achtet sorgsam darauf, dass sie den unteren Teil seines Kiefers berührt, atmet hektisch seinen unverwechselbaren Duft ein und streichelt geistesabwesend seinen Nacken, in dem sich der seidige Flaum so sehr von seinem sonstigen Haar unterscheidet.

Je näher sie dem Wohnheim kommen, desto grauenvoller wird ihre Stimmung. Ein neuer Tag liegt vor ihr, den sie ohne ihn bewältigen müssen wird. Genau das wird mit jedem Abend, den sie mit ihm verbracht hat, etwas schwieriger und ihr Leben an sich damit etwas komplizierter.

Als sie vor der Tür des Gebäudes stehen, lässt er sie auf ihre Füße. Seit Langem trägt er sie nicht mehr bis in ihr Bett. Es wäre einfach zu unsicher, weil Cassy und Gabe immer öfter in der WG übernachten.

Kein Kuss – auch so etwas findet schon seit gefühlten Ewigkeiten nicht mehr statt. Da herrscht nur dieses von beiden Seiten erwartungsvolle Schweigen, das keiner der beiden zu brechen vermag.

Zumindest für eine lange Minute, bis sich irgendwo in der Ferne ein Fensterladen bemerkbar macht, der quietschend geöffnet wird. Zeitgleich geht ein Ruck durch die beiden. »Bis dann«, sagt sie leise, bereit, ins Haus zu gehen und wissend, dass er sich abgewandt haben wird, sobald der Blickkontakt unterbrochen ist.

Seltsam?

Natürlich ist es das – das trifft auf ungefähr alles zu, was momentan so stattfindet. Noch immer verbietet sie sich jeden Gedanken daran, sobald er aufzukommen droht. Doch sie werden immer penetranter, genau wie ihre Wünsche, ihm nachzugehen und endlich all die Fragen zu stellen, die ihr auf der Seele brennen ... ihn zu bitten, bei ihr zu bleiben.

Sie gibt diesem Verlangen in sich nicht nach, sondern trottet mit hängendem Kopf die Treppe hinauf und fingert dabei bereits in ihrer Tasche herum.

Ebenso lustlos stapft sie kurz darauf den langen Flur entlang, doch als sie den Schlüssel in dessen Gegenpart einführen will, wird die Tür aufgerissen und sie steht vor ...

Cassy.

Scheiße!

»Wo warst du?«, wird sie angeherrscht, noch ehe sie die Gelegenheit bekommt, vielleicht mal einzutreten oder so.

»Spazieren ...«, verkündet Tina lahm und drängelt sich an ihrer Freundin vorbei. Die Ausrede hat sie sich bereits vor Wochen sorgfältig zurechtgelegt, um für den Tag X gewappnet zu sein. Dass der irgendwann kommen würde, war ihr immer klar. Sie ist nicht mal überrascht, eher ein Stück weit dankbar, weil die Premiere so glatt verläuft.

Okay, zunächst jedenfalls ...

»Ich konnte nicht schlafen und bin irgendwann einfach losgegangen.« Inzwischen ist sie bereits auf dem Weg in ihr Zimmer befindlich ... Cassy dicht auf den Fersen.

»Aha«, macht es hinter ihr, was leider gar nicht überzeugt klingt. »Komisch, wann bist du denn losgegangen?«

»Was?« Tina rafft ein paar Klamotten von ihrem Bett und wirft sie achtlos auf den Boden. »Keine Ahnung, muss so gegen drei gewesen sein.« Erst jetzt begreift sie, was schon mal falsch an der gesamten Situation ist. »Äh, warum bist du denn wach?«

Als sie den Blick hebt, trifft dieser auf das wütende Gesicht ihrer Freundin, die auch noch drohend die Arme verschränkt. »Ganz einfach, weil ich gar nicht geschlafen habe. Gabe ist seit Stunden unterwegs und sucht dich.«

Fassungslos lässt Tina die Tüte mit den Socken, die sie gerade am Wickel hat, sinken. »WAS?«

»JA, WAS!«, brüllt Cassy plötzlich los. »Genau das frage ich mich auch, wir beide, um genau zu sein! WAS TUST DU, TINA?«

Coole Frage, ehrlich, das hätte sie auch gern gewusst, aber das ist momentan wohl nicht der Punkt. »Wieso habt ihr überhaupt gemerkt, dass ich nicht da war?« Ausflüchte kann sie sich offensichtlich sparen und ganz ehrlich, sie ist viel zu müde, um diese Show noch länger aufrechtzuerhalten.

Hörbar holt Cassy Luft, wirft das blonde, lange Haar zurück und sinkt dann irgendwie resigniert in sich zusammen. »Eine miese Verkettung von Umständen, schätze ich. Ich hatte ... Ich *habe* auch überraschend Besuch bekommen, wenn du verstehst.« Die bedeutungsvolle Miene reicht, Cassy wurde tatsächlich von ihrer Menstruation überfallen. »So überraschend, dass es schiefging. Ich brauchte neue Klamotten, wir kamen her und ...«

»... und ich war nicht da, klasse.« Tina schließt die Augen. Na ja, es war alles immer nur eine Frage der Zeit, bis sie auffliegen würde. Auch das ist eine Angelegenheit, der sie nie sonderlich Beachtung sprich, Gedanken, schenkte. Aber tief in ihrem Hinterkopf wusste sie das immer.

»Nicht ganz ...«, erwidert Cassy gedehnt und Tinas Lider fliegen wieder hoch.

»Erst mal habe ich mich nicht gewundert, weil du dich ja ständig mit diesem kalten Fisch herumtreibst.«

Bevor Tina auffahren könnte – so sie das überhaupt vorhaben würde – fährt sie fort. »Es klopfte und Mister kalter Fisch stand vor mir. Mit deinem Handy, das hattest du nämlich in seinem Auto vergessen.«

Diesmal sinken die Lider bedeutend langsamer. »Oh fuck!«, wispert Tina.

»Ja, kann man so sagen.« Sie sieht es nicht, aber Tina könnte schwören, dass Cassy soeben nickt. Heftig. »Ich bin ja nicht blöd, sondern hab ihm gesagt, du wärst gerade im Bad und nahm das Ding. Dumm nur – nächste Verkettung, sozusagen – dass in diesem Moment Gabe rauskam, weil er ja ständig hier aufs Klo geht, um seine Wohnung nicht zu verpesten.«

Tina stöhnt. Den Rest kann sie sich fast denken. Ein Teil von ihr würde gern, dass Cassy nicht weiterspricht, was die aber trotzdem tut. »Ich hab mich natürlich extrem gewundert und ihm dann gesagt, dass du bestimmt nur ein bisschen spazieren bist. Machst du häufiger mal. Er hat es geglaubt und dampfte ab. Ich soll dich schön grüßen.«

Okay, das klingt bedeutend besser! Mutig sieht Tina ihre Freundin wieder an, doch die wirkt dummerweise kein bisschen besänftigt. »Wo warst du?«

»Du missverstehst das!«, stößt Tina hervor.

»Weißt du, ich bin vielleicht blöd, wegen der Haarfarbe und so, alles klar.« Cassy hat ihre Hände in die Seiten gestemmt. »Aber Gabe und ich haben die letzten Wochen mal so ein bisschen Revue passieren lassen. All die Male, wenn wir abends erst später losgingen und du noch nicht da warst, oder morgens, wenn ich meinte, die Tür zu hören und glaubte, ich hätte nur geträumt. Hab ich nicht, oder?«

Tina antwortet nicht, und als Cassy langsam auf sie zukommt, weicht sie nicht zurück, denn sie ist viel zu erstarrt. Tja, das hat sie nun davon, Lügen haben immer kurze Beine und sie fliegen immer irgendwann auf.

Sie ist soeben aber so was von aufgeflogen, krasser geht´s gar nicht.

Und irgendwie – nur ein winziges bisschen – ist sie froh darüber.

»Du führst ein Doppelleben, Baby«, stellt Cassy fest und klingt dabei ein ganz klein wenig wie ein weiblicher Columbo. Doch Tina ist nicht nach Lachen zumute, ihr ist nach gar nichts. Ursprünglich wollte sie noch ein paar Stunden Schlaf tanken, doch selbst die Müdigkeit, seit Wochen ihr ständiger Begleiter, ist plötzlich wie weggeblasen.

Mit einem Mal brennen ihre Augen, all die Hoffnungslosigkeit, die ihr mit jedem neuen Tag etwas mehr zusetzt, bricht sich mit brachialer Gewalt ihren Bann. Und auch noch diverse andere Erkenntnisse, die sie bisher sorgsam unter Verschluss gehalten hat.

»Ja!«, stößt sie hervor, dann schlägt sie die Hände vor das Gesicht und heult.

* * *

Wenig später sitzen sie gemeinsam auf dem Bett und Cassy hat ihren Arm um Tinas Schulter gelegt, während die zögernd erzählt.

Von Robin, zum Beispiel, der von ihr die bizarrsten Dinge verlangt, aber sie niemals anfasst.

»Ich glaube, er will mich erpressen und hat bis dahin seinen Spaß mit mir«, jammert sie etwas zu schrill und hysterisch, als gut wäre, doch sie kann es nicht verhindern.

»Er ist kein Axtmörder, er ist auch nicht irgendwie brutal, nur schräg und reich – aber ich schätze, das gehört sowieso meistens zusammen.«

Cassys Augenbrauen bilden eine gerade Linie, doch sie lässt sogar das unkommentiert.

»Und dann ist da *er* ...« Schniefend wischt Tina sich mit dem Handrücken über die Nase. »Cassy, er ist ... er ist so ... verdammt, er ist so ... *himmlisch!«*

Cassy verdreht die Augen und blickt gen Zimmerdecke. »Mann oh Mann oh Mann ... jetzt denkt sie das schon von zweien.«

»NEIN!« Beschwörend mustert Tina ihre Freundin, dann werden ihre Augen groß. »Wo ist mein Handy?«

»Äh ... Moment.« Egal, wie sauer, neugierig ist Cassidy auf jeden Fall, denn sie springt geradewegs aus dem Raum und kehrt keine zehn Sekunden später mit Tinas Telefon zurück.

Die fetzt es ihr aus der Hand und beginnt sofort darauf herumzutippen. Die Finger beben unkontrolliert und die blöden Tränen verschleiern ihr die Sicht, weshalb alles etwas länger dauert als üblich. Doch endlich hält sie Cassy das Ding triumphierend unter die Nase. »DA!«

Die zieht erst mal den Kopf zurück, um überhaupt etwas sehen zu können und sagt dann lange nichts.

»Ziemlich dunkel«, bemerkt sie schließlich.

»Ja, ist es immer, wenn wir uns sehen.« Schon heult Tina wieder los.

»Was hat er da um den Hals?«

»Eine Kette.«

»Das sehe ich«, stöhnt Cassy, doch sie schaut schon weiter. »Er ist ... süß«, murmelt sie und legt den Kopf schief. »Wie heißt er?«

Die Frage sollte wohl mehr der Ablenkung gelten, schürt aber Tinas Tränenflut noch weiter. »Ich weiß nicht! Ich weiß überhaupt nichts von ihm, außer dass er ein echtes Problem mit Gras hat, dass er auf mich aufpasst und dass er nachts immer bei mir ist.«

»Hmmm, nicht viel ...« Cassy sieht auf. »Er stalkt dich?«

»Ja.«

»Boah!« Cassy steht auf und beginnt, ziellos im Raum auf und abzugehen. »Kannst du dir nicht irgendwen Normales suchen?«, fragt sie unvermittelt.

»Scheinbar nicht«, schluchzt Tina.

Cassy verzieht das Gesicht. »Na ja, egal, ich kenne ihn.«

»WAS?« Tinas Augen sind riesengroß. »Woher?«

»Aus der Uni? Schon mal auf die Idee gekommen, dass er Student sein könnte?«

»Ja, bin ich, aber ich hab ihn dort nie gefunden und deshalb ...«

»Ich schätze, weil er nicht wollte, dass du ihn siehst«, seufzt Cassy und lässt sich wieder auf das Bett fallen. »Der Typ hat einen ziemlich miesen Ruf. Er vögelt die Mädchen und lässt sie danach abblitzen. Wundert mich, dass er dich nicht ...«

Tina schüttelt heftig den Kopf. »Wir haben ...« Ein bebendes Schluchzen unterbricht sie. »Wir haben nicht ... nie ... niemals!«

Das macht Cassy zunächst extrem sprachlos und das soll neuerdings echt was heißen. Dann lacht sie auf einmal los und lässt sich zurückfallen. Ihr Kopf kollidiert mit der Wand, an der das Bett steht, doch nicht mal das kann ihren Flash aufhalten. Sie lacht so laut, dass auch sie bald heult, allerdings aus anderen Gründen, als Tina es fortwährend tut.

Es dauert eine ganze Weile, bis sie wieder in der Lage ist, sich irgendwie verständlich zu äußern. »Also, verstehe ich das richtig, du hast dir gleich ZWEI zumindest dem Aussehen nach sexy Männer angelacht, und mit keinem hast du auch nur das geringste bisschen Spaß?«

Vor lauter Empörung versiegen sogar Tinas Tränen. »Das ist nicht witzig!«

Was Cassy wohl auch gerade aufgeht, denn sie versucht sichtlich, sich irgendwie zusammenzureißen, versagt nur leider auf ganzer Linie, und wiehert wieder los. »Doch, ist es!«

Und irgendwie kann auch Tina nicht anders. Ihr ist soeben ein Stein vom Herzen gefallen, weil sie endlich nicht mehr allein ist. Erst jetzt kann sie sich eingestehen, wie sehr das Ganze an ihr nagt, wie groß ihre Gewissensbisse sind und wie extrem sie an sich selbst zweifelt, weil so etwas ihr doch gar nicht ähnlich sieht.

Zweigleisig fahren?

Bis vor wenigen Wochen für sie undenkbar. Sie hätte jeden, von dem sie so etwas erfahren hätte, sofort und unwiderruflich verteufelt. Aber es ist eben doch etwas anderes, wenn man selbst ein Stück des Weges in diesen speziellen Schuhen gelaufen ist und dabei Dinge zulässt, die nach allen moralischen Überlegungen schlichtweg NO GOs sind.

Weil man sie aus Gründen, die sie sich nach wie vor nicht ganz erklären kann, aber eben doch tut.

Ein Teil von ihr hasst sich mit jedem Tag ein wenig mehr, und der andere – dieser gottverdammte Hasenfuß –, zischelt ihr stets zu: *Warte noch, WARTE noch! Bisher läuft es, noch ist alles in bester Ordnung und so hast du Zeit, ein bisschen länger nachzudenken. Und ehrlich, in Wahrheit betrügst du keinen von beiden.*

Na ja, das ist *ein* Grund, weshalb sie eben nichts gesagt und diese Marathons auf sich genommen hat.

Denn *wenn* überhaupt, dann war sie wohl nur zu Robin nicht ganz aufrichtig. Obwohl der ihr ja nie verboten hat, sich mit anderen zu treffen. Also mit Jungs jetzt. (Dass er möglicherweise voraussetzt, dass dies nicht stattfindet, lässt Tina bei derartigen mentalen Diskussionen elegant unter den imaginären Tisch fallen.)

Und ihr *Beautiful Sky*? Derjenige, der seit Wochen ihre Nächte bestimmt?

Hat er jemals so was wie Interesse signalisiert? Gab es jemals diesen einen Moment, in dem Tina den Eindruck hatte, er hege ernste Gefühle für sie?

Jein!

Klar, er würde sich nicht die Zeit ans Bein binden, wäre da nichts – so viel steht fest. Doch er hat auch niemals Anstalten unternommen, ihre seltsame ... ja, was ist es eigentlich? ... Übereinkunft? auszuweiten. Obwohl sie weiß, dass er es will. Auch dieser Engel, der in Wahrheit ein Student ist, wie sie soeben erfahren hat, kann seinen Körper nicht unbedingt kontrollieren, wenn sie in der Nähe ist.

Aber warum sagt er nichts? Weshalb gibt er ihr nicht die Möglichkeit, ihn kennenzulernen, warum lässt er sie nicht hinter diese schöne und so mystische, aber eben unechte Fassade blicken? Warum versucht er niemals, sie zu küssen, wo er doch immer so liebevoll ist? Doch all die Zärtlichkeit, die aus seiner Nähe und auch aus seinem Blick spricht, bleibt ungesagt und ungebeichtet. Mitläufer, die er nicht steuern kann, innerhalb einer sonst rein platonischen Zweisamkeit.

Doch genau *deshalb* hat sie dem kein Ende bereitet, weil eben jeder dieser Männer es auf seine Art verdammt ernst mit ihr meint und sie gleichzeitig so gegensätzlich sind. Sie weiß nicht, wen sie will, würde am liebsten auf ewig beide haben, und reizt die Zeit, wo sie dies zumindest bedingt kann, bis aufs Ultimo aus.

Verdammt noch mal ... das ist nicht fein.

Nein, Tina, das ist es absolut nicht.

14. Nik

Er ist *nicht* verliebt.

Fuck drauf, was in seinem Schädel vor sich geht, und dass er klammheimlich ein Foto von ihr geschossen hat (mit seinem neuen Handy, ja, mit ihm geht es wirklich straight bergab). Nicht nur das, er ist auch noch in einen dieser versifften Copyshops gestürmt und hat es ausdrucken lassen. Und jetzt folgt ja erst das richtige Grauen:

Er hat es *aufgehängt.*

Über seiner Matratze.

Yeah!

Welche er übrigens neu bezogen hat ... okay, genau genommen hat er sie *überhaupt* bezogen, und um das bewerkstelligen zu können, musste er einen dieser dekadenten, entarteten Konsumtempel aufsuchen. Dort rannte er herum, als hätte er einen fremden Planeten betreten, wo die vorherrschende DNA noch nicht mal entfernt mit seiner verwandt ist. Und am Ende wusste er sich nicht anders zu helfen, als eine mütterlich wirkende Frau anzuquatschen, die ihm auch prompt den Weg wies.

In die Wäscheabteilung.

Da gibt es so Laken ... davon hat er ein paar gekauft und dann seine Matratze bezogen.

Warum?

KEINE AHNUNG!

Jede Überlegung, die vielleicht zu einer annehmbaren Antwort in dieser Richtung führen könnte, meidet er ja strikt.

... übrigens, der Besitz eines dieser Elektrosmog verbreitenden Handys hat noch einen verdammt miesen Nebeneffekt:

Man ist neuerdings in die Lage versetzt, anzurufen. Und er kennt ihre Nummer.

Sie hat sie ihm gegeben.

Einfach so, er wollte sie ja gar nicht haben und er hat ihr auch garantiert nicht seine gegeben, schon, weil er die gar nicht kennt. Aber dieses gesamte Dilemma nimmt ungeahnte Ausmaße an!

Denn jetzt starrt er ständig auf dieses kleine Monsterprodukt der Höllenwirtschaft und will sie kontaktieren. Er tut es nicht, was sollte er auch sagen? Aber er *könnte* und das macht ihn eben gerade wahnsinnig.

Neuerdings verbringt er die Stunden mit ihr am Strand in stetiger, krasser Anspannung, denn erstens raucht er weniger, weil es ihr ja nicht gefällt – Scheiße, er ist so im Arsch! Und zweitens brennen ihm ständig diverse Fragen auf der Zunge. Er will sie stellen, er will sie an ihren süßen Oberarmen packen, will sie anbrüllen oder wahlweise in die Besinnungslosigkeit küssen und er will erfahren, WARUM SIE SICH MIT DIESEM ARSCH TRIFFT!

Verfickte Scheiße noch mal!

Er sagt es nie, doch mit jedem Abend, den sie gemeinsam verbringen, wird es ein wenig nervender und Nik droht mehr, endgültig die Kontrolle zu verlieren.

Übrigens, jeder Abend gehört ihnen.

Seitdem sie sich zum ersten Mal getroffen haben, kommt sie pünktlich wie ein Uhrwerk gegen elf Uhr zum Strand und nimmt es als abgefuckte Selbstverständlichkeit, dass er da ist.

Sie stellt nie Fragen, will nie auch nur das Geringste über ihn erfahren, nimmt seine Existenz einfach hin und sucht störrisch seine Nähe. Wie ein kleines Kätzchen, das von der Mami verstoßen wurde.

Ein kleines, sehr anschmiegsames, so gut duftendes, so süßes, so herrliches kleines Kätzchen, das tatsächlich schnurren kann, wenn er es im Arm hält.

Na ja, Nik schnurrt weniger, er hat es vielmehr mit einem ausgewachsenen Dauerständer zu tun. Neuerdings reagiert er schon auf sie, wenn sie sich auch nur ungefähr in seiner Nähe befindet und sobald er sie im Arm hält, ist es sowieso aus.

Kein Wunder also, dass er das nur noch sehr selten tut. Er will ausbrechen, will sich nicht länger dieser aussichtslosen Sache hingeben und driftet trotzdem immer tiefer hinein.

Wenigstens muss er sie nicht länger in ihr Bett tragen. Denn das wurde mit jedem Tag etwas schwieriger. Also nicht das Tragen, sondern das Abhauen, wenn sie lag und ihn unter den dichten Wimpern geradezu anflehte, doch zu bleiben – es jedoch niemals aussprach.

Inzwischen suggeriert ihm der Anblick der schlanken, so genial proportionierten Gestalt auf dem Bett den Eindruck, das wäre seine Heimat, das wahre Ziel, so er denn überhaupt eines verfolgen würde.

Was totaler Bullshit ist, aber gegen solche Überlegungen kann man sich nun mal nicht wehren – nicht einmal er.

Während Nik langsam nach Hause trottet, um selbst noch ein paar Stunden zu schlafen, überlegt er mit wachsender Verzweiflung, wie überhaupt alles so weit kommen konnte.

Ganz ehrlich?

Er weiß es nicht.

Ist alles dieses grauenhafte Mojo, das er nicht benennen kann und das er leider nicht mal ansatzweise beherrscht.

Sein Appartement liegt witzigerweise in einem der reichsten Viertel innerhalb dieser Stadt – niemand, der ihn hin und wieder zu Gesicht bekommt, käme auf eine solche Idee. Was genau genommen der Witz an der gesamten Geschichte ist. Da die Menschheit sich ja vielleicht hin und wieder fortpflanzt (was Nik als DAS Verbrechen schlechthin betrachtet) aber nur noch selten Beziehungen führt, wurden die vorhandenen Wohnungen vor einigen Jahren in schicke Singlebehausungen umgebaut.

Okay, Nik setzt alles daran, wenigstens das ›Schick‹ nachhaltig zu erden.

Er steigt die Treppe in den zweiten Stock hinauf, hält dabei den Kopf gesenkt und sieht auch nicht auf, als er ein Geräusch direkt vor sich vernimmt. Wie üblich hat das Interesse an seinem Umfeld sprunghaft abgenommen, sobald er weiß, dass *sie* mal nicht in seiner Nähe ist.

Ein folgenschwerer Fehler.

Denn im nächsten Moment fühlt er sich am Kragen gepackt und segelt den letzten Treppenabsatz wieder hinab.

Bei der Landung knallt er mit dem Hinterkopf gegen die Hauswand. Das knockt ihn für ein paar Sekunden aus, bevor er mit aller Mühe den Kopf schüttelt und eine Gestalt vor sich sieht, deren Identität er in der Semi-Dunkelheit nicht wirklich ausmachen kann.

Seine Fäuste ballen sich, er spürt klebrige Feuchtigkeit an seiner Schläfe hinabdriften, doch ehe er den Schatten schlagen kann, hat der seine Faust bereits in Niks Gesicht versenkt. Es knirscht unangenehm, und warmes Blut schießt wie eine Fontäne aus seiner Nase.

So ein fuck!, denkt er sich noch, braucht diesmal jedoch nicht so lange, um zu sich zu kommen und erneut in Verteidigungsmodus zu gehen.

Wegen des dunklen, von grellen Sternen untersetzten Dunstes vor seinen Augen sieht er nur leider nichts, kann daher bloß sinnlos mit den Fäusten in die Luft schlagen, fängt sich im nächsten Moment einen Hieb in den Magen und im darauf folgenden in die Leber.

Dann gibt es einen weiteren in die Nieren, wieder in den Magen und auf seine Wange. Das Ganze geht so schnell, dass es unmöglich ein Zufall sein kann. Der Typ weiß genau, wohin er schlagen und treten muss, damit es verdammt wehtut.

Ausgeknockt!, schießt es ihm durch den Kopf. Jetzt geht nichts mehr. Niks Stöhnen, das sich unfreiwillig durch seine Kehle nach oben arbeitet, kann er ebenso wenig aufhalten, wie er sich länger zu wehren imstande ist.

Das Einzige, was er noch fertigbringt, ist es, seinen Kopf mit beiden Armen zu schützen, während unablässig die Schläge auf ihn niedergehen.

Fuck off!

Fuck!

Fuc...

Ende!

15. Tina

Heute wird sie es ihm sagen.

Tina beschließt es, nachdem die Tränen getrocknet sind und sie sich wenigstens annähernd in einen Menschen verwandelt hat.

Heute wird sie ihm gegenübertreten und ihm irgendwie beichten, dass sie ihn leider nicht liebt und die gesamte Sache mit ihnen im Sande verlaufen ist.

Sprichwörtlich, denn wenn irgendwas seit ein paar Wochen zuverlässig zu ihr gehört, dann ist es dieses feine Mineral. Es scheint nicht nur in ihren Klamotten zu leben, – in allen! – nein, selbst in jeder Pore steckt das Zeug.

Und es könnte ihr nicht egaler sein.

Nachdem die beiden Mädchen den leicht wutschnaubenden und übermüdeten Gabe zu beruhigen versuchten, hat Cassy einen äußerst starken Kaffee gekocht und Tina dann sehr streng gemustert.

»Wer sich nachts herumtreiben kann, der kann auch in die Vorlesungen gehen.«

Aha.

Na ja, Tina hält es seit Wochen nicht anders, denn faktisch gesehen, war sie an nicht einem Tag dazu wirklich in der Lage.

Was sich übrigens nicht unbedingt vorteilhaft auf ihre Seminarergebnisse auswirkt, aber auch dieses Problem hat sie fürs Erste in die Wiedervorlage Schublade ihres Kopfes gepackt. Ewige Nachtschichten schlauchen unheimlich. Auch die währenddessen hingedämmerten zwei/drei Stunden, die üblicherweise zusammenkommen, ändern daran nichts.

Tatsächlich schläft sie, seitdem sich ihr Leben so seltsam verändert hat, ungefähr zwei Stunden am Nachmittag ... mehr nicht.

Trotzdem, als Cassy mit diesem strengen Oberlehrerblick vor ihr steht und das Ganze sogar extrem ernst meint, kann Tina nur die Augen verdrehen. Da reist man Meilen um Meilen, um endlich diesen überbesorgten und ständig nörgelnden Eltern zu entfliehen, und fällt vom Regen in die Traufe.

Äh, Gabe ist übrigens nur bedingt zu besänftigen. Nachdem sie sich eine Weile anbrüllen lassen musste, hat er sich einfach umgedreht, Cassy ein »Muss mich umziehen! Fahrt schon mal vor!«, entgegengeworfen und ist aus dem Appartement gestampft.

Na ja, Tina hatte auch nicht angenommen, dass er seine unfreiwillige Nachtschicht wegen nichts auf die leichte Schulter nehmen würde.

* * *

Und nun sitzt sie in der Vorlesung, starrt nach vorn zum Dozenten und liefert sich währenddessen eine barbarische Schlacht mit ihrer Müdigkeit.

Immer wieder drohen ihre Lider den Kampf gegen die Schwerkraft zu verlieren. Es wird ein hartes Gemetzel, bei dem Tina irgendwann der felsenfesten Überzeugung ist, doch endlich zu kapitulieren.

Würde nicht mal auffallen, bei dem voll besetzten Saal – eine Überlegung, die ihr innerhalb der letzten Wochen übrigens häufiger mal kam.

Was leider nur Einbildung ist, denn es würde – das tut es immer.

Wie üblich in solchen bedrohlichen Momenten flüchtet sie sich in Fantasien. Tina hat die Erfahrung gemacht, dass diese sich entwickeln. Anfänglich, als plötzlich zwei Männer in ihrem zuvor so streng mannlosen Leben waren, träumte sie öfters von Robin und manchmal von ... *ihm.*

Besonders, als Robin mit seinen heißen Spielen anfing, tendierte sie immer häufiger zu dem Gastdozenten. Dann kippte das Ganze irgendwann, von ihr total unbemerkt, und seit ungefähr zwei Wochen dominiert ER!

ER, dessen Name ihr nicht bekannt ist. Sie träumt von ihm, sieht ihn neuerdings nackt in ihrem Bett, während er sie mit diesem schmalen Lächeln auf den Lippen betrachtet. Bei den wenigen Klamotten, die er überhaupt trägt, ist es nicht schwer, sich den Rest auch noch wegzudenken. Tina sieht seine Lippen und seine unvergleichlichen Augen, sie spürt seine Hände, sie spürt ihn ...

Ehrlich, Tina hat das nicht beeinflusst, eher führte ihr Unterbewusstsein wohl seinen eigenen Entscheidungsprozess und strandete früher bei IHM, als sie das wahrhaben wollte.

Die erotischen Dinge, die Robin so mit ihr anstellt, hat der übrigens beibehalten. Auch wenn er sich nach kurzer Zeit nicht mal mehr zu einem Kuss herabließ.

Die zurückliegenden Wochen waren schon deshalb für Tina so unglaublich anstrengend, weil Robin tatsächlich ein Unterhaltungsprogramm auf Lager hatte.

Kurzausflüge in die Wildnis, Schwimmen in entfernten Buchten, Opernbesuch, ein Konzertbesuch (Linkin Park, es war der Hammer). Besuch im Tierpark – keines von Tinas Highlights –, sie waren Wildwasserfahren, Fallschirmspringen, waren immer gut essen und in erlesenen Bars, waren auf Sightseeingtour durch San Francisco, unternahmen sogar einen Abstecher nach L.A. An dem Tag war Robin übrigens leicht missgestimmt, weil Tina darauf bestand, am Abend wieder heimzufliegen.

Schließlich hatte sie noch ein geheimes Date.

Nein, kein Kuss, doch Robin wird niemals müde, ihr auf seine eigene Art zu bedeuten, dass er sie liebt ... wenngleich Tina schon seit Längerem nicht mehr davon überzeugt ist, dass sie beide das Gleiche meinen, wenn sie von Liebe sprechen.

Sehr häufig fordert er sie auf, bestimmte Dinge vor ihm zu tun. Immer mit dieser weichen Stimme, diesem begehrlichen Blick und all dem, was sie am Anfang sogar angemacht hat. Doch es dauerte gar nicht lange, da stellte Tina das Ganze zunehmend infrage. Ist sie dazu geschaffen, sich nackt vor einem Mann zu befriedigen, der ihr nie etwas zurückgibt und dem sie nie etwas geben darf, außer visuelle Reize?

Will sie wirklich als eine Frau enden, die ihre Kleidung

ausschließlich nach dem Geschmack ihres Gatten ausrichtet, auch wenn der nur sehr selten mit ihrem eigenen einhergeht?

Möchte sie nie wieder in die Lage geraten, sich das zu bestellen, was SIE essen möchte? Will sie einen Mann, der über jedes noch so geringe Detail in ihrem Leben bestimmt? Will sie einen Partner, der von ihr *verlangt* – sie nicht bittet, auch wenn er es unter diesem Deckmantel tarnt, doch Bitten entspricht nun mal nicht seinem Wesen – dass sie die seltsamsten Dinge vor ihm tut. Welche mit Sicherheit nicht einer gewissen Erotik entbehren – nein –, für die ihre Beziehung aber noch lange nicht reif ist?

Dahinter gelangte sie übrigens, weil sie, wenn sie denn mal Schlaf bekam, genau davon träumte. Nicht positiv, nicht mit sehnsüchtig pochendem Unterleib, mit gespitzten Lippen, atemlos gespannt darauf, was er heute wieder vorhaben könnte.

Stattdessen spürte sie nur Abscheu, Widerwillen und Furcht – auch hier war ihr Unterbewusstsein mal wieder bedeutend schneller.

Tina selbst brauchte eine Woche, bevor ihr aufging, dass sie das nicht will. Und noch mal eine, ehe sie sich ihm tatsächlich widersetzte.

Gerade Letzteres ist an Peinlichkeit kaum zu überbieten, denn sie würde sich selbst als verdammt aufgeklärte Frau bezeichnen. Eine, die Cassys Probleme sofort durchschaute, als die noch mit diesem Henry zusammen war. Eine, die ihr aus dieser Falle heraushalf, die da war, die ihr sagte, was richtig und was falsch ist – und damit sogar richtig lag.

Nur ist es eben nicht mehr ganz so einfach, wenn man selbst mittendrin steckt. Das Widersetzen ging mit jeder Menge Überwindung einher. Und auch wenn Robin sie niemals zu irgendwas zwingt, so sieht sie doch sein Gesicht, in dem sich widerspiegelt, was er von ihrer mangelnden Kooperation hält.

Schlimm war, dass Zorn meist nur eine der vielen vertretenen Emotionen darstellte.

Daneben gab es auch die Enttäuschung, manchmal Frustration, manchmal Wehmut, hin und wieder sogar abgrundtiefe Traurigkeit, aber auch Entnervtheit und Zweifel, ob er tatsächlich die Richtige erwählt hat.

Denn das hat er seiner Meinung nach, auch damit hielt er nie hinter dem Berg.

Je mehr Tina daran zweifelte, ob sie wirklich seine Erwählte sein will, desto häufiger ließ er die Unverrückbarkeit seiner Überzeugung mit einfließen, umgarnte sie noch etwas mehr und forderte sie stärker.

Und Tina, die nun mal sehr selten auf Krawall gebürstet ist, brachte es immer seltener übers Herz, nein zu sagen, wenn sie es doch eigentlich gar nicht wollte. Er schraubte seine Erwartungen zurück, manchmal genügte es ihm bereits, wenn er ihr beim Baden zusehen durfte – und der kleine, blöde Hasenfuß in ihr wispert meist so was wie: *Na und? Lass ihm doch die Freude, du bist nicht unbedingt nett zu ihm, vergiss das nicht!*

Stimmt, ist sie nicht und das wusste sie zu jedem Zeitpunkt. Denn Tinas Verständnis für richtig und falsch ist verdammt gut ausgeprägt, ihr Gewissen unglaublich gut ausgewogen. Daher verging keine Sekunde in Gegenwart von Robin oder IHM, in der sie nicht von diesem blöden schlechten Gewissen gequält wurde. Vielleicht war das ein weiterer Grund, aus dem sie das ganze Theater von Robin so lange mitgemacht hat.

Sie fühlte sich schuldig.

Jetzt, während sie in der Vorlesung mit Augen, die einerseits ständig zufallen wollen, aber andererseits nie offener waren, erkennt, was sie will, meint sie auch, diese verdammte Falle auszumachen, in die sie hineingetappt ist.

Wie Millionen von Frauen vor ihr – also bis hierher kein Problem. Aber dass *sie* mal so blöd sein könnte, hätte sie ja auch nicht gedacht.

Schuld!

Dieses verfluchte Schuldgefühl hat dies alles erst möglich gemacht. Und mit ihrer verdammten Haltung, mit der Furcht, vielleicht vor sich selbst nicht mehr ganz so wunderbar dazustehen, hat sie einigen Menschen nicht unbedingt gut getan. Sie weiß es nicht mit Bestimmtheit, aber sie vermutet, dass ihr *Beautiful Sky* (Merke: FINDE ENDLICH SEINEN NAMEN HERAUS!) auch nicht sonderlich viel Spaß an der derzeitigen Situation hat.

Tja, und sie ist der Mittelpunkt des Ganzen – dass sie irgendwann mal eine solche Schlüsselposition einnehmen würde, ist der nächste Aspekt, der sie in leichte bis mittelschwere Verblüffung versetzt.

Mit einem Aufatmen nimmt sie das Ende zumindest dieser Vorlesung wahr. Denn zwar neigt sie nicht länger zum Wegnicken, doch ihre Überlegungen sind auch nicht gerade dem Allgemeinwohl ihres Körpers zuträglich.

Am liebsten würde sie vor ihren Gedanken davonrennen, nur leider ist dies nicht möglich und zumindest das ist Tina bereits seit Längerem bekannt.

Daher strafft sie sich sehr demonstrativ, auch wenn es außer ihr niemandem auffällt, und macht sich dann betont langsam auf den Weg hinab in den Vorlesungssaal für BWL. Einschlafen wird sie dort auch nicht, denn diese Stunden hat sie mit Cassy und die wird die Zeit garantiert nicht ungenutzt verstreichen lassen, sondern sie aushorchen.

Belehren.

Aushorchen

Und noch mal belehren.

Tina jedenfalls würde es so halten und sie ist sogar davon überzeugt, dass Cassy das Ganze ähnlich sieht.

Kurz bevor sie den entsprechenden Aufgang betreten kann, der tatsächlich nach unten führt, entscheidet sie, dass ein Kaffee vorher eine ziemlich gute Idee wäre, und schwenkt zum Weg zur Cafeteria um.

Egal, wie unterhaltsam Cassy sein kann, Tina ist todmüde. Und sie hat wirklich nicht die Absicht, morgen ihr schlafendes Gesicht auf dem öffentlichen Aushang oder noch schöner in der Studentenzeitschrift zu bewundern. Am besten noch mit Spuckefaden, der sich langsam zum Kinn vorarbeitet. Diejenigen, denen dieses Los schon mal zuteilwurde, laufen seither mit Scheuklappen umher, weil ihnen der Spott auch noch Wochen später sicher ist.

Allerdings bemerkt sie, dass sie auf dem Weg zu der edlen Stätte, welche den heißen Lebensretter verkauft, Ausschau hält.

Nicht nach Robin, sondern nach einem Kopf, von dem feste Zöpfe abstehen. Nach Lippen, die wie gemeißelt aussehen, nach Augen, die unvergleichlich sanft schauen können, auch wenn der Mund die gemeinsten Dinge von sich gibt.

Obwohl er das bei ihr nie wirklich tut.

Warum hat sie nicht früher gesucht? Cassy hat recht, es ist doch eigentlich klar, dass er auf den Campus gehört, wie die meisten Leute ihres Alters. Und wenn er sich noch so viel Mühe gibt, seine Intelligenz zu verbergen und diesbezüglich bei den meisten auch erfolgreich sein dürfte, Tina hat für keine Sekunde geglaubt, dass er eine hohle Nuss ist. Sie sah sofort, was in ihm steckt.

Aber er wirkt nun mal nicht wie jeder x-beliebige Student, daher kam sie wohl nicht auf die Idee. Eher macht er einen Eindruck, wie jemand, der ... nun ja, der nicht wirklich Teil dieser Welt ist. Ohne davon zu wissen, hat sich ein zärtliches Lächeln auf ihre Lippen gestohlen, denn sie sieht ihn vor sich, spürt wieder sein Herz an ihrer Haut. Sobald sie sich überlegt, dass er hier irgendwo ist, macht sich wohlige Aufregung in ihr breit. So etwas kennt man am ehesten aus der Kindheit, wenn man auf seinen Geburtstag wartet und es endlich so weit ist, oder wenn an Weihnachten die Geschenke verteilt werden.

Das ist ...

Ein Arm legt sich um sie und sie wird im nächsten Moment rücklings an einen großen, männlichen Körper gezogen. Warme Lippen tauchen an ihrem Ohr auf. »Von wem träumt mein Kleines am helllichten Tag?«, haucht er und beißt sanft zu.

Mist!

Das war´s dann wohl, denn was jetzt zu tun ist, weiß Tina sogar sehr genau. Energisch dreht sie sich in seinen Armen um und wird kurz darauf mit seinem unvergleichlich schönen Gesicht konfrontiert. Es hat nichts von seiner Attraktivität verloren. Ehrlich, sie betrachtet ihn noch genau so hingerissen wie vor Wochen. Nur alles andere hat sich eben sogar grundlegend verändert.

Ohne auch nur die geringste Ahnung, wie sie diese Nummer über die Bühne bringen soll, legt sie ihre flachen Hände auf seine Brust. Unter dem Hemd spielen die Muskeln und sie zwingt sich, es zu ignorieren. »Robin ... ich muss ...«

Weiter kommt sie nicht, denn in der nächsten Sekunde verschließen seine Lippen ihren Mund.

Tina ist so verblüfft – das hat er seit Wochen nicht getan – dass sie nicht reagieren kann, unmöglich! Eine unerbittliche Hand taucht in ihrem Nacken auf und packt ihr Haar, während er ihr auf diesem Flur, inmitten all der Studenten einen äußerst denkwürdigen Kuss verabreicht. Seine Zunge drängt sich durch ihre Zähne, so rigoros, wie es der gesamte Mann ist. Weshalb Tina tatsächlich einen langen Moment benötigt, bevor sie wieder Herrin ihrer Sinne ist.

Der Druck ihrer Hände wird unnachgiebig, sie versucht ihn abzudrängen, bemerkt jedoch mit steigender Verwirrung, dass er sich aber nicht abdrängen lässt. Auch, als sie sich längst energisch gegen ihn stemmt, gibt er sie nicht frei. Stattdessen verstärkt er die Vehemenz seiner Faust in ihren Haaren und presst seine Lippen nahezu grob auf sie. Da sind jetzt auch Zähne mit im Spiel und spätestens, als sie angehoben wird, begreift Tina, dass irgendetwas ganz und gar nicht in Ordnung ist. Panik bricht über sie herein, sie kann kaum atmen und herrscht sich an, das durch die Nase zu tun. Während sie unmissverständliche Laute von sich gibt, die ein Schrei wären, hätte sie denn dazu die nötige Luft und den erforderlichen Raum.

Doch niemand von den vielen Studenten, die an ihr vorbeiziehen, schreitet ein. Mehr als ein Schmunzeln haben sie nicht für das Paar übrig. Wahrscheinlich vermuten sie eine leidenschaftliche Szene, während bei Tina längst die Tränen fließen und sie tatsächlich in diesen harten, unnachgiebigen Armen die Treppen hinabgetragen wird. Sie kann nichts tun, obwohl die Angst ihr die Kehle zuschnürt und sie außerdem nichts mehr will, als dass er endlich mit diesem furchtbaren Kuss aufhört.

Als ihr der Wunsch dann erfüllt wird, weiß sie nicht, ob die Alternative besser ist.

Die neuen Vorlesungen haben begonnen, weshalb sich die Anzahl der auf den Fluren befindlichen und damit potenziellen Retter schlagartig vereinzelt.

Noch immer mit diesen feindlichen Lippen auf ihren und der Faust in ihrem Haar, die nichts, aber auch rein gar nichts mit einer zärtlichen Hand gemein hat, versucht Tina, irgendwie zu denken. Doch es ist vergebens. Nichts, was sie erlebt hat, konnte sie auf so etwas vorbereiten. Sie ist ihm hilflos ausgeliefert, kämpft bald ausschließlich mit der unfassbaren Atemnot, welche diese grausame Angst noch begünstigt, und merkt nebenbei, dass er sie in aller Seelenruhe aus dem Gebäude entführt.

Der Arm um ihre Taille allein presst dabei so stark zu, dass auch diese Berührung bald extrem schmerzt.

Sobald sie das Haus verlassen und um eine Ecke zu den vielen Parkplätzen gebogen sind, lässt er sie zu Boden, gibt gleichzeitig Mund und Haar frei.

Doch bevor Tina das irgendwie zu ihrem Vorteil nutzen könnte, hat er sie bereits herumgewirbelt. Eine eisenharte Hand schweißt sich auf ihren Mund und presst sie mit dem Hinterkopf gegen seine Brust, während der Arm, der sie in seinem eisernen Griff hält, noch mal an Gewalt zulegt.

Sie befindet sich sprichwörtlich in der Falle. Trotz ihrer unvorstellbaren Furcht, bleibt ihr ein Detail nicht verborgen: Der Kerl keucht nicht, er schnauft nicht, und er sagt nichts. Kein noch so geringer Faktor lässt darauf schließen, dass er sich eben einen Kampf mit ihr geliefert hätte.

Wortlos bugsiert er sie zu einem Wagen, der nicht seiner ist, bevor er aus seiner Hosentasche ein paar Handschellen und ein Stück Stoff zieht. Währenddessen huscht Tinas Blick panisch über die etlichen hundert Autodächer.

Bitte, schaut her!, fleht sie verzweifelt. Doch es ist wie verhext. Von den zig tausend Menschen ist niemand in der Nähe, der ihre missliche Lage als das ausmachen könnte, was sie ist. Natürlich sieht sie auf dem riesigen Parkplatz weit entfernt ein paar vereinzelte Gestalten. Irgendwer geht oder kommt hier immer. Doch sie hat keine Chance, auf diese Distanz auf sich aufmerksam zu machen.

Er stopft ihr den Fetzen in den Mund, sie hätte das nie gedacht, doch auch hier bleibt ihr nicht die geringste Wahl, außer, die Kiefer auseinanderzunehmen und ihn gewähren zu lassen. Als Nächstes zwingt er ihre Arme auf den Rücken, kurz darauf klicken die Handschellen, und dann stößt er sie in den Wagen. Die Tür knallt zu, und Tina weiß, dass er Vorsorge getroffen haben wird. Dennoch versucht sie in den wenigen Sekunden, die er um den Wagen geht, das Auto wieder aufzubekommen.

Vergebens.

Er steigt ein, schnallt sie tatsächlich an, wobei er ihre erstickten Laute ebenso wenig beachtet, wie ihre Tränen, die laufende Nase oder die Beine, die versuchen, nach ihm zu treten.

Dann schnallt er sich selbst an und fährt los.

Während der gesamten Zeit hat er keinen einzigen Ton verloren und nicht einmal das Gesicht verzogen. Ehrlich, er sieht noch immer so atemberaubend gut aus, wie sie ihn seit Wochen kennt.

Doch zumindest ahnt Tina inzwischen, dass Cassy möglicherweise – nur möglicherweise –, nicht ganz falsch gelegen haben könnte.

Bitte!, fleht sie wieder in den Orbit, ohne ihren Wunsch weiter auszuführen. Dieses Wort genügt. Man kann so ängstlich sein, dass man faktisch nicht einmal mehr seine Panik spürt.

In Wahrheit ist sie nämlich erstarrt.

Bitte!

16. Nik

Als er aufwacht, fühlt er zunächst nur eines:

Schmerz.

Sein erster Impuls ist daher, sich eine Tüte zu drehen, denn das ist nun mal das ultimative Mittel gegen derartige Widrigkeiten. Doch bevor er diesbezüglich die Dinge in Angriff nehmen kann, macht sich sein Bewusstsein selbstständig und lässt ihn grausam schnell erkennen, dass er umfassend in der Scheiße sitzt.

Er liegt auf dem harten Boden eines Gegenstandes, der sich schnell fortbewegt. So schnell, dass er jede Bodenfuge wahrnimmt. Was sich für seine geschundenen Knochen nicht unbedingt prickelnd ausmacht.

Dass das Etwas ein Auto sein muss, ist die nächste Erkenntnis, und von der ist es nicht weit bis zu der Erleuchtung, dass er in einen Kofferraum verfrachtet wurde.

Denn es ist nicht nur hart, sondern auch dunkel.

Komplette Finsternis.

Es stinkt widerlich nach Abgasen, weshalb er ernsthafte Angst um seine Geruchsnerven bekommt.

Er versucht, sich zu bewegen, scheitert aber an der Enge und den Schmerzen, die seinen Körper durchzucken, sobald er auch nur einen Muskel rührt.

Sein Gesicht ist von einer klebenden, halb erstarrten Kruste bedeckt, die er ohne große Anstrengungen als getrocknetes Blut identifiziert.

Ansonsten weiß er nichts, denn ihm offenbaren sich keine weiteren Details, die er zu einem zuverlässigen Gesamtbild zusammenfügen könnte.

Abgesehen eben von dem, dass er *wirklich* umfassend in der Scheiße sitzt.

Was für ein Mist!

Bevor sich überhaupt so was wie Panik in ihm breitmachen könnte, sucht ihm die nächste Bewusstlosigkeit heim. Schlaf allein kann das nicht sein, dazu ist es zu überwältigend. Und das für einen Mann, der inzwischen Profi darin ist, eben nicht einzuschlafen, weil andere Dinge wichtiger sind.

Viel wichtiger ...

* * *

Als er wieder wach wird, liegt das an der Helligkeit, die plötzlich in den Wagen strahlt und an der frischen Luft, die seine gefolterten Atemgänge flutet.

Dass es sich keineswegs um Tageslicht handelt, sondern um den blendenden Schein einer Taschenlampe, die ihm frontal ins Gesicht geleuchtet wird, erkennt er ein paar Sekunden später.

»Ah, du bist wach«, sagt eine Stimme, die er nicht identifizieren und deren Träger er nicht genau orten kann, eben wegen des fiesen Spots.

Nik wird herumgeworfen, seine Arme auf den Rücken

gezwungen und dann fühlt er tatsächlich Handschellen klicken.

FUCK!

Sag was!, donnert es in ihm, und er konzentriert sich mit aller Macht auf seine Stimmbänder, befiehlt ihnen, sich seinem Willen wie sonst auch zu unterwerfen.

Heraus kommt leider nur ein: »Hhhhhhe...«

Mehr nicht. Denn dann missbraucht der Typ die Taschenlampe wüst als Schlagstock, indem er sie mit aller Gewalt auf Niks Schläfe schmettert, und dieser schläft mal wieder ...

* * *

Beim nächsten Wachwerden weiß er sofort, was ihn geweckt hat: Atemnot und grauenvolle Gliederschmerzen.

Die Atemnot liegt an dem Knebel, der plötzlich in seinem Mund steckt und ihm das Luftholen einzig durch die Nase ermöglicht. Da diese aber gebrochen ist – zumindest an das spezielle Ereignis kann er sich sogar noch genau erinnern – wird die Luft wirklich verdammt eng.

Nik versucht, kräftig zu schnaufen und damit die verkleisterten Eingänge freizupusten. Das tut scheiße weh, aber er will nun mal unbedingt atmen. Unter Röcheln und Stöhnen gelingt es ihm tatsächlich. Mit dem Nachteil, dass die kaum geschlossenen Wunden sofort wieder aufbrechen und das warme, widerlich nach Metall schmeckende Zeug seine Kehle hinabrinnt.

Nachdenken ist unmöglich. Nik muss seine gesamte Konzentrationsfähigkeit dazu aufwenden, zu schlucken und gleichzeitig zu atmen. Dies geht so mühselig vonstatten, dass er nichts gegen diese unwahrscheinliche Klaustrophobie tun kann, die immer mehr von ihm Besitz nimmt.

Fuck, was würde er jetzt für einen Joint tun! Nur ein bisschen runterkommen, sich beruhigen und damit erfolgreich überleben. Die Aussicht erscheint ihm wie der Himmel.

Nur leider gibt es hier kein Gras, es existiert kaum Luft, kein Licht und sein Körper schmerzt, als würde er seit Stunden gefesselt und vorher zusammengeschlagen in einem Kofferraum liegen und wer-weiß-wohin verschleppt werden.

Ha, ha ...

Weil es die Realität ist, kann er nicht wirklich lachen. Der Schweiß steht ihm nicht nur auf der Stirn, die gesamte Oberfläche seiner Haut ist mit einer glitschigen, mit Sicherheit stinkenden Schicht überzogen. Und er befindet sich direkt in dem Mief, deshalb nimmt er das Desaster wenigstens nicht wahr.

Als dann der Wagen tatsächlich stoppt, geschieht das zu einem Zeitpunkt, an dem Nik längst nicht mehr damit kalkuliert.

Die nächste Panikwelle schwappt über ihn, denn er rechnet fest damit, dass der Fremde, von dem er plötzlich eine verdammt gute Ahnung hat, um wen es sich handelt, ihn wieder schlagen wird.

Ihn scheren nicht die zu erwartenden Schmerzen. Doch wenn der Idiot wieder das Gesicht wählt, was er ja mit wachsender Begeisterung tut, dann dürfte diesmal jedes Atmen durch die Nase erledigt sein.

Im Hauptraum des Autos wird eine Tür geöffnet, dann hört er Schritte, die sich auf Kies bewegen. Als sich dieser abgefuckte Entführer am Kofferraumdeckel zu schaffen macht, kneift Nik hastig die Augen zusammen.

Wieder flutet Licht das Wageninnere, diesmal stammt es allerdings von der lieben Sonne, wie Nik durch einen winzigen Spalt seiner Lider feststellt.

Ebenfalls macht er endlich das sehr ruhige, besonnene und vor allem bekannte Gesicht des Vergewaltigers aus – na ja, wenigstens seine Kombinationsgabe hat er schon mal erfolgreich zurückgewonnen. Dann wird grob seine Wange getätschelt.

»Hey, Dornröschen, wach werden!«

Nik lässt sich Zeit, scheiß auf die Ohrfeigen! Seine Gedanken wirbeln umher, er überlegt, ob er dem Kerl einen Fuß in den Magen rammen sollte. Doch selbst wenn ihm der Stunt gelänge, würde es ihn nicht umwerfen, und Nik, der nach wie vor an den Händen gefesselt ist, wäre dann vermutlich tot.

Und ... ja, seine Kombinationsgabe funktioniert sogar blendend ... sie dann wohl auch.

FUCK!

Die nächste Ohrfeige folgt und Nik bequemt sich, ein zitterndes Lid zu öffnen – wenigstens so weit möglich. Trotz Atemnot ist er froh, geknebelt zu sein.

Das bewahrt ihn vor irgendeinem Kommentar, den er sich ansonsten nicht verkneifen könnte. Der wäre nämlich nicht freundlich und nicht vorsichtig und er dann höchstwahrscheinlich ebenfalls tot.

Korrekte Einschätzung der Gesamtlage, denn kurz darauf wird er gepackt und aus dem Kofferraum geworfen. Mit gefesselten Armen hat Nik kaum eine Chance, nicht zu fallen und schon gar nicht, flink genug aufzustehen, um den Tritten zu entgehen, die sofort auf ihn abgefeuert werden.

»MACH!«, knurrt der Typ und tritt wieder zu. Immer schön in die Nieren, die Sau!

Und während Nik sich aufrappelt und dabei sinnlos vor sich hin stöhnt – er kann das nicht verhindern –, leistet er den heiligen Schwur, dass dieses Schwein dafür bezahlen wird. Für jeden Schlag, jeden gebrochenen oder angebrochenen Knochen, jede aufgeplatzte und blutende Stelle und jeden Tritt, den er auf irgendeinem ungeschützten Teil seines Körpers landet.

Eine epische Schlägerei?

Kein Problem, Nik ist immer und mit Begeisterung dabei.

Auf einen Wehrlosen einprügeln?

Der schlimmste Akt menschlicher Niedertracht, den er sich vorstellen kann.

Doch als er steht und irgendwie das Blut aus seinem Auge geblinzelt bekommt, erstarrt er. Sein Blick ist auf ein Haus gefallen, das nicht etwa klein ist, eine Kate, irgendwas, das an eine Folterstube erinnert oder gar ein schwarzes Loch.

Stattdessen stehen sie vor einem riesigen Herrenhaus.

Eines dieser südamerikanischen Gebilde, die noch auf die Sklavenhalterzeit zurückgehen.

Sie müssen irgendwo tief, tief in den widerlichsten Süden verschleppt worden sein.

Sie?

Ja, genau das. Denn linker Hand macht er das grauenvollste Bild aus, das er sich denken kann.

Tina!

Soweit er das einschätzen kann, ist sie unverletzt, doch auch ihre Hände sind auf dem Rücken gefesselt und ihr Mund mit einem Knebel verschlossen. Das Gesicht ist leichenblass, die dunklen Augen machen sich darin riesig aus und erzählen von Terror, von unsäglicher Angst, von Tränen, die glücklicherweise wenigstens jetzt nicht laufen, und von einem Flehen, dem er nicht Folge leisten kann.

Wirklich nicht, denn er hat kaum seine Bestandsaufnahme hinter sich gebracht, als der nächste Tritt erfolgt, diesmal in die Kniekehlen, weshalb er mal wieder zu Boden sackt.

»Geh schon!«

Damit läuft der Typ in aller Seelenruhe zu der Kleinen, nimmt sie am Arm und dirigiert sie keineswegs unhöflich zu der breiten Freitreppe, die in das weiße Gebäude führt. Sein männliches Opfer treibt er, sobald dieses wieder steht, mit Tritten vor sich her. Aber die fallen eher lustlos aus, sodass es Nik gelingt, den meisten auszuweichen.

Er klinkt sich aus, befiehlt sich, nicht auf das Mädchen zu achten und auch nicht auf seine Schmerzen.

Stattdessen zwingt er sein Gehirn zum Agieren, zum Denken, zum Taktieren, zum *Aufpassen*! Und so prägt er sich auf dem kurzen Weg alles ein, was von Belang sein könnte – leider ist das nicht sehr viel. Nik zählt die Säulen, die er ausmachen kann – es sind acht.

Er zählt die Fenster im ersten Stock – es sind zwölf, dann die im zweiten – es sind elf, da haben sie beim Bau wohl eines vergessen.

Dann stolpert er die Stufen hinauf und kann sich nur noch auf das Laufen und Nichtfallen konzentrieren. Denn ganz ehrlich ... noch einen Sturz muss er nicht unbedingt erleben.

Es handelt sich tatsächlich um ein herrschaftliches Haus. Jeder, der nicht das Pech hatte, in einer solchen Luxusvilla aufzuwachsen – ob nun in diesem Stil oder einem anderen –, dürfte bei dessen Anblick wohl in Ehrfurcht erstarren.

Nik hat so etwas bereits von innen gesehen, außerdem tangieren ihn derzeit ganz andere Probleme.

Daher hat er für die tatsächlich sehr mondäne Einrichtung nur einen kurzen Blick übrig. Der nächste schnellt herum und findet *sie*.

Immer noch ängstlich, immer noch geknebelt, immer noch mit glitzernden Augen, die jedoch keine Träne absondern.

Der Typ schließt zunächst sorgfältig die Tür und dann stehen sie zu dritt in einer riesigen Eingangshalle, deren Boden mit glänzenden hellen Fliesen ausgelegt ist.

Fünf Türen gehen davon ab. Eine scheint in den übrigen Teil des Untergeschosses zu führen, die anderen vier in irgendwelche Nebengelasse. Eine breite Treppe weist in das obere Stockwerk, mehr kann Nik auf die Schnelle nicht ausmachen.

»So«, sagt Carter und verschränkt die Arme. Sein Gesicht drückt nicht die geringste Emotion aus, doch Nik entgeht das tief verborgene Zündeln in seinen Augen nicht. Keine Freude oder vielleicht der Thrill, den der kleine Wichser soeben verspürt. Dieses ist krasser – irrer – auf jeden Fall nicht unbedingt gesund.

»Ich hätte gehofft, dass die Dinge anders laufen«, fährt er fort und spricht jetzt eher zu Tina, die tatsächlich ein Stück zurückweicht. »So war das alles nicht geplant. Ich dachte, wenn ich dir Zeit lasse, damit du dir darüber klar werden kannst, dass ich nun mal der einzig passende Mann für dich bin und kein ...«

Es geht so schnell, dass weder Nik noch Tina es kommen sehen können. Carter überwindet die Distanz und tritt bei jedem folgenden Wort auf Nik ein, »... dreckiger, mieser Penner von der Straße ...« Beim letzten Hieb geht Nik in die Knie und es gibt nichts, was er dagegen tun kann.

Fuck!, seine Nieren schmerzen, seine Leber scheint nur noch ein Klumpen heißen Bleis in seinem Leib zu sein, und die Nase hat wieder zu bluten begonnen. Selbst um ihr Schluchzen kann er sich derzeit nicht kümmern. Viel zu sehr ist er damit beschäftigt, sich bestmöglich vor den Tritten des wahren Irren zu schützen.

Verdammt, so weit hätte es nie kommen dürfen, denn er wusste es.

ER WUSSTE ES DIE GANZE ZEIT!

»... eine stinkende, kiffende Ratte, die deiner nicht annähernd würdig ist!« Etwas außer Atem taumelt Carter ein Stück zurück, hält kurz inne, blickt sogar zur Hallendecke und atmet ein paar Mal tief durch.

Als er wieder anhebt, klingt er, als befände er sich gerade auf einer grandiosen Dinnerparty. »Dabei hätte ich es wissen müssen! Aber ich war dumm und dachte ...« Wieder überbrückt er eine Distanz, aber diesmal die zu ihr. Als sie zurückweicht, packt er sie an den Haaren, und für einen wilden Moment glaubt Nik, dass er sie damit gegen die nächste Wand schleudern wird.

Doch weit gefehlt. Tatsächlich entfernt er nur den Knebel aus ihrem Mund, weshalb die Luft in der nächsten Sekunde von ihrem wirklich lauten Schluchzen unterbrochen wird, das von »Bitte, du verstehst das ...« durchdrungen ist.

Weiter kommt sie nicht, denn er legt warnend seine Hand auf ihren Mund. »Ich verstehe bestens, keine Sorge. Und spätestens gestern Nacht habe ich meine Lektion gelernt. Ich bin euch gefolgt, weißt du? Als deine kleine Nuttenfreundin sich so dämlich aufgeführt hat, wusste ich, dass irgendwas nicht stimmt. Geahnt habe ich es schon seit Ewigkeiten. Die Dinge liefen nicht so wie geplant. Du reagiertest nicht. Jedes *echte*, unberührte Mädchen hätte längst meinen Antrag angenommen. Ich wusste nur nicht, warum. Nun ...«

Trocken lacht er auf. Nik kniet immer noch, versucht sich zu konzentrieren, hat aber echte Schwierigkeiten mit dem Atmen. Sein Hals scheint zugeschwollen, die Nase ohnehin, das gesamte Gesicht fühlt sich irgendwie viel ... *voluminöser* an, und er hat mit jedem neuen Versuch mehr Probleme, den Sauerstoff aufzunehmen. Währenddessen platscht das Blut in stetigen Tropfen vor ihm auf die bisher so makellosen Fliesen. Scheiße, was würde er darum geben, wenn dieser Irre ihm auch den Knebel rausnehmen würde. Wenigstens den.

Leider denkt Carter nicht mal daran. Er ist jetzt ausschließlich auf das Mädchen fixiert und Nik wittert seine einzige Chance ... wenn er sich besser beherrschen kann.

Das versucht er, behält den Entführer dabei im dichten Auge. Wie bereits während der gesamten vergangenen Wochen, wenn er es sich mal genau überlegt. Dabei gibt er vor, andächtig dessen seltsamem Vortrag zu lauschen und sucht nebenher nach einem Ausweg.

»... jetzt bin ich schlauer und verdammt, wenigstens eines hat diese Erfahrung mir gebracht, ich habe wieder etwas dazugelernt ...«

Dieses Haus verfügt über keine Fluchtwege, soweit Nik das erkennen kann. Ganz sicher wird es noch eine Hintertür geben, doch da diese nicht auszumachen und der Kasten riesig ist, verwirft er den Gedanken daran gleich wieder. Bleibt also nur der Haupteingang.

Der Bastard streicht ihr eine wirre Strähne aus dem bleichen, tränenüberströmten Gesicht. »Ich hätte dir alles gegeben«, haucht er irre.

»Bitte«, würgt sie hervor. »Lass ihn doch wenigstens gehen. Er hat doch ...«

»HALT DIE FRESSE!«

Fuck!

Nik mustert sie mit großen Augen, versucht ihr zu bedeuten, dass dies der falsche Weg ist. *Halt ihn cool, gib mir Zeit, mach ihn nicht noch wütender.*

Der Blickkontakt wird nicht nur bemerkt, sie scheint auch geringfügig ruhiger zu werden. Jedenfalls, bis der Wichser unerwartet eine Hand um ihren Hals legt.

Doch er drückt nicht zu und Nik zwingt sich, wieder seine Fluchtplanungen aufzunehmen. Wenn sie ihn irgendwie ablenken kann, wenn sie irgendwie dafür sorgt, dass der Typ seinen Irrsinn für ein paar Minuten in die Schublade packt, aus der er ihn vor einigen Stunden geholt hat, könnte er vielleicht ...

Der nächste Tritt trifft ihn so unerwartet, dass er stöhnend zur Seite fällt.

Es folgt ein weiterer, diesmal ins Gesicht und Nik spürt es erneut knirschen. Er kann sogar noch denken: *Okay, das war´s jetzt nicht ...*

... und dann ist er weg.

17. Chase

Eine Woche zuvor …

Verdammt, wenn er es früher gewusst hätte, was wären ihm und vor allem Pepper doch für Irrwege erspart geblieben.

Während Chase die unendlich anmutenden Gänge des Hauses Nummer eins entlangschlendert – dem Hauptgebäude der schier endlosen Anzahl an Bauten auf dem Campus –, überlegt er sich mal wieder, dass er das mit Scheuklappen versehenste Pferd unter allen menschlichen Gäulen war, die unter diesem Himmel ihr Dasein fristen.

Hätte er nämlich frühzeitig genug geahnt, dass er für diesen Job wie geschaffen ist, dann wäre sie nie in die Nähe dieses abgefuckten Professors gekommen, der hätte die Situation nie ausgenutzt, Chase hätte niemals sein geliebtes Cabriolet aufgeben müssen (wenn auch nur vorübergehend) und er hätte niemals diese verdammte Einladung für den Golfclub bekommen.

Es entspricht Chase´ Wesen, dass mit Ausnahme der David-Geschichte die anderen Punkte auf gleicher Höhe aller in der Vergangenheit eingetroffenen Katastrophen rangieren.

Hier ... in diesem eher langweiligen Gemäuer hat er seine Bestimmung gefunden. Pfeifend hält er einen Studenten am Arm fest, der versucht, sich eilig an ihm vorbeizudrücken. »Um vier, mein Büro, Honey. Sei pünktlich!«

›Honey‹, ein vierundzwanzigjähriger, ein Meter neunzig großer Hüne, schafft es sogar, *nicht* die Augen zu verdrehen, bevor er eilig nickt. Chase grinst. Oh, er liebt es, die Monster zu foltern. Und das gelingt ihm stets, ohne die geringste körperliche Gewalt anzuwenden. Ja, man kann sagen, seitdem er hier ist – okay, vielleicht nicht unbedingt ohne Peppers geniale Unterstützung – laufen die Dinge am California-College bedeutend ruhiger und geordneter. Er will sich ja nicht selbst auf die Schulter klopfen, Eigenlob stinkt bekanntlich, aber es zu denken wird ja wohl noch erlaubt sein.

Besonders, wenn es der Wahrheit entspricht.

Und die neuesten Entwicklungen sind so genial, dass er sich ...

In diesem Moment sieht er einen Kopf, von dem die ewig verfilzten Haare wie beiläufig verbogene Drähte abstehen. Darunter macht er den üblichen abweisenden Gesichtsausdruck aus, der ihm stets signalisiert: »FICK DICH, ALTER!«

Genau das hat Chase nicht vor ... »Hey!«, brüllt er über den gesamten Flur und registriert zufrieden, dass die versammelte Studentenschaft einmal kollektiv den Atem anhält, sich vergewissert, dass sie diesmal nicht gemeint und der Kelch somit noch mal an ihnen vorbeigegangen ist und weiterhastet.

HEY versucht das auch, weshalb Chase deutlicher wird. »SNOW!«

Der Wirrkopf stoppt, sieht ihn verwundert an und hebt eine Augenbraue. »Ich?«

»Ja, genau du!« Chase nickt und grinst aufmunternd. Also so ist es gemeint, kommt nur manchmal ein bisschen bedrohlich rüber, was nicht sein Problem ist. »Kann ich dich kurz sprechen?«

Die Verwunderung verschwindet nicht aus den blauen Augen, die sich in dem exotischen, leicht asiatisch angehauchten Gesicht äußerst ... na ja, halt exotisch ausmachen.

Ein amerikanischer Ureinwohner mit europäischen Augen – das ist garantiert ein Novum ... »Was willst du?«, ruft er rotzfrech zurück, ohne Anstalten zu machen, sich in Bewegung zu setzen. Die Miene ist furchtlos rebellisch, die Haltung relaxt bis ablehnend.

Er ist Chase sofort sympathisch – Arschkriecher lagen ihm noch nie. Und da der Prophet nicht zum Baum kommt, setzt er sich eben in Bewegung.

»Mit dir sprechen, irgendwas mit deinen Ohren nicht in Ordnung?« Sobald er ihn erreicht, sieht Chase mit Kennerblick, dass zwar mit den edlen Lauschern alles stimmt, aber mit den Augen nicht.

Die erzählen von viel Gras und sehr wenig Schlaf.

Ein weiterer Grund, sich endlich mal mit dem einzigen Studenten, der in Wahrheit überhaupt keiner ist, näher zu beschäftigen.

»Worum gehts?«, wird er voller Widerwillen gefragt.

»Klären wir das doch in meinem Büro.«

Die Miene verschließt sich. »Keinen Bock, muss zur Vorlesung!«

»In welchem Fach?«, erkundigt Chase sich, einer Eingebung folgend.

»Huh?« Die Miene wird noch etwas störrischer. Ein Krieger mit pubertärem Gehabe – sieht man auch nicht alle Tage. »Ja, was weiß ich, irgendein Fuck halt.«

»Hmmm, irgendein Fuck«, nickt Chase, sich das Lächeln vehement verbeißend. Eines ist klar, fühlt sich der edle Krieger auf den Arm genommen, dann macht er noch mehr zu. »Ich hab mich ein bisschen mit deiner Karriere hier befasst und damit sieht es nicht so rosig aus, oder?«

»Warum, ich finde es treffend.«

»Ich nicht!«, erwidert Chase und mit einem Mal klingt seine Stimme wie ein Donnergrollen. Leute, die ihn näher kennen, wissen, dass nun Schluss mit lustig ist. Der Typ kennt ihn noch nicht, daher lässt der Trotz keineswegs nach, was Chase jedoch nicht sonderlich interessiert. »Die Vorlesung kannst du ausfallen lassen. Ob du sie besuchst, ist ohnehin egal. Mitkommen!«

Damit dreht er sich um und geht, womit er ihm keine Wahl lässt.

So ist es geplant. Zufrieden vernimmt er hinter sich ein Schlurfen ...

Es folgt.

Nun gut.

* * *

Angekommen in seinem Büro, weist Chase nicht etwa zum Besucherstuhl, sondern pflanzt sich auf seinen Tisch. »Mach die Tür zu!«

Das wird gerade noch so befolgt.

»Soooo ...« Chase hat sein Handy in der Hand und scrollt sich durch die Berichte über den Studenten mit der Nummer 1384445 namens Snow. »Du bist im dritten Semester?«

»Möglich.«

»Etliche Prügeleien, bisher noch keine Arbeit abgegeben,

selten, dass du überhaupt mal anwesend bist, und wenn, dann sollst du üblicherweise pennen. Mitschriften werden auch keine gemacht, Eltern sind keine angegeben, ahhhh, ein Vormund ... hmmmm ...« Er scrollt noch eine Weile und sieht dann auf, direkt hinein in das defensive Gesicht. »Eine Frage, warum bist du hier?«

Anstatt einer Antwort erfolgt ein gelangweiltes Achselzucken.

»Ich meine, die Zeit, die du hier investierst und vor allem das Geld, könntest du doch auch gewinnbringender investieren. Hanf, neue Hosen, vielleicht mal Schuhe ... eine Hippiekarre.«

»Was ich mit meiner Kohle mache ist allein meine Angelegenheit«, knurrt er los. »War es das?«

»NEIN, WAR ES NICHT!« Chase sitzt nicht länger, sondern steht. Und obwohl der Knabe, welcher vielleicht irgendwann mal ein Mann werden will, nicht unbedingt klein ist, wirkt er gegen den Riesen wie ein Zwerg.

Eingeschüchtert ist er deshalb allerdings nicht – Respekt. Chase´ Sympathie nimmt noch mal zu.

»Ich hab dein Treiben eine ganze Weile beobachtet, dachte, du bräuchtest ein bisschen Zeit, geht mich ja auch nichts an, wie du so treffend bemerktest, ist ja deine Kohle ... wie auch immer.«

Snow hat inzwischen ein Pokerface aufgesetzt. Undurchschaubar, selbst für Chase. Nur die grellen Augen erzählen eine witzige Geschichte über Tomahawks, Angriffe im Morgengrauen und eine mörderische Schlacht, die er gern mal gegen den Professor führen würde. Kein Problem, er steht jederzeit zur Verfügung.

»Fakt ist doch eins: Du besetzt hier einen Studienplatz, ohne echte Lust, ihn auch zu nutzen. Wenn du so gar keinen Bock auf eine akademische Ausbildung hast, warum räumst du nicht deinen Stuhl und machst jemandem Platz, der wirklich daran interessiert ist?«

Als ihm aufgeht, dass er sich vor einer gefühlten Ewigkeit etwas Ähnliches selbst mal anhören musste, und zwar von Mylady, die heute Nacht in seinem Bett gewispert hat, dass sie gern ein Baby hätte, zucken seine Mundwinkel. Völlig arglos, was nicht häufig auf Chase zutrifft. Doch das kommt bei dem angriffslustig aufgelegten Krieger überhaupt nicht gut an.

Diesmal verschränkt er die Arme und steht plötzlich breitbeinig da. Wäre imposant, würde er nicht nur diese alberne kurze Jeans und diese Latschen tragen.

Ehrlich, Chase will es wirklich nicht auf die Spitze treiben, doch es gelingt ihm nicht, ein Grinsen zu verhindern.

Inzwischen dampft der Bengel.

»Findest du irgendwas witzig? Wenn ja, dann weihe mich ein, ich lach ja gern mit!«

Obwohl sie sich schon die ganze Zeit so vertraulich anreden, hält Chase diesmal doch inne. Auch wenn er nicht der Typ dafür ist, geht ihm gerade auf, welche Frechheiten sich das Jüngelchen mit dem etwas zu großen Zornpegel gerade erlaubt. ER ist schließlich Professor an einer elitären Universität und somit das unangebrachte Verhalten des Studenten ausreichend, um ihn in hohem Bogen zu feuern. Nur, anstatt Ärger fühlt er erneut Respekt, der mit jeder Sekunde wächst. Dieser Kerl mag vielleicht ein bisschen wirr aussehen, und dass er gegen alles allergisch ist, was auch nur entfernt nach Establishment stinkt, ist ebenfalls offensichtlich. Aber er verfolgt das Ganze mit absoluter Überzeugung, ohne einen Schritt zurück und ohne die geringste Rücksicht auf mögliche Konsequenzen.

Respekt, denkt Chase wieder, dann wird er ernst.

»Lassen wir das Theater«, verkündet er und macht einen Schritt auf den breitbeinig dastehenden Jungen zu. »Ich will nicht, dass du fliegst, so wie es ist, kann es aber auch nicht bleiben. In Fällen wie deinem weist man dem Studenten normalerweise einen Tutor zu. Das war in deinem Fall etwas ... äh ... knifflig, schon weil die meisten gar nicht wussten, dass du existierst, bevor ich sie auf dich ansprach. Als Einzige hat sich Professor King bereit erklärt und ... also, ich halte das für keine gute Idee, die Frau braucht ihre Nerven für wichtigere Dinge als dich, nichts für ungut. Womit nur noch eine Person bleibt: ich. Entweder du überlegst gemeinsam mit mir, wie wir deine Talfahrt an dieser Uni ein bisschen nach oben umlenken, oder ... wie soll ich es ausdrücken ... du bist hier die längste Zeit gewesen.«

Für eine lange, sehr lange, atemlose Weile herrscht Schweigen. Das Ganze fühlt sich so angespannt an, dass Chase tatsächlich damit rechnet, der Typ würde einfach rausrennen. Was ihm leidtun würde und nicht in seiner Absicht liegt. Denn besagte Besprechung mit den Kollegen fand ebenso wenig statt, wie es ein Ultimatum gibt. Einzig mit Pepper hat er über diesen seltsamen Jungen gesprochen, an den niemand heranzukommen scheint.

Im Grunde ist es so: Egal, wie abgerissen er aussieht, der Studienplatz ist bezahlt und sie befinden sich hier nicht auf der Highschool. Was ein jeder aus dieser Chance macht, ist nicht mehr ihre Kanne Bier, hier rennen ausnahmslos Volljährige herum.

Nur mag es Chase nun mal nicht, wenn ihm einer der Studenten durch die Lappen geht. In seinen Augen sind es immer noch Kinder, schon, weil er weiß, wie dumm und ungezügelt er selbst in diesem Alter war. Es wäre schade drum, so wie es zunächst mal um jeden schade ist, bis Chase Gegenteiliges festgestellt hat.

Und bei diesem hier gibt es noch einen klitzekleinen Nebenschauplatz ...

»Übrigens ist sportliche Betätigung während des Studiums äußerst wichtig. Steigert die Leistungsfähigkeit, Denkprozesse werden beschleunigt und der Körper fühlt sich einfach wohler«, wirft er beiläufig ein, während er die immer starrere Miene nicht zu bemerken scheint.

»Ach ja?«

»Japp.« Chase grinst.

»Und was habe ich damit zu schaffen?«

Chase geht um seinen Schreibtisch und nimmt dahinter Platz, wobei er wie üblich enorme Probleme mit seinen Beinen hat. Nach dem obligatorischen Fluchen, Knallen und Ruckeln sitzt er endlich und betrachtet den verkappten Krieger mit der wahnsinnigen Laufgeschwindigkeit, die er neulich durch Zufall bewundern durfte. So ist er überhaupt erst auf diesen Kerl aufmerksam geworden, denn ansonsten versteht der es ja prächtig, sich abzutarnen. »Also, ich würde dich gern auf ein Probetraining in meine Mannschaft einladen. Jeden Nachmittag um vier. Du kannst jederzeit kommen.«

Endlich zeigt der Typ mal so was wie eine nicht wohlkalkulierte Regung. Er nimmt die Arme auseinander und starrt ihn fassungslos an. »WAS? Soll das ein Witz sein?«

»Sehe ich so aus?«, erkundigt sich Chase heiter, wird

jedoch sofort wieder ernst. »Nein, kein Scherz, ich will, dass du dir das wenigstens mal anschaust. Wenn es dir nicht passt – Pech für mich, aber auch für dich, denn es würde dir garantiert Spaß machen. Aber vielleicht ...«

»Das können wir abkürzen!«, knurrt Nik Snow. »Ich werde garantiert nicht bei dieser abgefuckten Footballscheiße mitmachen!«

Etwas entnervt wirft Chase den Stift beiseite, den er soeben aufgenommen hatte, und lehnt sich über den Tisch. »Du kapierst das nicht, Baby! Du bestimmst hier gar nichts! Dass du noch an diesem College geduldet wirst, hast du allein mir zu verdanken und der Tatsache, dass ich so ein verdammter Menschenfreund bin. Du rangierst derzeit unter meiner Stiefelspitze, kapiert? Was ich sage, wird gemacht, und wenn ich verlauten lasse, dass du dir das anschaust, dann wirst du das tun. Wenn ich sage, du springst aus dem Fenster, dann tust du das ebenfalls, und wenn ich dir sage, du erledigst endlich deine beschissenen Arbeiten, gibst sie auch noch deinem Dozenten, wenn fertig, und pinselst die Scheiße mit, die der vor sich hinlabert, dann wirst du das tun. Ansonsten kannst du gehen! Ist das angekommen?«

Es dauert lange, bevor er eine Antwort erhält. In der Zwischenzeit hat Chase das Vergnügen, sich die irrwitzigsten Emotionen auf dem jungen Gesicht anzusehen. Trotz und Abscheu sind Programm, doch da ist auch nüchternes Kalkulieren, das Abwägen von Optionen, was er so nicht vermutet hatte.

Vielleicht ist er doch nicht nur ein Kiffer, der auf den rechten Weg geführt werden muss. Möglicherweise verbirgt sich hinter der Fassade ein wenig mehr.

*Yeah, und möglicherweise schwimmen Fische im Mee*r, denkt er nicht ohne Spott. *Klasse, dass du auch schon dahinterkommst.*

»Wann soll ich antanzen?«, fragt Snow plötzlich eisig. »Aber ich sage das gleich: EINMAL! Es wird mich sowieso nicht anmachen.«

»Das genügt mir fürs Erste«, erwidert Chase gleichmütig. »Ich ruf dich an, wenn du kommen sollst. Gib mir deine Nummer!«

»Hab ich nicht.«

»Wie, du hast kein Handy?«

Er braucht nicht zu antworten, Chase sieht, dass es nicht so ist. »Wo liegt dann das Problem?«

»Wo liegt dann das Problem?«, äfft Snow ihn nach, doch dann atmet er hörbar aus. »Ich kenne die abgefuckte Nummer nicht!«

»Oh, das!«, winkt Chase ab. »Ich meine auch nicht. Gib mal her!«

Ein bisschen überrascht ist er schon, als der gigantische, wütende Krieger sein brandneues I-Phone aus einer Hose nestelt, die beinahe auseinanderfällt. Dabei zieht er gleich noch eine Plastiktüte mit sehr verdächtigem Inhalt ans Bürozimmerlicht.

Chase ignoriert das Gras. Von seinem Handy entnimmt er die eigene Nummer und gibt sie in das Gerät des Hippies ein. Pepper hat sie ihm mal hinterlegt, weil er sonst genauso hilflos ist wie Mr. amerikanischer Ureinwohner mit europäischem Einschlag.

Kurz darauf summt sein Telefon und er grinst, nachdem er draufgesehen hat.

»Passt!«

18. Tina

»Ich habe dir vertraut«, wispert er.

Sie weiß nicht, wie sie es verhindern soll, genau in diesem Moment vollständig hysterisch zu werden. Ihr *Beautiful Sky*, dessen wahren Namen sie IMMER NOCH NICHT KENNT, VERDAMMT, sah vorher schon scheiße aus. Doch jetzt, wo er bewusstlos und zusammengekrümmt über und über mit Blut beschmiert, geknebelt und gefesselt am Boden liegt, kann sie sich kaum noch beherrschen.

Nur das grenzenlose Bedauern, das in ihr lebt, seitdem sie begriffen hat, dass Robin auch ihn gekidnappt hat, bewahrt sie vor dem endgültigen Durchdrehen.

Wenn sie nicht dafür sorgt, dass er überlebt, dann wird dieser Mann sterben. Sicher, sie kennt ihn nicht wirklich, aber möglicherweise liebt sie ihn – ja, diese Wahrscheinlichkeit grassiert seit ein paar Stunden in ihren Adern.

Und das wäre ein wenig zu viel Schuld, als ihre schmalen Schultern und vor allem ihr kleines Herz verkraften könnten. »Bitte«, wispert sie, trotzdem Robin sofort ein bisschen mehr zudrückt. »Es ist nicht so, wie du glaubst. Ich hatte nie ...«

In der nächsten Sekunde verschwindet die Hand und ihr dröhnt derart der Schädel, dass sie kurzzeitig nur Sterne sieht.

Nur allmählich begreift sie, dass sie geohrfeigt wurde. Keine Faust ... nur ein Schlag mit der flachen Hand, aber auch dieser kann verdammt hart sein.

»Ich sagte, du sollst deinen Mund halten«, informiert er sie verhältnismäßig milde und tritt tatsächlich zurück. Sie wagt einen nächsten Blick auf die zusammengekrümmte Gestalt, bereut es jedoch in der nächsten Sekunde.

Nein, er schlägt sie nicht wieder, was sie ebenso gefürchtet hätte. Stattdessen geht er zu IHM und tritt erneut zu.

Wieder ins Gesicht.

Wieder mit voller Wucht.

Tina kann ihren Entsetzensschrei nicht zurückhalten. »NEIN! Bitte! Du bringst ihn doch um!«

Er wirbelt zu ihr zurück und sie erkennt mit hochgradigem Grauen, dass sein Gesicht nicht die winzigste Veränderung durchgemacht hat. Robin wirkt noch immer total entspannt, fast erheitert, schön, umwerfend ... perfekt.

Gott!

»Stört es dich?«

Sie will ›ja‹ brüllen, besinnt sich jedoch, schluckt hastig an ihren Tränen und dem Würgen, das zu allem Überfluss auch noch von ihr Besitz ergreifen will. REISS DICH ZUSAMMEN!, peitscht sie sich heimlich an. DAS IST ALLES DEINE SCHULD! ALSO TU WAS!

»Er ist ein Mensch«, haucht sie behutsam. »Und er ist mein guter Freund ... *nicht* das, was du denkst.«

Seine Mundwinkel zucken und er betrachtet sie spöttisch. »Du hältst mich für ein wenig schwer von Begriff, ja? Hast du dir gedacht, ich würde es schon nicht merken, selbst jetzt nicht? Ich weiß, was ich gesehen habe!«

Mit wachsender Panik versucht Tina eine andere Spur, denn vom Boden her ertönen mittlerweile beängstigende Geräusche. Ein derart ersticktes Röcheln, welches in ihr die unumstößliche Gewissheit weckt, dass ihr nicht mehr viel Zeit bleibt.

»Ich tu alles, was du willst, aber bitte, verletze ihn nicht weiter! Er hat überhaupt nichts getan, er wusste doch gar nichts von uns!«

Das spöttische Lächeln bleibt, doch sein Blick ist mit einem Mal interessiert und er neigt den Kopf zur Seite. »Hast du Angst um ihn?«

»Er ist ein Mensch!«, wiederholt sie, der konkreten Antwort ausweichend, weil sie weiß, dass die Wahrheit ihren *Beautiful Sky* möglicherweise töten könnte.

»Ist er nicht«, bekundet er nach flüchtiger Musterung des Bewusstlosen. »Das wollte vielleicht mal ein solcher werden, doch er hat auf halbem Wege innegehalten und eine andere Richtung eingeschlagen.«

Das nächste grauenhafte Nach-Luft-Ringen unterstreicht seine Äußerung irgendwie, denn sehr menschlich wirkt ihr Engel momentan nicht. Vielleicht, weil er gerade dabei ist, sich von diesem Status in Richtung Leiche zu bewegen.

Tina tappt noch ein Stück zurück und fühlt dankbar die Wand hinter sich. Nie zuvor brauchte sie so dringend eine Stütze. Ihre nackten Arme pressen sich auf die glatte, kühle und sogar ein wenig tröstende Oberfläche. Dann fasst sie abermals Mut. »Kannst du ihm bitte den Knebel rausnehmen? Er wird sonst ersticken.«

Wieder streift Robin ihn flüchtig mit den Augen, bevor er sie mustert. »Schon möglich, und du meinst, das stört mich? Glaubst du ehrlich, ich habe vor, ihn nach dieser Nummer noch mal lebend davonkommen zu lassen? Hältst du mich wirklich für so dumm?«

Nichts fällt ihr darauf ein, absolut gar nichts. Nur die Tränen – für eine ganze Weile so tapfer zurückgehalten – brechen wieder aus Tinas Augen. Und obwohl der Zeitpunkt nicht schlechter gewählt sein könnte, leistet sie flüchtig Abbitte. Abbitte an Cassy, ihre so kluge, intuitive Freundin, die es wusste. Von Anfang an.

... und *er* wusste es auch. Nur sie musste spielen und das mit einem Monster! Für ihre verdammten Experimente hat sie sich eine gefährliche Bestie ausgesucht!

Als sie die Lider schließt, quellen heiße, salzige Perlen unter den Wimpern hervor und Tina hält sie nicht länger zurück. Kein hemmungsloses Schluchzen mehr, nur die mit ihrer Resignation einhergehenden physischen Beweise, dass sie es komplett versaut und damit einen sehr kostbaren Menschen mit in den Abgrund gezerrt hat.

»Lass es, darauf falle ich nicht herein«, verkündet er tonlos. »Damit kommt ihr immer, doch bei den anderen war es mir egal. Bei dir dachte ich, es sei etwas anderes, dich wollte ich wirklich für mich, für ein Leben ... ich hatte es dir erzählt, doch du wolltest dieses kostbare Geschenk nicht annehmen. Geld, Liebe, ein sorgloses Dasein – all das, wovon eine jede Frau träumt, hast du bedenkenlos ausgeschlagen.«

Er hat sich genähert, deshalb kommt seine Berührung nicht unbedingt überraschend. Dass er jedoch ihr noch immer von der Ohrfeige schmerzendes Gesicht in seine Hände nimmt, verwirrt Tina über alle Maßen. Daher reißt sie die Lider auf, blickt in seine unbeteiligte Miene und weiß, dass er total irre ist.

Absolut und total abgedreht.

»Ich bin mir noch nicht sicher, was ich mit dir anstellen

soll«, wispert er, seine Lippen so nah an ihren, dass sie jede Bewegung spüren kann. Ein nächstes Würgen erfüllt ihre Kehle, sie würde alles tun, um ihn von sich zu stoßen und kann ihn trotzdem nur reglos fixieren.

Total erstarrt, nur die Tränen quellen unablässig auf ihre Wangen und seine Finger hinab. »Deshalb habe ich dich hergebracht. Keine Angst, niemand bringt dieses Haus mit mir in Verbindung. Ich habe es unter falschem Namen gemietet und das schon vor Monaten. Du musst wissen, auch ich habe mich vorbereitet. Eigentlich sollte es eine Überraschung werden. Wenn du endlich ja sagst, wollte ich dich hierherbringen, den verdammten Dozentenjob hinwerfen und mit dir zunächst hier leben. Aber das hast du dir ja nun gründlich versaut.«

Seine Lippen streifen ihren bebenden Mund, bevor er den Kopf wieder ein Stück zurückzieht. »Aber ich habe nicht gelogen, ich liebe dich. Für dich hätte ich alles anders gemacht, mich geändert, wäre ... *gut* geworden.«

Sie hat nicht die geringste Ahnung, wovon er spricht. Nur das verhaltene, immer quälendere Röcheln, das aus der Ecke zu ihnen herüberdringt, schafft es durch die große Verwirrung, die ihr zunehmend in den Ohren rauscht.

Auch er überhört es diesmal nicht, denn sein Mund verzieht sich zu einem schmalen Lächeln und zum ersten Mal blitzen seine Augen gefährlich auf. »Vielleicht sollte ich ihm wirklich ein bisschen helfen, was meinst du?« Seine Lippen streifen ihre Schläfe. »Er wird dies hier mit Sicherheit nicht überleben. Tut mir leid, aber ich teile meine Frauen nicht, er hätte sich mir nicht in den Weg stellen sollen.«

»Das hat ...«

Der Druck seiner Hände verstärkt sich kaum merklich. »Schhhhht, du lügst besser nicht mehr, Kleines. Das hast du schon genug getan.«

Es klingt gütig, ein Teil von ihr saugt den Ton hoffnungsvoll in sich auf, kreischt den anderen an, doch die angebotene Entspannung anzunehmen und zu akzeptieren, dass sich die Wogen langsam etwas glätten.

Doch Tina weiß es besser. Je ruhiger und gelassener er klingt, desto mehr sitzen sie in der Klemme.

»Als ich wusste, was für eine dreckige Schlampe du bist, wollte ich dich dafür büßen lassen, aber ... so einfach ist das nicht, wenn man liebt. Da neigt man zur Nachsicht, ist so verdammt emotional, so unlogisch, so manipulierbar ...« Gedankenverloren streichelt er mit dem Daumen ihr Gesicht. »Vielleicht sollte ich dir noch eine Chance geben, es wiedergutzumachen. Du bist jung, da begeht man Fehler, verrennt sich manchmal und weiß möglicherweise noch nicht, was richtig und was falsch ist ...« Während er spricht, wandern seine Lippen unentwegt über ihr Gesicht, liebkosen ihre Stirn, die Augen, dann die Wangen darunter und tasten sich über ihren Mund, bevor sie an der anderen Seite wieder hochgleiten. Er klingt nachdenklich bis hoch konzentriert – offenbar ist das Röcheln, das nach wie vor aus der Ecke zu ihnen herüberdriftet, bereits wieder vergessen.

»Wenn du älter und reifer bist, dürftest du deinen Fehler einsehen und begreifen, was du mir angetan hast ...«

Als er verschwindet, geschieht das so abrupt wie zuvor, und sein Blick ist mitleidlos und kühl. »Vielleicht hast du recht, und ich sollte diesen kleinen Penner zunächst nicht krepieren lassen. Möglicherweise wird er mir noch nützlich sein.«

Tina merkt, dass er sich von ihr entfernt, denn sie kann plötzlich etwas befreiter atmen. Und als sie die Augen aufreißt, sieht sie, wie Robin endlich den Knebel entfernt.

Der Junge ihrer Träume, der momentan ziemlich fertig wirkt, gibt ein tiefes, sehr ungesund klingendes Keuchen von sich. Demonstrativ hält Robin den Stoff hoch. »Siehst du? Ich bin kein Unmensch, und ich kann sehr wohl meine zuvor gewonnene Überzeugung überdenken. Egal, welchen Eindruck du von mir hast, er ist bestimmt nicht ganz richtig.«

Na ja, diesbezüglich ist Tina anderer Meinung. Doch als sie ihren Schatz halbwegs normal atmen hört, wenn auch nur durch den Mund und nach wie vor sehr angestrengt, kann sie sich ein wenig entspannen. Weit genug, um wenigstens annähernd einen klaren Gedanken zu fassen.

Die Situation ist bescheiden und sie die Einzige, die sie beide daraus befreien kann.

Dass sie damit sogar verdammt recht hat, wird ihr in der nächsten Minute bewiesen. Denn da packt Robin die leblose Gestalt und verfrachtet sie zu einem der Durchgänge, die von der riesigen Halle abgehen.

Tina hört ein Türenschlagen und zuckt zusammen, bevor sie ihre Chance erkennt, und den Blick durch den von ihr sichtbaren Teil des Hauses schweifen lässt.

Das mit dem Denken funktioniert heute nicht so schnell wie üblich.

Dann erst macht sie die Eingangstür aus, und es dauert noch einmal drei Atemzüge, bevor sie sich auch erfolgreich in Bewegung setzen kann.

Ihr Ziel zu erreichen ist leicht, nur leider stellt sich das Öffnen als nicht ganz so praktikabel heraus. Nicht mit auf dem Rücken gefesselten Händen und bei einem so schweren Teil.

Dennoch versucht sie es mit dem Kinn, heult dabei nur noch lauter, weil es nicht gelingen will, und hebt alle paar Sekunden lauschend den Kopf, um seine Rückkehr nicht zu verpassen.

Als sie einsieht, dass ihr Kampf gegen das Monstrum von Tür nicht positiv für sie entschieden werden kann, reagiert sie erstaunlich geistesgegenwärtig und eilt zu der Stelle zurück, an der Carter sie zurückgelassen hatte.

Genau rechtzeitig, um ihm entgegenzusehen, als er wieder die Halle betritt. Dabei klacken seine Absätze auf dem glatten Boden und erzeugen ein gruseliges Echo.

Sein Lächeln wirkt aufrichtig und keineswegs zornig. »So, das wäre erledigt! Was genau ich mit ihm anstelle, werde ich mir überlegen, wenn wir uns ein bisschen unterhalten haben.«

Damit hat er Tina erreicht, legt freundschaftlich seinen Arm um ihre Schulter und führt sie zu einer der Türen.

Tina folgt ihm ohne Gegenwehr, schließt im Gehen die Augen und beschwört sich, *nicht* die Nerven zu verlieren.

Also, nicht noch mehr!

19. Cassy

»Da stimmt was nicht!«

Sie sagt es in jenem Ton, der keinen Widerspruch duldet. Und normalerweise funktioniert das auch, besonders bei Gabe. Nur nicht heute ... weil er eben sauer ist.

»Was?«, erkundigt er sich genervt. »Seit Wochen ist sie keine Nacht zu Hause gewesen, ich schätze, wenn wir aufgewacht sind, hat sie sich schnell in ihr Bett geschmissen und die Decke bis ans Kinn gezogen, damit wir von ihrer Scheiße nichts mitbekommen.« Er hält inne und zieht die Stirn kraus. »Warum klinge ich gerade wie mein gottverdammter Vater?«

Sie sitzen gemeinsam auf dem Sofa und Cassy wird mit jeder Sekunde unruhiger. »Das ist anders! Wir hatten uns zum Lunch verabredet, aber sie war nicht da. Ich dachte, sie wäre zu müde gewesen und heimgegangen. Aber hier ist sie auch nicht!«

»Wär natürlich möglich, dass sie das in der Zwischenzeit getan hat und schon wieder weg war. Ich meine, sie hat zwei Lover, da dürfte sie hin und wieder Terminschwierigkeiten haben.«

»Erstens!«, erwidert Cassy mit all der Würde, die sie in Vertretung ihrer Freundin aufbringen kann. »Sind das nicht ihre Lover, sondern die *möglichen* Lover, was ein Unterschied ist.«

»... sagt sie ...«

»*Weiß* ich, sie lügt mich nicht an.« Auf Gabes schallendes Lachen geht Cassy erst recht nicht ein, auch wenn sich ihre Wangen ein wenig rot färben. Nur ein wenig. »Sie wäre nicht einfach gegangen, ohne mir Bescheid zu sagen. Dieser widerliche Dozent war nicht da und dieser andere Typ auch nicht.«

Seufzend reibt Gabe sich das Gesicht – die durchwachte Nacht macht ihm schwer zu schaffen. Dann nimmt er sie an den Schultern und betrachtet sie so ernst, dass Cassy wieder mal dahinzuschmelzen droht. Das schafft er *immer!* Gabe muss sie nur auf diese ganz besondere Art ansehen, schon ist Cassy verloren. Im Normalfall würde es ihm auch heute gelingen, doch hier geht es um Tina. Und ihre Intuition sagt ihr, dass es eine Katastrophe gegeben hat. Mehr weiß sie nicht, doch das genügt, um zu wissen, dass sie etwas unternehmen müssen.

IRGENDWAS!

Ungeduldig lauscht sie Gabes fruchtlosem Beruhigungsgeschwafel. »... ich wette mit dir, dass sie sich erst schlafen gelegt haben wird, dann wird sie sich mit diesem verkappten Professor getroffen haben, und dann mit diesem Idioten.«

»Ob der ein Idiot ist, steht noch gar nicht fest«, erwidert sie und schiebt entschlossen seine Hände von sich. »Die einzige Idiotin, die ich hier ausmachen kann, ist Tina, und das weiß sie selbst am besten. Dieser Professor ist auch keiner, den halte ich nur für nicht ganz sauber. Und das wusste ich schon, *bevor* sie mir erzählt hat, was abgegangen ist. Gabe ... sie hat Scheiße gebaut! Und der Typ macht auf mich echt nicht den Eindruck, als würde er mit sich Scheiße bauen *lassen!*«

»Und was meinst du, ist passiert?« Sehr überzeugt klingt er nicht, aber wenigstens hört er zu, was Cassys Hoffnung wieder steigen lässt.

»Ich denke ...« Ratlos starrt sie in die Luft. »Ich denke ... Also, es wäre doch möglich ...« Unwirsch sieht sie ihren Freund an. »Ich weiß nicht genau, was passiert sein kann, nur dass es eingetroffen ist, verdammt!«

»Sie wird mit dem noch nicht feststehenden Idioten am Strand sein, wie immer«, erwidert er müde und ein klitzekleines bisschen genervt.

Auch Cassy ist erschöpft, auch sie hat die ganze Nacht in Furcht um ihre beste Freundin gelebt. Auch sie will Tina gern schütteln – hat das heute Morgen sogar bereits ansatzweise getan, doch sie *weiß* einfach, dass es diesmal eben nicht so einfach ist.

Und deshalb überlegt sie für einen langen Moment, bevor sie plötzlich aufsteht.

»Okay, dann gehen wir sie dort suchen!«

* * *

Gabe ist absolut nicht begeistert.

Doch weil er darüber hinaus der Mann ist, den Cassy liebt und diesmal zu Recht, brummt er zwar, flucht auch ein bisschen, rappelt sich dann jedoch auf und latscht mit ihr die gut drei Kilometer hinab zum Strand.

Leer ist dieser nicht, denn die Uhr zeigt gerade mal kurz nach zehn, was die beste Strand-Party-Zeit darstellt.

Ein großes Feuer wurde am gewohnten Platz entzündet, die üblichen Gesichter haben darum einen Kreis gebildet und lassen etliche Flaschen herumgehen.

Vereinzelt macht man die signifikanten Schatten der Paare aus, die sich bereits gefunden hatten oder das am heutigen Abend besiegelt haben und dieses Freudenfest gebührend feiern wollen.

Mit Sex.

Doch so sehr sie auch suchen, sie finden weder Tina noch diesen Idioten, der Cassys großer Hoffnung nach überhaupt keiner ist. Sie hat ihn stets nur flüchtig gesehen, mit Ausnahme dieses verschwommenen Fotos. Doch wenn man Tinas Schilderungen auch nur ansatzweise glauben kann, dann ist er ein Traum – genau wie Gabe. Und sie bezieht sich in beiden Fällen nicht unbedingt auf das Äußere.

Allein, dass er auf Tina aufgepasst hat, und zwar, ohne Gegenleistung zu fordern, macht ihn in ihren Augen zu einem wirklich edlen Menschen.

Nur ist der leider nicht anwesend.

Als sie wieder auf die beleuchtete Straße treten, mustern sich die beiden ratlos. Und auch Gabe wirkt nicht mehr ganz so lässig wie noch eine Stunde zuvor. Obwohl er nicht müde wird, nach logischen Erklärungen für Tinas Fehlen zu suchen.

»Sie wird mit diesem verkappten Professor zusammen sein. Und wenn du recht hast, dann ist ER nicht weit.«

Ja, es wäre natürlich eine Möglichkeit, doch Cassy hat echte Schwierigkeiten, sich mit diesem Gedanken anzufreunden. Tina war heute Morgen entschlossen, dem ein Ende zu setzen. Sie wollte zu diesem Robin Carter gehen und ihn ins Bild setzen. So was dauert keine Stunden, wie Cassy aus Erfahrung weiß, eher ist es eine Sache von wenigen Sekunden ... sofern man will.

Bevor sie etwas anderes tut, versucht sie noch einmal, ihre Freundin telefonisch zu erreichen, erwischt jedoch wieder nur die Mailbox.

Was nun?

Simple Plan?

Nein, da sind weder dieser Carter noch der ominöse Unbekannte sehr häufig anzutreffen.

Was dann?

Während sie den Blick in Gabes Gesicht strikt meidet, geht sie die verbliebenen Optionen durch – viele sind es ohnehin nicht. Im Grunde existiert nur noch eine und diese erscheint ihr in vielerlei Hinsicht ziemlich gewagt.

Deshalb prüft sie sich auch noch einmal ausgiebig, bevor sie ihren halb ausgegorenen Plan an den entnervten Gabe bringt. Wie sicher ist sie? Was sagt ihr der Kopf, was das Herz?

Als sie alles noch einmal gründlich abgecheckt hat und zum gleichen Ergebnis gekommen ist, mustert sie ihren Freund entschlossen.

»Es gibt nur einen, den wir wegen dieser vertrackten Sache anquatschen können!«

* * *

Gesagt, getan.

Als Cassy ihren sagenhaften Entschluss faste, ahnte sie nicht, dass ihnen eine Odyssee bevorstehen würde.

Am Tag mag es kein Problem sein, diesen riesenhaften Dozenten zu finden. Irgendwie scheint er immer an drei Orten gleichzeitig auf dem Campus zu weilen. Doch inzwischen ist der Abend weit fortgeschritten und dieser Typ tatsächlich nach Hause gegangen.

So ein Mist!

Denn ... wo *ist* denn sein Zuhause?

Wenig später hetzen sie durch dunkle Flure zu seinem Büro, das selbstverständlich verschlossen ist. Auf dem daran angebrachten Schild stehen nur seine Sprechzeiten, neben einer drohend geballten Faust und einem Totenkopf:

Zuwiderhandlungen werden mit dem Tode bestraft!

Na ja, darauf kann sie momentan keine Rücksicht nehmen. Denn je mehr Zeit ins Land geht, desto panischer wird Cassy.

Gabe nicht, der wird nur müder, doch auch, als sie zu dem Büro dieser Pepper King rennen, sagt er noch nichts. Hier empfängt sie auf dem Schild keine Drohung, nur leider auch keine Adresse, weshalb ihr nächster Weg dem Büro der Univerwaltung gilt.

Und sie werden insofern fündig, weil selbst um diese späte Stunde tatsächlich jemand anwesend ist.

Mrs. Hempsher – das Urgestein dieser elitären Institution – sieht auf, als Cassy nach knappem Klopfen in den Raum stürmt. Mit gezierter Geste rückt sie ihre Brille zurecht. »Die Sprechzeiten sind lange vorbei, Kindchen. Kommen Sie morgen wieder!«

»Ma´am ...« Cassy macht sich nicht die Mühe, besonders diplomatisch vorzugehen. »Wir brauchen dringend Professor Harrisons Adresse! Könnten Sie die bitte raussuchen?«

Das zerfurchte Gesicht zeigt tatsächlich so was wie totale Verblüffung, und dann verziehen sich all die tausenden Falten. Lange Zeit weiß man nicht, was dabei rauskommen wird, weshalb Cassy echte Hoffnung hat. Nun, bis es eine jämmerliche Fratze geworden ist und das Ding, das noch vor Kurzem die eigentlich recht normale Mrs. Hempsher war, giftig zischt. »Raus!«

»Aber ...«

»GEHEN SIE SOFORT!«, kreischt die Hexe, was Cassy wirklich umwirft. Denn diese Reaktion ist ein bisschen zu herb – alles in allem genommen. »Ihr Bastarde habt gedacht, Hilde wäre dumm, oder? Ihr glaubt, ich lasse mich von euch an der Nase herumführen! Aber das hat seit 25 Jahren keiner mehr geschafft.« Sie hat sich von ihrem Stuhl erhoben und ihr gebieterischer Finger deutet zur Tür, während ihre Lippen ein wenig beben.

Cassy ist nicht sicher, aber sie hat den Eindruck, so was wie Hass hinter den dicken Gläsern auszumachen. Vielleicht ist die Tante einfach schon zu lange hier tätig, wäre ja immerhin möglich, oder?

Beschwichtigend hebt sie die Hände. »Hören Sie, ich ...«

»RAUS!«

Schrill gekreischt und inzwischen mit einem leicht hysterischen Unterton versehen. Cassys Miene verhärtet sich und sie verschränkt die Arme. Ehrlich, was soll der Scheiß? Doch bevor sie mit der Debatte beginnen kann, wird sie an den Schultern gepackt und aus dem Hexenzimmer befördert. »Schönen Abend noch, Ma′am!«, wirft Gabe in den Raum, bevor er die Tür von außen schließt.

»Da kommst du nicht weiter«, erklärt er knapp. »Die ist dafür bekannt, nicht mehr durchzublicken. Man munkelt, sie sei bei einem Irrenarzt in Behandlung, oder so.«

»Super, dass du mir das jetzt sagst«, stöhnt Cassy. »Und was nun?«

»Nun gehen wir die Sache auf meine Art an!«

* * *

Keine seiner schlechteren Ideen, wie Cassy eine Stunde später neidlos anerkennt. Gabe hat nämlich den einzigen Ort aufgesucht, an dem man an alle Informationen den Campus betreffend kommt, weil dort die lebende Litfaßsäule agiert:

Das *Simple Plan.*

Es hat zwar ein bisschen Überredungskünste gekostet und einen Zwanziger zusätzlich, doch schließlich rückt Vincent mit der heiligen Info raus.

»Aber das habt ihr nicht von mir!«, werden sie danach noch eindringlich belehrt.

»Alles klar, Chef!« Gabe tippt sich an die imaginäre Mütze, bevor er Cassy durch die trinkenden und feiernden Massen hinauszieht.

Wieder auf der Straße nimmt er sie erneut an den Schultern und sieht sie ernst an. »Cassy, das kann unser Untergang sein, das ist dir klar, ja? Der Typ ist groß, ein Vieh, und jeder weiß, dass er alle Studenten hasst. Wenn wir ihn um diese Uhrzeit stören, wird er uns höchstwahrscheinlich gekillt haben, bevor wir überhaupt erklären können, worum es geht. Und selbst wenn wir so weit kommen, ist echt fraglich, ob der sich auf den Weg macht. Aufgrund einer Ahnung ...«

Cassys Mundwinkel zucken. »Ich glaub, da weiß ich ein bisschen mehr als du«, erwidert sie leichthin, nimmt seine Hand und zieht ihn mit sich.

* * *

Harrison wohnt in einem der Dreistöcker am Ende des Campus, weshalb sie mit Gabes Wagen die nächste Wegstrecke ihrer Odyssee zurücklegen.

Als sie vor der Tür stehen, auf der geschrieben steht:

... spürt sie doch noch die Aufregung zurückkehren, aber Cassy hat nicht vor, wieder zu kneifen. Bevor sie es erneut überdenken und diesmal vielleicht zu einem anderen Schluss gelangen kann, hat sie bereits den unscheinbaren weißen Knopf betätigt.

Allein das Schellen, das nämlich nicht etwa ein mieses Quäken darstellt, sondern den signifikanten Ausschnitt aus Beethovens Fünfter, erzeugt einen grausamen Schauder, der sich langsam von ihrem Genick aus ihren Rücken hinabarbeitet.

Gabe ergeht es wohl ähnlich, denn er stöhnt resigniert auf.

Es dauert lange, bevor Schritte hinter der Tür ertönen und kurz darauf stehen sie vor einem Riesen mit wütend funkelnden Augen, der sich linkisch ein Handtuch um die Hüften geschwungen hat. Am Rest seines Körpers klebt haufenweise rosa glitzernder, knisternder Badeschaum.

»Egal, wer es ist, ich hoffe, jemand ist gestorben, ansonsten wird das innerhalb der nächsten Sekunden nachgeholt!«

Erst dann erkennt er Cassy und runzelt die Stirn. »Oh, du bist es! Was ist passiert? Bleibt dir dieser Brillenheini doch nicht von der Pelle?«

Einhunderttausend Steine fallen ihr vom Herzen. Und Gabe, obwohl er es niemals zugeben würde, atmet ebenfalls auf, darauf würde sie ihren Hintern verwetten.

Auch wenn der Professor garantiert etwas anderes vorgehabt hat, bittet er sie hinein.

»Wartet einen Moment«, meint er, nachdem sie in dem hübschen, sehr geschmackvoll eingerichteten, aber recht kleinen Wohnzimmer sitzen, und verlässt den Raum, wobei er sein Handtuch eher beiläufig am Fallen hindert.

»Baby«, brüllt es in der nächsten Sekunde so laut im Flur, dass die Wände wackeln. »Du musst auftauchen, wir haben Besuch!«

Es vergehen fünf Minuten, in denen Gabe und Cassy sich krampfhaft an den Händen halten. Dann erscheint der Riese wieder, jetzt mit Jogginghose und T-Shirt gekleidet. Hinter ihm folgt die zierliche Miss King, die sich rasch ein Sweatshirt und Jeans übergeworfen hat. Allerdings erzählt ihr verräterisch nasses Haar, dass sie vor einigen Minuten wohl noch in der Wanne gesessen hat.

Mit rosa Badeschaum und dem Riesen.

»Hey!«, begrüßt sie Cassy aufgeräumt und keineswegs sauer. »Was ist los?«

* * *

Okay, genau das zu erzählen, gestaltet sich etwas schwierig. Mit jedem Wort, das Cassy von sich gibt, erscheint ihr die gesamte Geschichte etwas mehr an den Haaren herbeigezogen. Was noch wenige Minuten zuvor von unumstößlicher Logik geprägt war, macht sich jetzt wie das hysterische Gekreische eines Mädchens aus, das einen dieser blutrünstigen Thriller zu viel gesehen hat. Das hat zur Folge, dass sie immer vorsichtiger artikuliert, immer öfter mit weiten Wahrscheinlichkeiten hantiert und dabei stetig kleinlauter klingt.

Gabe – der feige Hund – sitzt neben ihr und verliert kein

einziges Wort.

Allerdings bleibt jede entnervte Reaktion des Dozentenpaars aus – das momentan eher wie zwei Typen wirkt, die gerade vom Lagerfeuer am Strand gekommen sind. Und erschossen werden Cassy und Gabe auch nicht.

Nur Pepper Kings Miene verdüstert sich mit jeder vergehenden Sekunde etwas mehr. Zum ersten Mal, seitdem Cassy ihn kennt, wirkt Harrison weder locker noch lässig und schon gar nicht witzig bis bedrohlich.

Als sie beim besten Willen nichts mehr sagen kann, verstummt Cassy. Zu erzählen hätte sie noch jede Menge, nur erscheint ihr nichts davon derzeit ratsam. Ihre Hand schlingt sich etwas fester um Gabes und dann betrachten die beiden stumm das ihnen gegenübersitzende Paar.

Es dauert eine Weile, bevor Pepper ihren Freund/Lebensgefährten/Wannenpartner ansieht, und als sie spricht, klingt sie sehr leise und resigniert. »Ich habe mich also nicht geirrt.«

Er betrachtet sie eilig. »Nun mal ganz ruhig, überhaupt nichts ist gesagt! Bisher wissen wir nur, dass dieses Mädchen verschwunden ist, Carter sich in unbefristeten Urlaub verzogen hat und Nik auch nicht auffindbar ist.«

»Wer?« Cassy ist mit der Frage herausgeplatzt, bevor sie das Grauen bezüglich der anderen Informationen einholen und sie sich alles andere anhand ihrer Kombinationsgabe herholen kann.

»Nik ... der Indianerjunge«, erklärt Chase dennoch und nicht die Spur eines Lächelns verziert seinen sonst immer lächelnden Mund. Dann sieht er wieder zu seiner Frau/Freundin/Schaumbadpartnerin. »Ich kenne seine Nummer. Moment, das haben wir gleich!«

»NEIN!«, brüllt Cassy, bevor sie auch nur ahnen kann, dass sie etwas Derartiges vorhat. »Sie können ihn doch nicht einfach kontaktieren! Dann weiß er doch, dass wir ihm auf die verdammten Schliche gekommen sind!«

Jetzt gibt es kein Halten mehr, auch Gabe, der noch versucht, sie an der Hand zurückzuziehen, scheitert. Cassy windet sich einfach aus seinem Griff und steht. »Tun Sie das nicht! Ich wusste es von Anfang an!« Ihr flammender Blick trifft Pepper. »Sie doch auch, oder?«

»Bullshit, ich rufe doch nicht Carter an!«, ist alles, was Chase dazu zu vermelden hat, bevor er sein Handy holt.

* * *

Nach ein paar Sekunden ist auch der zuletzt aufgekeimte Hoffnungsschimmer restlos vernichtet. »Es meldet sich niemand. Aber das Teil ist eingeschaltet, wir könnten es orten lassen«, überlegt er. »Ich müsste ein bisschen tricksen.«

»Dann machen Sie das!«, erwidert Cassy so barsch, dass ihr spätestens jetzt das Herz vor lauter Schreck stehen bleibt. Doch Chase scheint es nicht mal zu bemerken. Er mustert sie grübelnd. »Wenn du dich irrst, dann ...«

»Sie irrt sich nicht!« Peppers Stimme klingt mit einem Mal verdammt fest. »Ich hatte bei ihm sofort dieses miese Gefühl und ich bleibe dabei! Und es wäre wirklich hilfreich, wenn wir uns *endlich* überlegen würden, was zu tun ist. Als Allererstes wirst du jetzt den Standpunkt orten lassen!«

Es ist eine für Gabe und Cassy interessante Erfahrung, dass seitens des sonst so extrem arroganten Riesen nicht der Hauch eines Widerspruchs erfolgt. Langsam begreift Cassy, dass sie die Sache mit ihm und den Studentinnen, Putzfrauen,

Schreibkräften und diesen Frauen, die in der Mensa arbeiten, vielleicht etwas falsch eingeschätzt hat. Der Typ steht trotz seiner Größe *derart* unter dem Pantoffel der brünetten Schönheit, dass er ihr fast leidtun könnte.

HOLLA!

Interessanterweise gefällt ihr, was sie sieht.

Allerdings sind das nur flüchtige, kaum ausgegorene Nebengedanken, denn jetzt wird es tatsächlich geschäftig.

Fünf Minuten später wissen sie, dass Nik den Bundesstaat verlassen hat, und irgendwo in der – um mit Chase´ Worten zu sprechen – Pampa gelandet ist. Spätestens jetzt wirkt auch Letzterer nicht mehr zweifelnd.

»Die Cops«, sagt er als Nächstes.

»NEIN!«, brüllen die Frauen wie aus einer Kehle. Pepper erholt sich als Erstes vom jüngsten Schock. »Du weißt doch nicht, ob der Irre eine Waffe hat!«

Chase richtet sich zu beängstigender Höhe auf und lässt seinen flammenden Blick über die kleine Versammlung schweifen. »Jetzt hört mir mal alle zu! Wir sind hier NICHT in einem billigen Thriller oder Horrorschinken! Ich kenne Carter, der besitzt garantiert keine Waffe, das ist nicht sein Stil. Also werdet bitte NICHT hysterisch!«

Anstatt breiter Zustimmung antworten ihm leider nur zweifelnde Gesichter.

Entnervt verdreht er die Augen, bevor er sich resigniert über das Gesicht fährt. Dann sieht er auf. »Gut! Gabe und ich fahren los, ihr versucht währenddessen immer wieder, diesen kleinen Hanfschmock ans Handy zu bekommen. Der wird ja wohl Auskunft ert...«

»Du glaubst doch wohl nicht, dass ich hierbleibe!« Dieser empörte Ausruf entstammt wiederum zwei Mündern. Peppers ist an Chase, Cassys an Gabe gerichtet, und in beiden Augen glimmt identisch die Aufregung.

Cassy kann sie nicht zurückhalten. Klar, hier sind Leute in Gefahr, unter ihnen befindet sich jemand, der ihr verdammt viel bedeutet und sie ist bereit, alles zu tun, um ihre Freundin zu retten. Aber Fakt ist doch auch: Die Nummer ist sogar *extrem* actionlastig. Sie wird sich kaum in dem langweiligen Appartement verziehen und Telefondienst abhalten, während die beiden Männer ihr Leben riskieren, um die Geiseln zu befreien und dabei jede Menge Spaß haben!

»Ihr habt den Verstand verloren!«, dröhnt Chase.

»Cassy, ich werde dich garantiert nicht mitnehmen!«, grollt Gabe – beide Männer stehen inzwischen. Nun, die Frauen auch und die wirken trotz Grollen, Knurren, imposantem Gehabe und sonstiger Testosteron gesteuerter Drohgebärden ziemlich unbeeindruckt.

Pepper sieht zu Cassy und mustert deren kurzen Rock. »Du kannst eine Jeans von mir haben. Komm mit, wir ziehen uns um!« Bevor sie jedoch den Raum verlassen, dreht sie sich noch mal um. Peppers drohender Blick wirkt um einiges angsteinflößender, als es Chase´ jemals sein könnte. »Wagt euch, allein zu fahren, und ich finde und töte euch. *Bestialisch!«*

Damit bedenkt sie Cassy mit einem knappen Nicken und geht.

Die folgt ihr mit breitem Grinsen und beschließt, wenn irgend möglich, demnächst häufiger Zeit mit dieser Frau zu verbringen, die außerhalb der Uni so normal und ungezwungen wirkt.

Denn an der Männerfront kann die ihr anscheinend noch viel beibringen.

* * *

Es hilft kein Zetern, grollendes Gebrüll oder was sich die beiden Männer während der kurzen Abwesenheit sonst noch so einfallen lassen.

Nur dreißig Minuten später sitzen sie in dem schicken Cabriolet. Es hat deshalb eine halbe Stunde gedauert, weil Cassy und Pepper übereinstimmend der Ansicht sind, dass es keinen Grund gibt, derangiert auf die Straße zu gehen. Oder anders ausgedrückt: Sie haben sich für die bevorstehende Befreiungsaktion bestens gestylt. Was ihnen die bewundernden Blicke ihrer Männer eingebracht hat ... flüchtig, bevor die entnervt das Gesicht verzogen.

»Aber ...«, versichert Pepper Cassy – ihnen wurde vom wütenden Chase der Platz auf der Rückbank des Cabriolets zugewiesen. »Du siehst, es ist halt wichtig. Die wirken vielleicht ein bisschen sauer und überheblich bis arrogant, aber heimlich freuen sie sich.«

Sagt es und drückt wieder die Wahlwiederholung, denn sie versucht währenddessen pausenlos, diesen Nik zu erreichen. Niemand in diesem Wagen, mit Ausnahme von Chase, hat auch nur annähernd eine Ahnung, wer er eigentlich ist. Auch wenn es wohl kaum einen Studenten gibt, über den in letzter Zeit unter diesen vier Personen mehr gesprochen wurde.

* * *

Zwei Stunden später – inzwischen ist es tiefste Nacht – überfahren sie die Staatsgrenze und halten an der nächsten Tankstelle. Die Frauen müssen pinkeln und die Männer sich die Beine vertreten (also auch pinkeln). Außerdem brauchen sie Verpflegung. Dieser Einwand stammt wieder ausschließlich von den Frauen.

»Klar«, knurrt Chase, als sie wieder sitzen. »Wenn schon Action, dann mit Popcorn und Coke.«

Pepper hält inne, bevor sie sich das aktuelle Stück gepoppten Mais in den Mund wirft. »Ich hätte auch Chips genommen, Darling.«

Eine Antwort erfolgt nicht, was jedoch Peppers vergnügte Stimmung keineswegs schmälert.

Bevor Chase den Motor starten kann, ertönt ein Geräusch in dem großen Wagen, mit dem keiner der Anwesenden noch gerechnet hat.

Dabei ist es im Grunde ganz harmlos: das Summen eines Handys.

Nachdem sie apokalyptische Blicke gewechselt haben, nestelt jeder nach seinem Gerät. »Es ist meins«, verkündet Chase ohne besondere Betonung, und auch sein Gesicht drückt nicht die geringste Emotion aus.

Allerdings stellt er den Anruf auf Freisprechen, sodass alle mithören können.

Es ertönt eine Stimme, die so scheiße klingt, dass die Frauen zunächst das Gesicht verziehen. Der Teilnehmer am anderen Ende leidet wohl unter einer chronisch verstopften Nase, und von ordentlicher Artikulation hat er offenbar auch noch nie was gehört.

»Bischd DU ed? DU MUSCHD gomm!«

»Wo bist du?«, erkundigt Chase sich konzentriert. Ihn

scheint weder Aussprache noch Färbung dieser seltsamen Stimme zu verwundern.

»Geid Ahng. WUCKHAUD ... idegwo ... GBD ...«

»Ja, das haben wir schon gemacht und befinden uns auf dem Weg. Ist jemand verletzt, außer dir?«

»`Ida eds ud ...« Ein trockenes Kichern ertönt. »Kay, ads ich die dah ...«

»Wann war das?«

Ein Poltern und ein mörderisches Fluchen ertönt, dann kommt die Stimme wieder näher. »Geid Ahdg ... bar wed.«

»Okay ... ist er bewaffnet?«

»Ger Pidda? Geid.«

»Können wir ohne Probleme die Cops rufen?«

»GEID! Er gad ´IDA!«

Chase stöhnt. »Okay. Wir kommen so schnell wie möglich, in Ordnung? Halt durch!«

Das wird wieder mit diesem seltsamen Kichern beantwortet und dann ist die Verbindung tot. Alle starren sich an. »Ich hab kein Wort verstanden«, beichtet Cassy, als das Schweigen langsam beängstigende Formen annimmt.

»Er ist irgendwo in einem Haus, wir sollen ihn über GPS orten, Tina geht es so weit gut, jedenfalls, als er sie zuletzt sah, was jedoch schon eine Weile zurückliegt, weil er weggetreten war. Carter ist unbewaffnet, aber gefährlich, denn er hält das Mädchen in seiner Gewalt. Das heißt, wir können nicht einfach die Cops rufen.« Er zuckt mit den Schultern. »War doch alles klar verständlich.«

Dieser Betrag wird mit fassungslosen Blicken honoriert, die Chase jedoch nicht zu bemerken scheint, denn er startet bereits den Motor.

»Wir haben noch über eine Stunde, bis wir da sind. In der Zwischenzeit können wir uns genau überlegen, wie wir vorgehen.«

»Und was, wenn wir zu langsam sind?« Cassy ist mittlerweile unnatürlich weiß und klingt darüber hinaus auch unnatürlich schrill.

»Du wolltest doch Action, Thrill und ein bisschen Horror«, wird sie trocken unterrichtet. »Jetzt hast du alles und auch noch auf einmal. Wir gucken uns das Haus an und rufen die Cops, sobald wir da sind. Was anderes fällt mir beim besten Willen nicht ein. Keiner von uns ist Rambo und wir können nicht wissen, was der Typ zu tun bereit ist. Ich habe ja nicht mal einen Schimmer, was er überhaupt will!«

Cassy fallen einhunderttausend Gegenargumente ein, von denen sie nach reiflicher Überlegung jedoch keines anbringt.

Denn der Riese hat recht.

Eines aber hat sie spätestens jetzt begriffen – so wie alle anderen in dem Wagen auch: Dies ist *kein* Spiel.

Bei Weitem nicht!

20. Nik

Es gibt Erfahrungen, die Nik am liebsten nie gemacht hätte. Jede Menge sogar, ohne jetzt zu heulen, oder so.

Aber das Gefühl, auf einem harten Kellerboden mit schmerzender Fresse, einer von getrocknetem Blut verstopften, gebrochenen Nase, zugeschwollenen Augen und immer noch mit auf den Rücken gefesselten Händen aufzuwachen, während einen der Durst fast killt – also ehrlich, auf diese Lektion hätte er gern dankend verzichtet.

Geweckt wurde er übrigens durch einen neuen Tritt in die Nieren ... aber das nur nebenbei.

Er hört ein leises, echt gemütliches Lachen, ein: »Was für ein dreckiger Haufen Scheiße!« und dann, wie zunächst eine nahe Tür geschlossen wird, und dann noch eine, die sich bedeutend weiter entfernt befindet.

Ewigkeiten hält er sich in dem Semibewusstsein und versucht dabei, sich erfolgreich einzureden, dass er nur einen besonders widerlichen Traum hat. Doch am Ende sind es seine menschlichen Bedürfnisse, die ihm einen Strich durch die wirklich geile Vorstellung machen.

Sprich: Er muss pinkeln.

Dringend!

Nik ist der sprichwörtliche Aussteiger, in manchen Augen mag er einen Penner darstellen, in anderen einen hoffnungslosen Kiffer und in den ganz bornierten sogar beides auf eine Person vereint. Aber es gibt Dinge, die ihm nicht mal im vollsten Cannabis-Rausch passieren können. Dazu gehört unbedingt, sich anzupinkeln.

Gleiches trifft auf den Zustand zu, wenn er so ziemlich zusammengeschlagen wurde, wie er gerade lernt.

Erst nach einer Weile kann er das an seine Ohren dringende verzweifelte und jämmerliche Stöhnen als sein eigenes zuordnen. Während er versucht, irgendwie auf seine Beine zu kommen, die sich verdammt schwach anfühlen.

Sein Kopf schmerzt bereits im Liegen, doch das ist nichts im Vergleich zu dem, was passiert, als er ihn versuchsweise hebt. Tausend Blitze eröffnen die Vorstellung, dicht gefolgt von waberndem, undurchsichtigem Nebel, der sekündlich an Schwärze zunimmt. Daneben erfasst ihn eine derartige Übelkeit, dass er zunächst, vor allem anderen, erst einmal ausgiebig kotzt.

Während er so würgt und nebenbei panisch versucht, durch den Mund zu atmen, schwört er sich noch mal, diesen Kerl zu killen. Nicht nur zusammenlegen, sondern töten.

Ganz einfach!

Als sein Magen nur noch widerlich bittere Galle von sich gibt, richtet er sich auf – stöhnt gleich noch mal – und schleppt sich in die hinterste Ecke des riesigen Kellergewölbes. Einmal mehr macht sich seine Sportlichkeit bezahlt, denn es gelingt ihm tatsächlich, den verdammten Reißverschluss seiner Hose mit den Lippen zu lösen. Blöd nur, dass die geschwollen sind und sein Rücken dabei fast endgültig draufgeht. Weshalb das Ganze nicht ohne jede Menge weiteres Ächzen und Stöhnen vonstattengeht. Als er endlich das Teil aufhat, sein bester Freund auch noch bereitwillig herausspringt, kann er wenigstens seine Blase leeren.

Dabei hält er die Augen geschlossen, wobei er die Lider nicht sehr weit senken muss. Faktisch sind sie momentan nur einen winzigen Schlitz auseinanderstehend und er will überhaupt nicht wissen, wie er derzeit aussieht.

Nächster Grund für die sofortige Exekution des Verursachers.

Sobald er fertig ist, versucht er, sein Gefängnis zu erkunden. Und verdammt, wie ein Kerker wirkt das Ganze nicht gerade. Im Gegenteil, dieser Idiot hat ihn in den Holzkeller verfrachtet oder so was, aber die Tür nicht verschlossen. Wahrscheinlich geht die Kanaille davon aus, ihn für die nächsten Stunden ins Reich der Träume befördert zu haben.

Kleiner Irrtum, trotz allem war Nik nie wacher. Das frische Adrenalin, begünstigt durch die grollende Wut in seinem Bauch, macht jede lange Ohnmacht unmöglich.

Fuck, wenn er jetzt noch an sein Gras herankommen würde ...

Leider befindet sich die Tüte in der Tasche seiner Hose. Hinten, im Grunde ruht seine Hand drauf, herausziehen wäre möglich, nur mit dem Drehen dürfte es einige Schwierigkeiten geben.

Trotzdem streicht er mit den Fingern begehrlich über den rauen Jeansstoff, fühlt jedoch nicht das nachgiebige Material der Tüte, die da unter Garantie ist, sondern etwas anderes.

Etwas Flaches, etwas ... Viereckiges ... etwas Verdorbenes ... die neueste Geißel der Menschheit ... neben der Kohle an sich ...

Nur ...

Möglicherweise die Rettung!

Ohhh, Nik gibt sich keine Sekunde, um über die Tatsache innerlich zu lamentieren, dass es dieses abgefuckte Ding sein soll, das ihnen hilft. Und noch schlimmer, dieser widerliche Dozent, der meint, ihn erpressen zu müssen.

Er hat nur deshalb den angebotenen Rausschmiss nicht sofort akzeptiert, weil er SIE nicht allein lassen konnte/wollte – was auch immer.

Es kostet ihn einige erhebliche Schmerzen. Der Schweiß steht ihm bald nicht nur auf der Stirn, sondern läuft in wahren Sturzbächen an seiner Schläfe hinab. Doch schließlich hat er das Teil tatsächlich erfolgreich, wenn auch mit zitternden Fingern (die werden langsam taub), aus der Tasche extrahiert.

Seine Tüte nicht, denn ihm fällt ein, dass er die nach dem Unfall bei diesem Harrison in die andere Tasche verfrachtet hat.

Scheiß Gedächtnis!

Als das Handy polternd zu Boden fällt, glaubt er für einen irren Moment, dass es das war. Und in der Dunkelheit ist er für eine atemlose Sekunde auch davon überzeugt, bis ihm aufgeht, dass es verkehrt herum gelandet ist.

Heilige Scheiße!

Für die kommenden Minuten versucht er mit den seltsamsten Stunts, das Teil umzudrehen und versagt jämmerlich. Seine Wut wird dadurch noch einmal kräftig geschürt. Irgendwann richtet er sich mit unglaublichen Schmerzen auf und schiebt das verdammte Teil mit der Fußspitze zur nächsten Wand, wobei er übrigens darauf achtet, dass es nicht die ist, an die er gerade gepinkelt hat.

Dann versucht er, das Ganze mit den Zehen anzukanten,

was auch nach dem zwanzigsten Versuch schon funktioniert. Sein Zorn befindet sich zu diesem Zeitpunkt ungefähr zwischen den Ohren.

Und dann muss er es nur noch auf den Rücken legen, was mittels Nasenspitze (Versuch eins, den er sofort wieder lässt, weil das wirklich scheiße wehtut) misslingt, bevor es Lippen und Zähne (tut auch weh, ist aber noch erträglich) zustande bringen.

Danach tippt er diesen verdammten Knopf an der Seite mit der Zunge an. Ehrlich, niemand wird jemals erfahren, wie beschissen er sich hier verrenkt hat. Dieses Wissen wird er mit ins Grab nehmen, es hat sich gerade zu den absoluten Top-Secret-Erinnerungen gesellt.

Nach einer Weile hat er das Scheißhandy endlich aktiviert, entsperrt es mittels Kinn und extrahiert dann die zweite der beiden Nummern, die das Teil ohnehin nur gespeichert hat.

»Und jetzt sei wach, du Sack!«, knurrt er, obwohl er weiß, dass er garantiert leer ausgehen wird.

Nun, wie es in letzter Zeit häufiger der Fall ist, irrt Nik ...

* * *

Als das Gespräch beendet ist und dies auch noch mit bemerkenswertem Erfolg, richtet er sich auf und sieht sich mit bedeutend mehr Interesse als zuvor um.

Ja, er befindet sich tatsächlich nur in einem kleinen Teil des Kellers. Die Tür bekommt er mit einigen peinlichen und vor allem qualvollen Verrenkungen auf und steht dann in dem, was man heutzutage wohl am ehesten als Wirtschaftsräume bezeichnet.

Da es ihm nur recht sein kann, wenn dieser Idiot hier runter kommt – diesmal wird er nämlich vorbereitet sein –, schaltet er überall das Licht ein und macht sich nicht die geringste Mühe, vielleicht leise vorzugehen.

Er findet eine Waschküche, inklusive Maschine und Trockner, daneben macht er eine gut bestückte Vorratskammer aus. Das Wasser läuft ihm im Mund zusammen, als er die Getränke und die Obstkonserven sieht, doch er geht eilig weiter. Keine Zeit, sich damit auseinanderzusetzen, der irre Schläger hat die Kleine da oben!

Und ehrlich, er wirkte nicht besonders zurechnungsfähig.

Als ihm aufgeht, dass er die gesamte Zeit richtig lag, wütet gleich wieder der Zorn in seinem Bauch, doch auch den würgt Nik mit aller Macht zurück. Denn neben dem Lagerraum hat er soeben eine mit allen Schikanen ausgestattete Heimwerkstatt ausgemacht. Das Ganze erinnert ihn derart an das Haus, in dem er während seiner Kindheit wohnen musste, dass ihm allein deshalb ein Schauder den Rücken hinabrieselt.

Das gut geordnete, bestens organisierte Heim der amerikanischen Oberschicht.

Eilig lässt er den Blick über die Utensilien wandern, bis er gefunden hat, wonach er sucht:

Nägel!

Nik hat in der Vergangenheit nicht viel gelernt, schon, weil er keinen besonderen Sinn darin sah. Doch als seine Vorliebe für Cannabis wuchs, ließ er sich von einem Penner aus L.A., von woher er ursprünglich stammt, zeigen, wie man sich aus Handschellen befreit. In der weisen Voraussicht, dass er über kurz oder lang mal in die Fänge der Cops geraten würde.

Ist er bisher zwar nicht, was ihn nicht unbedingt überrascht, sondern vielmehr enttäuscht. Dennoch kann er innerhalb von ein paar Sekunden die metallene Acht loswerden. Das eigentliche Problem ist es, zunächst an den verdammten Nagel zu gelangen, der sehr ordentlich in einer dieser dämlichen Kisten gelagert wird.

Er versucht es mit seinen geschwollenen Lippen, doch die lassen sich momentan nicht genügend beherrschen. Daher nimmt er schließlich wieder die Zähne, wobei die echte Schwierigkeit darin besteht, die verdammten geschwollenen Knutschlippen hochzuziehen.

Letzten Endes liegt ein unschuldiges Nägelchen auf dem Tisch und Nik muss nur noch ein paar weitere knochenbrechende Verrenkungen vollführen, um das Teil in seine Finger zu bekommen. Dabei geht unendlich viel Zeit drauf, von seinen Schmerzen mal ganz abgesehen. Weshalb er die gesamte Tortur wieder mit jeder Menge Stöhnen und Jammern begleitet. Doch er ist viel zu konzentriert, um sich darüber Gedanken zu machen.

Heftig atmet er durch den Mund, die Nase ist inzwischen hoffnungslos zugeschwollen und seine Augen jeweils um die 1 Komma 2 Millimeter geöffnet. Der Schweiß tritt ihm erneut auf die Stirn und tropft tatsächlich in die verdammten Augen, während er, ohne hinsehen zu können, mit den gefesselten Fingern auf diesem Tisch herumtastet.

Dass er das Teil beim ersten Versuch greifen kann, betrachtet er für die bisher beste Botschaft des Tages. Und das Folgende geht dann überraschend schnell.

Nur wenige Sekunden später hat er endlich wieder funktionstüchtige Hände. Er freut sich genau zwei Herzschläge lang darüber, schließt endlich seine verdammte Hose und stürzt in die Vorratskammer, wo er eine Wasserflasche auf ex kippt.

Dabei droht er fast zu ersticken, doch das ist ihm egal. Nie zuvor – ehrlich nie – war er so durstig.

Und dann macht er sich endlich an die Erkundung des restlichen, ihm noch unbekannten Terrains ...

21. Tina

»Ich bin mir wirklich nicht sicher«, murmelt er, während sie gemeinsam in irgendeinem riesigen Raum auf irgendeiner riesigen Couch sitzen. Ein Arm liegt lässig um ihre Schulter und die Hand berührt ihre vom Heulen erhitzte Wange.

Die Tränen sind immer noch nicht vollständig verschwunden. Dann und wann wird sie von einem heftigen Schluchzen heimgesucht, das Robin allerdings nicht zu bemerken scheint.

Tina hat versucht, sich mit dieser bizarren Situation auseinanderzusetzen, stößt aber auf dichte Widerstände in ihrem Kopf.

Manchmal ist man zu eingefahren in der Normalität des Daseins und den Dingen, die erlaubt sind, weshalb sich das Gehirn strikt zu akzeptieren weigert, dass sich die Zeiten von jetzt auf gleich geändert haben.

Gerade befindet sich Tina innerhalb eines solchen Chaos. Verzweifelt bemüht sie sich, zu erfassen, was um Himmels willen dieser seltsame Mann vorhat! Während ein Teil von ihr immer noch anhaltend versucht, ihr die dümmsten Unwahrheiten aufzutischen.

Selbstschutz – vermutet sie.

Hey, er hat ein bisschen überreagiert, aber das ist auch kein Wunder, oder? Ich mein, überleg dir mal, was CHRISTIAN getan hätte! STELL DIR DAS MAL VOR!

Öh, ehrlich, darauf kann sie verzichten.

ODER EDWARD.

Okay, der hätte Vampir-Harakiri begangen ... oder Bella entführt, klar. Aber er hätte Jakob nicht ...

Moment mal!

Ist ihr *Beautiful Sky*, der gerade an irgendeinen geheimen Ort in dem dichten Gemäuer verschleppt wurde und wahrscheinlich mit seinem Leben ringt, ihr Jacob?

HA!

Nein, ist er nicht!

Aber hey, Baby, du solltest zum Ursprung dieser kleinen internen Auseinandersetzung zurückkehren. Was er für dich ist, können wir doch später klären, richtig?

Richtig! Kaum gedacht, strafft sie sich ein wenig und versucht angestrengter, diesen streichelnden Daumen auf ihrer Wange zu vergessen.

Klappt nur nicht!

Warum hat sie nie zuvor den Versuch unternommen, eine abgebrühte Bitch zu werden? Eine Superagentin? Ein weiblicher James Bond, ach, besser, ein weiblicher Spiderman, Catwoman, Mann! Wie einfach würde ihr jetzt alles fallen. Der Typ wäre längst gefesselt!

Er rückt näher, dreht sie zur Seite und Tina bemerkt aufatmend, dass er endlich diese verdammten Handschellen löst, wobei er geschickt das Telefon aus ihrer Hosentasche fischt. Es kann Tina nicht sehr überraschen, damit hat sie schon vor Stunden gerechnet.

»Ich will dir nichts Böses«, sagt er dabei bestimmt und mit

der üblichen samtweichen Stimme, die so grausam vertraut klingt. Wenn auch nicht mehr sexy, so lässt sie dennoch ein heimisches, warmes Klingen in ihrem Bauch ertönen. Das Gefühl der Sicherheit, das er ihr für einige Wochen vermittelt hat.

Doch kaum läuft sie Gefahr, sich darin zu sonnen, erkennt sie, dass er genau diese Reaktion erreichen will. *Er* will sie einlullen und damit erreichen, was auch immer er sich in seinem kranken Hirn ausgemalt hat.

Und sie hat es gewusst, nicht wahr, Tina?

Du wusstest es von Anfang an, denn er benahm sich für keine Sekunde normal. Also sei wenigstens jetzt wach!

Mit einiger Genugtuung registriert sie, dass diesmal nicht der Hasenfuß gewinnt, sondern der andere Teil in ihr, der energische, der selbstbewusste.

Sehr gut.

Sobald sie frei sind, nimmt sie ihre Hände nach vorn und reibt sich die Gelenke. Nicht unbedingt, weil sie will, sondern weil das nun mal die international patentierte Geste ist, sobald man entfesselt wurde. Das sieht man in jedem zweiten Film und Tina will die Tradition nicht brechen. Wenigstens diese nicht.

Robins Blick liegt jetzt auf ihrem Mund und seine Hand stiehlt sich unter ihr Kinn. »Ich gebe dir noch ein bisschen Zeit, die gesamte Sachlage zu überdenken. Aus jedem Blickwinkel«, betont er sanft, bevor er einen zarten Kuss auf ihre Lippen tupft.

Dann lehnt er sich zurück und klingt mit einem Mal geschäftsmäßig. »Zwei Tage«, solange sollte es hier sicher sein. Dann erwarte ich von dir eine Antwort und ...« Jetzt beugt er sich wieder zu ihr vor, seine Augen funkeln. »Sorge dafür, dass es die richtige ist!«

Spätestens jetzt sollte sie wohl irgendwas antworten. Vielleicht sexy auf seinen Bullshit eingehen, um ihn in Sicherheit zu wiegen. Catwoman könnte das garantiert aus dem Stegreif. Nur leider ist Tina eben nur Tina, und die muss gerade mit Grauen und einer Prise Selbsthass feststellen, dass sie keine Nerven, dafür nur jede Menge Skrupel besitzt.

Fragend betrachtet er sie. Erstaunt registriert Tina sogar Hoffnung in seiner Miene und fragt sich mit wachsender Verzweiflung, was sie nur tun soll!

Ihr will nichts annähernd Geeignetes einfallen, womit sie diesen absolut uneinschätzbaren Mann ablenken könnte. Die Zeit drängt, sie hat es nicht vergessen. Gerade deshalb legt sich mit jeder vergehenden, untätigen Sekunde mehr die Hoffnungslosigkeit über sie.

Bald droht sie, zur vollständigen Verzweiflung zu werden, während Tina bereits wieder mit den Tränen kämpft.

Da trifft unerwartet Hilfe ein.

Wenn man es so nennen will.

Ein Scheppern ertönt irgendwo in den Tiefen des Hauses, dessen wahre Ausmaße sie nicht einschätzen kann. Robin mustert sie unergründlich, dann verhärten sich seine Züge. »Bleib!«, befiehlt er und geht los.

Einfach so!

Als wären sie ein Ehepaar, das in trauter Zweisamkeit den Abend in ihrem Wohnzimmer beschließen will und gerade von irgendeiner Nichtigkeit gestört wurde.

Schon aufgrund dieser Frechheit huscht Tinas Blick durch den Raum, sobald er ihn verlassen hat. Sie ahnt, wer für diese spezielle Störung verantwortlich ist. Doch neben der wohligen Wärme, die plötzlich ihren Bauch flutet, und ihrem wild klopfenden Herzen weiß sie, dass er in seinem Zustand nicht viel ausrichten kann.

Robin ist ohne Zweifel irre – aber er ist trotzdem nicht gerade schwach.

Ihr *Beautiful Sky* ebenfalls nicht, nur ist der ziemlich verletzt.

Lange suchen muss sie nicht. Wer immer hier die Einrichtung vorgenommen hat, stand auf Nippsachen. Nicht viele, dafür jedoch erlesen. In einer Ecke befindet sich auf einem kleinen Podest eine riesige Vase. Irgendwas Kostbares – was Tina scheißegal ist. Ohne Überraschung registriert sie beim Anheben, wie leicht das Porzellan ist, bevor sie sich damit direkt neben die Tür begibt. Dann hebt sie das Gefäß über ihren Kopf und wartet ...

Doch Robin kehrt nicht zurück, stattdessen hört sie wildes Gerangel, laute Flüche, einige Schreie sowie das Geräusch von jeder Menge Holz und Geschirr, das in die Brüche geht.

Angst, so unvorstellbar heiß und wütend, durchfährt ihren angespannten Körper, denn der gerade vonstattengehende Kampf ist denkbar unausgewogen.

Ihr *Beautiful Sky* ... ärgerlich runzelt sie die Stirn, denn genau jetzt, sozusagen im ungünstigsten Moment, ist ihr aufgegangen, dass sie ihn unmöglich weiterhin so nennen kann. Daher entscheidet sie sich spontan für ... *Sky*, bis sie endlich seinen wahren Namen in Erfahrung bringen konnte.

... *Sky* ist gefesselt und verletzt. Robin wird ihn umbringen und sie ist die Einzige, die das verhindern kann.

Angst, die eigene Person betreffend, lähmt. Furcht um einen geliebten Menschen beflügelt, macht unerschrocken und wagemutig.

Tina denkt nicht mehr, als sie langsam das Monstrum von Vase sinken lässt, es sich unter den Arm klemmt und vorsichtig einen Blick durch die geöffnete Tür wagt.

Vor ihr breitet sich die Halle aus, in der alles wie gewohnt wirkt.

Das nächste Scheppern ertönt. Ein unartikuliertes Grollen folgt, neben einem Schrei, den sie zu Robin gehörig identifiziert. »Ahhhh, FUCK ich hätte dich sofort erschlagen sollen, du miese kleine Ratte!«

Das nächste Poltern ist zu vernehmen, welches diesmal so ... *körperlich* klingt, dass Tina das Blut in den Adern gefriert. Mit einer Hand an dem wild pochenden Herzen und dem anderen Arm sicher um ihre Behelfswaffe geschlungen, schleicht sie los, überwindet die große Eingangshalle und späht dann in die nächste offenstehende Tür, aus der die unmissverständlichen Geräusche zu ihr hinausdringen.

Dort erblickt sie einen langen, relativ engen Flur, von dem etliche Zimmer abgehen. Am anderen Ende ein weiteres, aus dem wieder ein Poltern und dann der nächste Schmerzensschrei ertönt. Diesmal ist es eindeutig Robin.

»Gut«, wispert sie, kaum, dass sie dabei einen nennenswerten Ton bildet. Als ein Stuhl an der Zimmeröffnung vorbei fliegt und irgendwo gegen eine Wand kracht, die sie nicht sehen kann, zuckt sie zusammen.

Sobald sie sich vom jüngsten Schock erholt hat, tastet sie sich Zentimeter für Zentimeter vor.

Von *Sky* hört sie nichts. Nur an den prasselnden Schlägen, die unaufhörlich ausgeteilt werden, ist zu erkennen, dass Robin echte Schwierigkeiten mit ihm hat. Unbändiger Stolz flutet Tina, ihr Herz pocht noch etwas schneller und sie fühlt sich insgesamt noch ein wenig mutiger. Doch dann ertönt ein erneutes Dröhnen, ein ersticktes Grunzen, und schließlich triumphiert Carter »So sieht das aus, du kleine Made!« *Klatsch!* »Genau so!«

Das Stichwort!

Mit wenigen Sätzen überwindet Tina die letzten Meter, steht kurz darauf in einer riesigen Küche, die früher bestimmt mal extrem hübsch war, jetzt aber einem Trümmerfeld gleicht. Dann sieht sie Robin auf *Sky* sitzen, während er dessen Gesicht unablässig mit seinen Fäusten bearbeitet.

»NEIN!«, brüllt sie, ohne davon zu wissen, stürzt zu den beiden und will gerade die verdammte Vase auf dem widerlichen Schädel des Kidnappers einrasten lassen, als ein erneutes Poltern die Wände erzittern lässt – diesmal stammt es von der Eingangstür.

Das Nachfolgende passiert so schnell, dass keiner der Drei den Geschehnissen folgen kann.

Innerhalb von Sekunden ist das gesamte Haus – und somit auch die Küche – von unzähligen Männern in voller Kampfmontur eingenommen. Alle halten irgendeine Feuerwaffe in der Hand und jede von denen in der unmittelbaren Nähe ist auf das Trio gerichtet.

»HÄNDE HOCH UND KEINE BEWEGUNG!«

Ehrlich, so schnell hat Tina noch nie die Arme hochbekommen. Die Vase, die ihre Hände daran hindert, total unschuldig in der Luft zu flattern, lässt sie dabei einfach fallen. Scheppernd geht sie zu Boden, und als das letzte Klirren verklungen ist, ertönt eine dumpfe Stimme unter einer der Masken.

»Klasse, das war bestimmt Ming-Dynastie ...«

22. Nik

Selbst als er bereits in dem Saniwagen sitzt, in dem man sein Gesicht verarztet – was ihm übrigens gehörig auf den Keks geht – ärgert sich Nik noch.

Denn er hätte diese Flachzange auch allein überwältigt. Dass er es nicht anständig zu Ende bringen und ihn zusammenschlagen konnte, so wie er es sich die ganze Zeit ausgemalt hat, setzt ihm derart zu, dass seine Wut für keinen Millimeter weicht.

Da hilft nicht mal *ihr* Anblick, den er ganz bestimmt niemals vergessen wird.

Sie über diesem Arsch gebeugt, mit flammenden Augen und diese rosa Lippen – okay, insgesamt wirkte alles ein bisschen verheult, doch für Nik ist sie eben ein Edelstein oder so was in der Art – das hatte schon was Geniales.

»Geht es dir gut«, schluchzte sie unentwegt, sobald die Waffen gesenkt und dieser Penner aus dem Haus geführt worden war. Dabei streichelte sie permanent sein Gesicht, was scheiße wehtat, und zwar jede noch so geringe Berührung, doch er hütete sich, ihr das zu sagen.

Es gibt bestehende Ablaufpläne für derartige Situationen. Er – der Held, wenn auch nicht umfassend, weil die Arschlöcher ja früher eintreffen mussten, als verabredet.

Sie – die unschuldige Schönheit, die er erfolgreich aus den Fängen der Bestie befreit hat, und die sich jetzt angemessen um ihren einzig wahren Retter kümmert.

Stöhnen und jammern kommt darin nicht vor!

Ende.

Sie küsste ihn – so selbstverständlich, als hätten sie seit Wochen nichts anderes getan – und Nik wusste spätestens in diesem Moment, dass sein bisheriges Leben gelaufen ist.

Wieder in der Gegenwart überlegt er sich, dass dies nicht etwa eine glückliche Erkenntnis ist, ganz im Gegenteil! Denn wann immer er sich die Grausamkeit wieder ins Gedächtnis ruft, legt sich die Schlinge der Klaustrophobie um seinen Hals und würgt ihn hemmungslos. Vor langer Zeit hatte er sich geschworen, niemals bei so einer Scheiße mitzuspielen. Egal, wie sie sich ihm offenbaren würde. Aus gutem Grund, denn das würde ihn auf eine Weise einengen, die nicht ihm und schon gar nicht seinem Lifestyle entspricht.

Freiheit! – das ist das wichtigste Wort in seinem Leben!

Nun ja ... und Tina, aber das erst neuerdings. Er hat so eine Ahnung, wer siegen wird. Die macht ihn selbstverständlich nur noch wütender. Wie ein wildes Tier windet er sich in einer Falle, der er sowieso nicht mehr entrinnen kann.

»Fuck!«, murrt er und die Ärztin, die ihn gerade versorgt, hält inne. »Wollen Sie vielleicht ein Schmerzmittel?«

Dafür hat er nur einen spöttischen Blick übrig. Sollen die sich von dem Chemiezeug dieser verdammten mörderischen Pharmakonzerne fertigmachen lassen – er mit Sicherheit nicht. Das zuverlässigste Schmerzmittel, das übrigens ohne die geringsten schädlichen Nebenwirkungen agiert, befindet sich sicher verstaut in seiner Hosentasche.

Und überhaupt ...

»Nein!«, verkündet er ebenso knurrig. Wär ja noch schöner ...

Ein Gutes hat es trotzdem: Aufgrund dieser kurzen Episode konnten sich auch die miesen Gedanken verflüchtigen, die ihm eben noch so zugesetzt haben. Und zwar gleich von zwei Seiten. Zum einen die echte Spannung, was nun geschehen wird, und zum anderen das Begreifen, dass seine Lebensplanung offenbar nicht ganz aufgehen wird.

Wie die aussah?

Gar nicht – er hatte bisher schlichtweg keine und zumindest das hat sich auch jetzt nicht geändert.

Als dieser Harrison plötzlich den Eingang zum Saniwagen mit seiner riesigen Gestalt verdunkelt, geht Nik auf, dass die Sache mit den anstehenden Veränderungen auch noch in zweiter Hinsicht zutrifft und er stöhnt.

Erneut wird das gründlich missverstanden.

»Jetzt reiß dich zusammen, so schlimm ist es auch wieder nicht!«, grollt der Riese gutmütig. »Hut ab, du hast dich gut geschlagen!«

Auf Bullshit antwortet Nik aus Überzeugung nicht, weshalb er den Dozenten / Trainer / Was auch-immer nur mit dem nächsten tödlichen Blick begutachtet.

Abermals wird er ignoriert.

FUCK!

»Was ich noch sagen wollte«, meint Goliath stattdessen total relaxt und lässt sich neben ihm auf der Pritsche nieder, die unter seinem Gewicht besorgniserregend ächzt. »Ich hatte dich angerufen, und du nicht geantwortet. Soll ich das als Generalstreik werten? Oder warst du nur gerade beschäftigt und wir können einen neuen Anlauf starten, bei dem du dann auch wirklich antanzt?«

Es passiert nicht häufig, aber für einen langen Moment ist Nik total verblüfft. Der Typ hat sie nicht mehr alle! Echt! Bisher meinte Nik, er selbst wäre hier am abgedrehtesten, aber das stimmt nicht. Dieser idiotische Trainer / Dozent / Was-auch-immer ist es!

Doch bevor die Dinge so abgefahren werden können, dass Nik vielleicht noch antworten müsste, klopft er ihm freundschaftlich auf das Bein (Nik kippt beinahe von der Pritsche und kann sich nur mit Mühe ein Stöhnen verbeißen). »Melde dich einfach, wenn du wieder halbwegs auf dem Damm bist!«

Damit nickt er und geht, während Nik ihm nur total fassungslos nachstarren kann.

»Was für ein Idiot«, murmelt er vor sich hin, wobei sich das ungefähr so anhört: »Gad ffd Igiod!«

Es dauert lange, bis in dieser Nacht alles so weit geklärt ist, dass sie an die Heimreise denken können. Und wieder funktioniert das am Ende nur mit Hilfe, auf die Nik wirklich gern verzichtet hätte.

Nach der Notbehandlung der Ärzte vor Ort, wird ihm dringend ein ausgiebiger Besuch im nächsten Krankenhaus empfohlen, den Nik jedoch dankend ablehnt. Mit einigem Murren und dem Hinweis: »Sie müssen ja wissen, was Sie tun!« wird das sogar akzeptiert.

Die Freude darüber währt allerdings nur kurz, weil er nun die Cops am Arsch hat, die seine Aussage aufnehmen wollen. Erst ist er versucht, ihnen zu erklären, dass sie ihn mal kreuzweise können. Doch dann sieht er Tina, die von zwei dieser Figuren ebenfalls in die Mangel genommen wird und Niks Beschützerinstinkt greift wieder um sich.

Retter hin oder her (diesbezüglich hat er sowieso eine ganz eigene Meinung), das sind Cops und die sind nun mal traditionell der Feind!

Daher schleppt er sich hinüber zu dem Mannschaftswagen, in dem ein behelfsmäßiges Büro eingerichtet wurde. Ein bisschen erleichtert ist Nik, weil er keine Tischlampe finden kann, somit wird man ihn wenigstens nicht gleich blenden.

Dieser Pisser übrigens, dem er zunächst die Augen hinreichend mit WC-Reiniger einbalsamiert hatte, bevor er ihm gehörig einschenkte, ist schon längst davongefahren worden. Und Tinas Mitbewohnerin und deren Freund haben Nik sogar irgendwie anerkennend zugenickt.

Schon komisch, offenbar hat sie ihn tatsächlich gesehen. Nik ist zu mitgenommen, und zwar in jeder Beziehung, um sich derzeit darüber Gedanken zu machen.

Als er Anstalten macht, sich zu Tina in den Wagen zu quetschen, wird er allerdings aufgehalten. Von irgendeinem Schlipsträger, der zu dem Kollegen eilt, der Nik hierher geführt hat.

Eine Marke wird ihm so nah unter die Nase gehalten, dass Nik unmöglich draufsehen kann. »Wir unterhalten uns besser in meinem Wagen«, bestimmt er väterlich und wirkt dabei wie eine Hyäne, die sich als luftiger Schmetterling getarnt hat.

»Ich will da rein (Ig bidd ga geid!).«

»Sorry, aber ...«

»Was wird das hier, wenn ich fragen darf? Ein ungenehmigtes Verhör? Wurde Mr. Snow bereits über seine Rechte aufgeklärt?«, ertönt hinter ihnen in diesem Moment eine bekannte, urgewaltige und gleichsam verhasste Stimme.

Der Beamte sieht spöttisch über Niks Schulter. »Ich verstehe durchaus, dass Ihnen Ihre Studenten ... äh ... *nahestehen*, aber das ist eine Angelegenheit, in der Sie besser nicht intervenieren. Ich sehe weit und breit keinen Rechtsbeistand und der Junge hat auch keinen verlangt. Was ja auch nicht erforderlich ist, oder?« Damit fixiert er Nik mit diesen trüben, graublauen Augen. Der würde ja nur zu gern äußern, dass er eben doch so einen Rechtsverdreher will. Aber ... er hasst diese Typen nun mal wie die Pest. Schon, weil einer von denen wie eine Laus in seinem Pelz sitzt und mit seinem Überwachungsposten einen Arsch voll Geld macht. Genau deshalb besteht er eben auf keinen Anwaltsscheißer.

»Mr. Snow ist verwirrt und – wie unschwer zu erkennen ist – verletzt. So weit man dem Notarzt vertrauen kann, steht er unter erheblichem Schock, schließlich wurde er das Opfer einer brutalen Entführung. Ich übernehme seinen Rechtsbeistand«, ertönt es bemerkenswert kühl hinter ihm.

Nik wirbelt herum, wird aber mal wieder vom Riesen

ignoriert, der nur Augen für den widerlichen Beamten hat. »Gleiches trifft auf Miss Desplat zu. Ich bezweifle ernsthaft, dass meine Mandanten derzeit in der Lage sind, eine zusammenhängende Aussage zu tätigen, und ich muss zu meiner Verwunderung eine gewisse Fragwürdigkeit in Ihrer Arbeitsweise resümieren. Mein Name ist Chase Harrison, ich bin Anwalt, wenn auch derzeit nicht praktizierend. War es das?«

Fuck off! Nik kann sich ein Grinsen nicht ganz verkneifen, denn damit ist der dämliche Beamte, der noch nicht mal die Güte hatte, sich ihm namentlich vorzustellen (nicht, dass es Nik sonderlich interessiert hätte) matt gesetzt.

Nichts mit Verhör, nichts mit Aussage. Auf diese Art kann der Riese auch Tina in Null-Komma-Nichts aus den behördlichen Krakenarmen befreien.

Nur ein paar Minuten später sitzen sie etwas gedrängt in dem blitzenden Yuppie-Cabriolet.

So gedrängt, dass er Tina leider auf den Schoß nehmen muss.

Neben ihm befindet sich dieser Gabe, der bisher noch kein Wort mit ihm gewechselt hat. Auf seinem Schoß sitzt dessen blonde Freundin, die Nik immer mal wieder einen kritischen Blick zuwirft, aber ebenfalls nichts zur allgemeinen Unterhaltung beizutragen hat.

Übrigens ist Tinas kleinen Arsch auf seinem Schoß zu haben – sofern man mal die Schmerzen außen vorlässt – eine ziemlich sinnliche Erfahrung, auf die Nik selbstverständlich entsprechend reagiert.

Würde sie nicht ständig in seinem Gesicht herumfuhrwerken und trocken aufschluchzen, neben so sinnfreien Beiträgen wie: »Es tut mir so unendlich leid, Sky, wirklich. Ich hätte das vorhersehen müssen«, dann wäre die Geschichte sogar ... nun ja, *interessant*.

Blöd nur, dass sie nicht allein sind, totale Scheiße, dass er kein verständliches Wort herausbringt, und Oberscheiße, dass er mit derart vielen Personen noch nie auf so engem Raum zusammen war.

Daher gestaltet sich die Fahrt trotz interessanter Ausgangsparameter recht angespannt und überhaupt nicht sexy. Als sie die Staatsgrenze endlich überschritten haben und wieder in Big Kalifornien sind, wird es keineswegs leichter.

»Ab jetzt noch zwei Stunden«, ertönt der Riese, welcher auch nicht sehr erheitert wirkt. Neben ihm sitzt übrigens seine Tussi, die Nik mit einigen Mühen als eine dieser Professoren-Dozenten von der Uni einordnen kann. Allerdings hatte er nie was mit ihr zu tun, daher besitzt er schlicht keine Meinung über sie.

Nik verbeißt sich ein Stöhnen und starrt aus dem Fenster. Er hätte jetzt gern seine Ruhe, seine Tüte und sein Baby immer noch auf seinem Schoß. Aber mit Raum für Ausbau der gesamten Geschichte, *nachdem* er ihr ein paar klare Takte erzählt hat. Und zwar genau in dieser Reihenfolge.

Dass er die Folter noch für zwei weitere endlos anmutende Stunden ertragen soll, übersteigt sein Fassungsvermögen geringfügig. Diese Medizinfrau hat ihm zwar irgendein Schmerzmittel in die Hand gedrückt (trotz seiner lautstarken

Proteste, die nur leider keine Sau verstand). Doch er hat nichts davon eingenommen. Das einzig wahre Sedativum befindet sich nach wie vor in seiner Hosentasche. Und sein Kopf dröhnt mit jeder Sekunde etwas barbarischer. Darin befinden sich ungefähr fünf Hämmer, die gleichzeitig auf jeden vorhandenen Nerv einprügeln. Niks Gesicht scheint eine Art Pudding zu sein, den man kräftig umgerührt hat. Seine Gelenke fühlt er längst nicht mehr und er ist zu allem Überfluss müde.

Sogar verdammt müde.

»Vielleicht sollten wir wenigstens mal irgendwo anhalten, um so was wie einen Kaffee zu trinken, oder so.« Es ist das erste Mal, dass dieser Gabe seine Stimme in der allgemeinen Stille ertönen lässt.

Egal wie, der Inhalt seiner kurzen Ansage macht ihn Nik sofort mäßig sympathisch. Nicht der in Aussicht gestellte Kaffee aktiviert ihn, sondern die Möglichkeit, dieser extremen Enge zu entfliehen und sei es nur für wenige Minuten. Tatsächlich ist er versucht, was zu sagen. *Versucht*, wohlgemerkt, de facto gibt er seinem Wunsch nicht nach, denn es hätte ihn ja ohnehin niemand verstanden.

Stattdessen hält er in einer unmissverständlichen Geste Tinas Handgelenk fest, als die das nächste Mal über seine brennenden Wangen streicheln will. Sagen kann er nichts, aber er drückt seine Knutschlippen auf ihren Handteller und sie schluchzt mal wieder trocken auf.

Oh Mann, hoffentlich lässt sie das bald wieder, also ehrlich!

Nicht heulend gefällt sie ihm bedeutend besser. Aber wenigstens stellt sie ab sofort die Samaritertour ein und bettet dafür ihr Gesicht in seiner Halsbeuge. Was zwar ebenfalls schmerzt, aber das ist es ihm allemal wert.

Auf diese Tour gelingt es Nik tatsächlich, die Augen zu schließen und ein bisschen wegzudämmern. Den Arm fest um sie gelegt, die Hand des anderen auf ihrem seidigen Haar und mit keinem Gedanken an die Zukunft, nicht einmal für die nächsten fünf Minuten.

Es ist okay ...

Wenigstens halbwegs.

23. Tina

Jetzt sterben ...

Es erscheint ihr nicht unbedingt als mieseste Art für einen Abgang.

Er hält sie im Arm, Tina fühlt sich sicher wie in Abrahams Schoß, obwohl es *Skys* ist ... offenbar nimmt sich das nicht viel.

In dieser Position könnte sie unter normalen Umständen sogar schlafen – irgendwie –, doch dafür ist ihr Kopf momentan zu aufgewühlt. Zu vieles, was da nach Aufarbeitung brüllt. Zu wenig Zeit, die sie bisher hatte, um mit den Geschehnissen der vergangenen Stunden klarzukommen.

Über allem jedoch ist es Skys Anblick, der ihr ständig erneut ins Gedächtnis ruft, wie knapp es war. Was ganz gut ist, sie neigt nämlich immer mehr zu einer umfassenden und so erlösenden Amnesie. Denn jetzt, in der Sicherheit des Wagens von ihren Freunden umgeben – verdammt, die beiden haben tatsächlich die Dozenten zu Hilfe geholt und die *haben auch noch geholfen* – erscheint ihr das gesamte Theater nicht mehr halb so grauenhaft. Das vor wenigen Stunden durchlebte ultimative Angstgefühl erscheint ihr in der Nachschau wie das etwas unklare Drama aus einem ihrer Bücher.

Es wurde glücklich aufgehalten, bevor etwas wirklich Grauenvolles geschehen konnte.

Mehr und mehr wird Robin zu dem unglücklichen Verliebten, der in seiner Enttäuschung überreagiert hat. Und auch wenn der vernünftige Teil ihres Hirns diesbezüglich leise Zweifel anmeldet, würde sie *diese*, so einfache und versöhnliche Version sehr, sehr gern glauben.

Es würde vieles vereinfachen, auch für die Zukunft.

Wäre nicht *Skys* Gesicht, dann hätte Tina sich möglicherweise auf diese Lösung eingelassen. Sie hätte ihre Anzeige zurückgezogen, Robin noch ein schönes Leben gewünscht ... und Schwamm drüber!

Nur dieses blau, grünrot, schwarze Ding, das früher mal ein wundervolles, einzigartiges *Antlitz* war, hemmt ihren Verdrängungsprozess nicht nur nachhaltig, nein, es hält ihn gleich gänzlich auf.

Momentan weiß sie noch nicht, ob sich das zukünftig als gut oder schlecht herausstellen wird. Denn derzeit wälzt sie im Grunde nur ein Problem:

Tina will *Sky* überreden, doch in eine Klinik zu fahren und sich dort durchchecken zu lassen, um ihn dann liebevoll gesund zu pflegen. Im Bett, mit ihm – scheiß auf das Studium! Was bisher immer einen äußerst hohen Stellenwert in ihrem Denken einnahm – okay, in den letzten Wochen nicht mehr einen ganz so hohen, aber immer da –, ist derzeit zur absoluten Nebensächlichkeit verkommen.

Dann fehlt sie eben für ein paar Tage. Bisher war sie noch nie krank, hat auch nie Derartiges gefeiert und ihr *Sky* ...

Verdammt! Wenigstens das wird sie jetzt endlich klären!

Doch bevor sie das auch kann, muss sie sich einige Male energisch räuspern, um überhaupt einen Ton zustande zu bringen. »Wie heißt du?«

Er hat die Augen geschlossen, sie nah an seinem Körper gehalten (die Reaktionen auf sie sind übrigens atemberaubend und unterstreichen ihren Wunsch nach einem Bett mit ihm nur noch). Eine Weile geschieht gar nichts und Tina streicht ihm sanft über die misshandelte Wange. Wobei sie sich zunehmend verzweifelt Mühe gibt, nicht daran zu denken, dass Cassy und Gabe direkt neben ihr sitzen und hinter dem Steuer ein Dozentenriese residiert.

Nebst Freundin/Frau/Lebensgefährtin/Kollegin.

Sehr weit bekommt er die innen teilweise rot unterlaufenen Augen nicht auf. Doch es genügt, um sofort in seinem Blick unterzugehen. Dieses unendliche Azurblau, mit einem wundervollen Kranz um die Pupillen, der noch etwas azurner ist ... so exotisch, so einzigartig – damit müsste er ins Fernsehen verdammt!

»Bag haschd gu?«

Okay, das Sprechen sollte er lieber lassen, das versaut derzeit irgendwie den gesamten Effekt. Aber eine Antwort braucht sie dennoch. »Wie heißt du?«, wiederholt Tina wispernd, als könnten die anderen sie so nicht hören.

Er sieht sie nur total ratlos an, und Tina überlegt sich zum ersten Mal, ob die Möglichkeit besteht, dass die Mutter ihrem Sohn tatsächlich mit einem derartigen Namen gestraft hat.

Das wäre auf jeden Fall schon mal eine hervorragende Erklärung dafür, warum er sich meist zurückzieht.

Wie muss das in der Grundschule gewesen sein? »Beautiful Sky, komm doch mal bitte an die Tafel und löse diese Matheaufgabe?« Toll, da war Mobbing wohl vorprogrammiert. Manchmal fragt sie sich ehrlich, was manche Eltern sich so denken, wenn sie ihren Sprösslingen Namen geben! Die benehmen sich, als wären SIE die Kinder, die blöderweise schon eigene haben.

Sie hat sich noch nie wirklich Gedanken darüber gemacht, aber jetzt, wo ihr Herz schier überfließt vor Mitleid und Selbstvorwürfen, kommt das gesamte Desaster auch bei ihr an.

›Tina‹ ist vielleicht ein echt langweiliger Allerweltsname, aber damit eckt man wenigstens nicht überall an und wird dann verprügelt oder ausgelacht, ausgegrenzt, verhöhnt ...

Hingerissen von ihrem Mitgefühl mit diesem Mann, der einen beachtlichen Ständer hat und früher wirklich mal sehr hübsch war, schluchzt sie trocken auf und fängt sich einen Blick aus erhobenen Augenbrauen ein.

»Bag isch gen log?«

Eilig legt sie einen Finger auf seine geschwollenen Lippen, provoziert damit ein qualvolles Stöhnen, reißt ihn sofort zurück und schluchzt noch lauter.

Er verdreht die Augen, und als von vorn eine grollende Stimme ertönt, zucken alle drei zusammen. Also Tina, *Sky* und der riesige Ständer unter seiner Jeans.

»Nik, heißt dein Typ«, klärt Chase sie trocken auf. »Nur zu deiner Information, dürfte sonst auf die Dauer ja anstrengend werden.«

Ein seltsamer Laut zwischen Würgen und dem Geräusch, wenn man versucht, seine verstopfte Nase zu reinigen, ertönt, bevor Nik – Gott, ihr Engel hat wirklich einen Namen, er heißt NIK – wütend nach vorn sieht. »Gat hädde ig aug addein gagen gödden!«

»Na ja, eher nicht«, lautet die nächste nüchterne Antwort.

Dann hält er den Wagen, und als Tina hinausblickt, erkennt sie mit einigem Erstaunen, dass sie nicht vor einer Tankstelle, sondern vor einem Motel stehen. Es handelt sich um einen dieser Flachbauten, wie sie in den siebziger Jahren mit wahrer Begeisterung aus dem Boden gestampft wurden, nur um in den Neunzigern in den allermeisten Fällen wieder pleitezugehen.

Dieses wird wohl noch bewirtschaftet, jedenfalls lassen die grell leuchtenden Laternen auf so etwas schließen.

»Ich schätze, wir sollten hier für ein paar Stunden Rast machen. Ich bin todmüde und ihr seht auch nicht besser aus. Euer Fehlen kläre ich in San Francisco.«

»Gott sei Dank!«, entfährt es dieser Pepper und auch Cassy und Gabe wirken ziemlich erleichtert, bevor sie aus dem Wagen klettern. Nur NIK scheint alles andere als begeistert. »Gladde!«, murmelt er, bevor er die Tür öffnet. Unmissverständliche Aufforderung für Tina, seinen besten Freund und auch ihn zu verlassen. Dabei hat sie sich gerade so heimisch gefühlt.

Mist!

24. Nik

Ein Motel!

Die schlimmste Zurschaustellung der amerikanischen Verkommenheit, die man sich nur vorstellen kann. Oh Mann, sein Leben kann unmöglich noch grauenvoller werden.

Er hatte sich auf Ruhe gefreut, auf die Möglichkeit, zu sich zu kommen, zu ergründen, was denn nun passiert ist, sich zu erholen, um dann mit den veränderten Gegebenheiten angemessen umgehen zu kommen.

Sprich: Alles, was ihn während der Fahrt aufrecht gehalten hat, war die Aussicht auf eine verdammte Tüte. Es wären noch eineinhalb Stunden bis San Francisco gewesen, also ein Scheiß. Und dieser Riesengorilla macht kurz vor dem Ziel schlapp!

Lusche!

Doch als sie in der kühlen Luft stehen und eine zarte Brise Niks brennendes Gesicht streichelt, wird ihm erst klar, wie sehr sein Kopf schmerzt und wie unglaublich gern er sich hinlegen würde. Wenn er dabei auch noch *sie* im Arm halten könnte, wäre das wirklich gut.

Als sie an dem Tresen stehen und dieser aufdringliche Dozent tatsächlich seine Kreditkarte zückt, schreitet Nick zum ersten Mal ein. »Beigs bezdhd ig!«, nuschelt er, aber das ohne Widerworte zu dulden.

Allein die erhobenen Augenbrauen der übrigen Versammelten einschließlich dieses abgehalfterten Typen hinter dem Tresen, lassen seine Adern an der Stirn noch etwas mehr anschwellen. Wütend fummelt er in der Vorderseite seiner Jeans herum, bevor er einen zerknüllten Hunderter auf den Tisch knallt. »Geischd gad?«, knurrt er ihn an, und als der verdattert nickt, tut Nik es ihm nach, bevor er fordernd die Hand ausstreckt. »Güdded!«

»Was?«

»GÜDDED!«, wiederholt Nik, dem der Zorn inzwischen bis zum Haaransatz pocht. Was an sich blöd ist, weil sich dort schon die fünfzig Hämmer vergnügen. Noch ein Element mehr, und sein Schädel wird unter der Wucht kapitulieren. Und jetzt stellt sich dieser Heini dämlich!

»Ich glaube, er will seinen Schlüssel«, souffliert Tina schüchtern. Der Tresentyp durchlebt wohl so was wie einen Orgasmus oder so, als er aufjubelt »Ach so!« und endlich eines dieser Dinger herausrückt.

»Gadd geffen bid ugf?«

Chase sieht auf seine Uhr. »Ich würde sagen, in sechs Stunden. An meinem Wagen.«

»GADD?«

Wieder erfolgen zunächst diese erhobenen Augenbrauen, doch dann bekommt Nik sogar eine verständliche Auskunft: »Also um 11.«

»Gehg gog!« Damit legt er Tina einen Arm um die Schulter und führt sie ab.

Heilige Scheiße!

* * *

Sie erwartet eines dieser total funktionell eingerichteten Zimmer, aber wenigstens ist es sauber. Außerdem gibt es ein Bett, das Nik in seinen märchenhaften Bann zieht, sobald die Tür geschlossen ist. Er sollte sich um Tina kümmern, sollte ihr all das sagen, was jetzt wichtig und angebracht ist und von dem er nicht weiß, was dies beinhaltet.

Doch er kann nicht.

Kaum hat er diese wundervolle Matratze erblickt, die so weich ist, wie sie aussieht, wie er kurz darauf herausfinden darf, da wird der Wunsch übergroß, sie auch zu nutzen. Es ist, als würde ihn jemand genau dorthin drängen. Ohne Möglichkeit der vorherigen Flucht, was seinen Kampfgeist kurz noch mal aufflammen lässt.

Nik lässt sich von niemandem zu etwas zwingen, auch nicht von sich selbst.

Dass er das in bestimmten Situationen eben doch tut, erfährt er, als er dort liegt, keinen Gedanken mehr an ihre Anwesenheit verschwendet und nicht einmal mehr weiß, dass sie am Türrahmen lehnt und ihn total durcheinander mustert.

Sie fühlt sich unwohl ... okay, er auch, aber all das ist ...

* * *

Eis auf seiner Haut ...

Es ist unangenehm, sogar schmerzhaft, weil es so schwer ist. Aber andererseits macht sich der beruhigende Effekt himmlisch aus. Daher verhindert Nik für einen langen Moment erfolgreich die Rückkehr in das vollständige Bewusstsein, widmet sich nur dieser seltsamen Semiwohltat und weiß ansonsten nichts.

Nur sehr langsam kehren die Ereignisse der vergangenen Stunden zurück. Er heißt sie mit einem innerlich schallenden Lachen und der unterdrückten Wut willkommen.

Sie ist nicht sehr weit verschollen, weil er sich nicht angemessen an diesem Arsch rächen konnte, und sich diese Gelegenheit wohl auch nicht mehr ergeben wird.

Erst dann kehrt er wieder an den Ort zurück, an dem er sich momentan aufhält, und erinnert sich mit einigen Schwierigkeiten sogar daran, was das ›*Wo*‹ ist.

Ein Motel, mit einem erstaunlich bequemen Bett, das sein Rücken nicht unbedingt verträgt. Üblicherweise pennt Nik entweder auf seiner Matratze, die nicht wirklich ergonomischen Charakter hat, oder gleich am Strand – wie es ihm gerade in den persönlichen Kram passt.

Irgendwann mal in die Verlegenheit zu geraten, in einer solchen Einrichtung zu nächtigen, hätte er bis vor Kurzem ja auch nicht gedacht.

Genau an dieser Stelle fällt ihm ein, wer da sein Gesicht behandelt und er reißt die Augen auf.

Es geht immer noch verdammt schwer, aber nun nicht mehr, weil sie von geronnenem Blut verklebt, sondern weil sie fast vollständig zugeschwollen sind.

Fuck Nase!

Seine Kehle fühlt sich auch ziemlich ... äh ... dick an, doch er weiß sofort, dass seine Lippen nicht mehr das Aussehen eines dieser komischen Froschdinger haben.

Und dann erblickt er sie.

Über sich gebeugt und mit besorgter Miene. Tränen macht er keine aus, aber er weiß, dass die letzten noch nicht lange versiegt sein können. Denn ihre Augen sind gerötet, als hätte sie zwei Tage durchgekifft und ihr Gesicht ansonsten unendlich bleich.

Kiffen ist übrigens ein gutes Stichwort. Ein Teil von ihm sehnt sich selbst jetzt nach seiner Hose, die er nicht mehr trägt – diese Tatsache, nimmt Nik eher gelassen, wo er endlich mit ihr allein ist.

In einem Zimmer ... ohne diesen Idioten im Nacken, den sie ja ...

Moment!

Seine Hand schnellt hoch und legt sich um ihr Handgelenk, womit er das ewige Streicheln endlich stoppt.

Erst jetzt scheint sie zu bemerken, dass er wieder unter den Wachen weilt. Denn ihre Augen weiten sich und sie betrachtet ihn mit diesem sonderbaren Ausdruck, der ihm schon seit gestern ständig blüht, sobald ihr Blick auf ihn fällt.

Besorgt, bedauernd ...

»Was sollte der Scheiß!« Fuck, nie war er glücklicher, sich sprechen zu hören und dabei auch noch zu *verstehen*. Bis zu diesem Moment hatte Nik nämlich keine Ahnung, ob er wieder wie ein debiler Idiot vor sich hinnuscheln würde.

»Was?«, haucht sie, und blufft damit – das würde jeder Penner sofort entlarven, also er auf jeden Fall.

»Warum bist du überhaupt mit diesem Kerl herumgetigert?«, führt er etwas weiter mit fest verkeilten Kiefern aus, weshalb das Ganze trotzdem nicht sonderlich verständlich ist.

»Er war nicht ganz sauber, das hat jeder Idiot mitbekommen. Und die Nummer, die er mit dir abgezogen hat, war sogar noch beschissener. Ich meine, er hat dich ständig angeglotzt, als wärst du sein Messias, oder so. *Warum* bist du auf die Scheiße eingestiegen?«

Lange Zeit sagt sie nichts, kniet nur neben ihm auf dem Bett und starrt ihn an. Nik geht auf, dass er immer noch ihre Hand festhält, weil ein großer, sehr kalter Tropfen aus dem schmelzenden Eiswürfel, den sie wer weiß woher hat, auf seine verdammt zugeschwollene Nase tropft.

Er lässt sie los, allerdings nur physisch, rein visuell behält er den stechenden Blick bei (sofern mit seinen zugeschwollenen Glupschern möglich).

Nebenbei registriert er mal wieder Zorn, aber etwas anderer Natur, als er ihn gegen diesen Carter hegt. Auch der war unterdrückt, allerdings in einer anderen Ecke seiner Innereien.

All das, was ihm während der vergangenen Wochen zugesetzt hat, bricht sich plötzlich seinen Bann, und er kann und will es nicht aufhalten. Zu befreiend ist das Gefühl, endlich seinen Emotionen freien Lauf zu lassen. Außerdem bekommt er ja keine Tüte, weshalb jeder Versuch, das Desaster noch aufzuhalten, sowieso zum Scheitern verurteilt wäre.

Als sie schließlich spricht, ist sie kaum hörbar. »Ich hab nicht nachgedacht.«

»Richtig! Darauf wäre ich jetzt gar nicht gekommen!«, höhnt er und flucht innerlich, weil beim Sprechen sein Gesicht noch mehr schmerzt. Aber selbst das ist Nik soeben scheißegal. »Du wolltest beides haben, nicht wahr? Den einen Macker tagsüber, damit er dir all die Scheiße kauft ...«

»NEIN!« Das kommt laut und überhaupt nicht in sich gekehrt. Ihre Augen funkeln, was Nik seltsamerweise ein wenig besänftigt. Zumindest hat er sie nicht gebrochen, und in dieser besorgten, mütterlichen Hülle befindet sich noch jenes Mädchen, das er seit Monaten stalkt, weil es ihm nicht mehr aus der verdammten, ewig zugekifften Birne gehen will.

Beruhigend ist übrigens ebenfalls die Tatsache, dass sie das auch nicht tut, wenn er nicht benebelt ist. Hätte ja anders sein können. Er registriert die flammende Eifersucht – bisher hätte er sich so einen Scheiß auch immer abgesprochen – und lässt sie ebenfalls gewähren. Faktisch ist Nik losgelöst von jeglichem Gewissen. Seine Gedärme brennen so grausam, dass sich die äußerlichen Verletzungen dagegen wie ein müder Versuch ausmachen. Die Folter droht ihn zu killen, wenn er davon nicht ein wenig weitergibt. An die Verursacherin, es erscheint ihm nur recht und billig. Er will ihr wehtun und sie verletzen, so wie sie es bei ihm getan hat. Wie schwer, ist ihm derzeit egal.

Mit einem Satz ist er aus dem Bett, missachtet seine protestierenden Glieder und registriert nur am Rande, dass die Sonne hoch am Himmel steht. Was interessiert ihn momentan die abgefuckte Uhrzeit?

»Du hast ein Scheißspiel getrieben«, knurrt er, auch Tina hat sich vom Bett erhoben. »Du hast dir den Yuppie genommen, der dir irgendeine scheiß Sicherheit geben sollte, und den anderen, den Tramp, den Penner, von dem du dir ein paar Scheißträume ausgemalt hast. Deshalb nur nachts, oder?«

In seiner Tirade vergisst er glatt, dass auch er sich nur allzu gern auf die dunklen Stunden beschränkt hat, eben *weil* es dann dieser verrückte Traum blieb.

Alles egal, scheißegal sogar!

Denn das ist es schon seit Langem nicht mehr, nicht für ihn jedenfalls, und warum? Weil ER sie immer nach Hause tragen musste und das im *Morgengrauen!* Was man nicht wirklich als Nacht bezeichnen kann!

Das ist doch das ganze Problem, beschreibt sozusagen den Anfang vom Ende dieser gesamten total abgedrehten Scheiße, in welche die beiden sich hineinlaboriert haben. Und auch wenn Nik zu nichts weniger neigt, als zum Einhalten gewisser Regeln, Recht und der Moral an sich, ist hier eine Grenze erreicht.

Sein knappes Nicken besiegelt diese speziellen Überlegungen.

»Und, was hast du dazu zu sagen?«, blafft er sie an, bemüht, nicht auf die schon wieder glitzernden Augen zu achten. Oder darauf, wie bleich sie wirkt, und dass ihre Bluse an zwei Stellen ziemlich zerrissen ist, darunter ein weißes Spitzen-Top hervorlugt und helle Haut und ...

NEIN!

Sie antwortet noch immer nicht, atmet nur sichtlich hektischer, wobei sich diese verdammten Titten heben und senken, und Nik dreht plötzlich durch.

»War ja klar«, grollt er und durchmisst den ohnehin schon kleinen Raum mit drei großen Schritten. Zwei Wimpernschläge später hält er den Knauf in der Hand und will verschwinden, als ein schrilles »Nein!« ertönt.

Im nächsten Moment spürt er ihre warmen Hände auf seinem nackten Bauch.

Ihre Arme haben sich um ihn gelegt und eine heiße Wange lehnt sich an seinen Rücken. »Bitte«, wispert sie. »Geh nicht!«

»Warum sollte ich«, stößt er hervor und kämpft verzweifelt gegen das unwiderstehliche Gefühl, das sich in seinem gesamten Körper ausbreitet. Nicht nur im Bauch, weiter darunter oder vielleicht auch im Herzen. Nein, insgesamt ist er plötzlich von einer Elektrizität und Wärme erfasst, die ihn fast in seiner Panik untergehen lässt.

Unfähig, damit klarzukommen, unfähig, sie zu akzeptieren und dennoch bereits meilenweit davon entfernt, seinem Fluchtinstinkt auch endlich nachzugeben.

Und *wie* sie ihn an den Eiern hat!

Dennoch gelingt es ihm wenigstens, sich den letzten Funken Würde zu bewahren. »Es hat keinen Wert, Tina!«

Eine gefühlte Ewigkeit vergeht, bevor sie antwortet, währenddessen wandern ihre Lippen über seinem gesamten Rücken. Zunächst zwischen die Schulterblätter, dann tasten sie sich langsam tiefer und ihre gespreizten Finger liebkosen dabei sanft seinen Bauch.

Fuck!

»Du hast meinen Namen gesagt«, murmelt sie dabei.

»Ja, und?«

»Ich war mir nicht sicher, ob du ihn überhaupt kennen würdest.«

Das kommentiert er mit einem trockenen Auflachen. Scheiße, wenn sie wüsste, was genau er alles über sie weiß, vielleicht würde sie ihr Urteil über diesen Carter-Irren noch mal überdenken und Nik als ihr Hauptproblem einstufen. Und dann wäre sie schneller verschwunden, als er einmal SCHEISSGRAS buchstabieren könnte. Okay, bei der Vorstellung vergeht ihm das irre Gelächter und er seufzt. »Ich weiß ihn schon seit Langem.«

»Du hast ihn nie gesagt.« Jetzt sind die wundervollen Lippen in seinem Nacken gestrandet und ... Boah, sie beißt an seiner Kette herum! Ein Schauder durchrieselt ihn, und er muss nicht nach unten sehen, um zu wissen, dass er sie will. So extrem wie seit Wochen, und trotzdem noch viel verzweifelter. Denn mit einem Mal ist sie bei ihm, nicht in ihrem Appartement, mit ihren Freunden nur eine Tür weiter. Inmitten dieser Blase, die es unter allen Umständen zu bewahren gilt. Warum auch immer.

Es verwirrt ihn so sehr, Fuck, er braucht unbedingt einen Joint!

»Du solltest nicht so gehen.« Sie bringt das Kunststück fertig, weiterzuküssen, während sich ihre Hände langsam aber sehr zielstrebig nach unten bewegen.

»Ach nein? Willst du dich jetzt aussprechen? Wollen wir REDEN, Tina? Ist es das?«

»Nein«, seufzt sie und umfasst seine Härte so blitzartig und dennoch sanft, dass er nur aufstöhnen und den Kopf in den Nacken legen kann. »aber du bist ziemlich nackt und würdest bestimmt für einen Auflauf sorgen, wenn du so rausgehst.«

Was? DAS ist wirklich sein geringstes Problem, aber ohne

Hose kein Gras und ...

Während sie zärtlich an seiner Länge auf und abstreicht, mit dem Daumen über seine Spitze fährt und dabei heiße Wellen durch seinen Körper jagt, wird er langsam herumgedreht und steht kurz darauf vor ihr.

Heiße, dunkle Augen, in denen scheinbar unstillbare leidenschaftliche Gier lebt, blicken unter dichten Wimpern zu ihm auf. Er findet nicht die Spur eines Zweifels darin oder vielleicht so was wie Verlegenheit. Diese Mischung macht ihn wahnsinnig, denn das Gesicht wirkt noch genauso lieblich natürlich wie zuvor. Von einer Sekunde auf die nächste ist Nik geflasht.

Kein Gedanke mehr an die tatsächlich ausstehende Diskussion oder an eine Flucht, die er nicht will und die trotzdem immer noch drohend über ihnen schwebt. Hier mit ihr allein zu sein, ist das Einzige, was momentan wahr zu sein scheint. Nichts anderes zählt.

Behutsam umfasst er mit seinen Händen ihr Gesicht, betrachtet sie für einen langen Moment, sieht all die Details plötzlich mit neuen Augen, die er seit Wochen mit sich herumträgt und von denen er geschworen hätte, jede noch so winzige Einzelheit genauestens zu kennen. Dann hebt er sie in seine Arme, auf eine Art, wie er noch nie eine Frau getragen hat, außer sie, und trägt sie zu diesem wahnsinnig weichen Bett.

Seine am Boden liegende Hose tritt er dabei ohne hinzusehen beiseite, Niks Blick gilt ausschließlich ihr und seine Ohren dem süßen Geräusch, das sie erzeugt, wenn sich ihr Atem so beschleunigt, wie er es jetzt gerade tut.

Sobald sie liegt, nimmt sie freiwillig die Arme von seinem Hals, und um seine Lippen schleicht sich ein winziges Schmunzeln. Denn dies wäre damit das erste Mal, dass er einfach gehen könnte. Ohne den enttäuschten Blick ertragen zu müssen, wenn er ihre Hände von sich löst. Nur liegt ihm derzeit nichts ferner.

Stattdessen streckt er sich neben ihr aus, streicht ihr behutsam eine Strähne aus der Stirn und senkt seine Lippen auf ihre.

So federleicht, so einzigartig, ohne die übliche Eile, und schon ganz, ohne sie zu überfallen. Stattdessen wartet er geduldig, bis sich ihre Lippen teilen und er ihre so süße Zungenspitze auf seinen spürt, bevor er seine eigenen öffnet, und sie bei sich willkommen heißt.

Allein dieses Gefühl lässt ihn beinahe kommen und die Atemnot macht ihm zunehmend zu schaffen. Ihre zarten Fingerspitzen auf seinem Körper, die sich langsam hinabtasten, bis sie wieder seine unvermindert harte Erregung umfassen, tun ihr Übriges.

Doch Nik will es nicht so schnell. Stattdessen beabsichtigt er, es zu zelebrieren, weil sich dieses Ereignis unauslöschlich in sein Gedächtnis einbrennen, und die anderen Frauen, die zahllos in den vergangenen Jahren mit ihm gefickt haben, vergessen machen soll.

Es muss besonders sein, weil sie – und nur sie – für ihn etwas Besonderes ist.

Als sie hörbar die Luft anhält, hebt er ihr Kinn und wartet, bis sie ihn ansieht.

»Lass uns Zeit«, sagt er rau, und sobald sich ihre Lippen zu einem zustimmenden Lächeln verziehen, tut er es ihr nach.

Aus vollster Überzeugung.

Er zelebriert es.

Langsam knöpft er die Bluse auf, lässt dabei seine Finger hauchzart über die weiche Haut darunter fahren, betrachtet sie mit zur Seite geneigtem Kopf, bevor er den ohnehin bereits zerstörten Stofffetzen über ihre Schultern schiebt.

Die Jeans folgt, und wenig später liegt sie nackt vor ihm, wobei Nik das nächste Mal mit absoluter Stummheit geschlagen ist.

Sie ist eine Frau, und von denen hatte er bekanntlicherweise bereits viele. Keine von ihnen war hässlich, jede besaß zumindest Figur, geile Titten und einen scharfen Arsch.

Diese hier schlägt sie alle, denn gedanklich sind es *Brüste*, die er so behutsam stimuliert, dass sich ihre Spitzen kurz darauf unter seinen Fingern in die Luft recken und einen festen Widerstand bilden. Es ist ihr *Hintern* auf den er, nachdem er sie sitzend auf seinen Schoß gezogen hat, seine Hände legt und den er sanft knetet.

Längst geht ihr Atem flach und hektisch, ihre Lider sind wieder gefallen und ihre Fingerspitzen liegen fast reglos auf seiner Brust. Nur die wenigen Millimeter, die sie sich bewegen, verraten ihm, dass sie nicht irgendwie erstarrt ist.

Und dann wäre da noch die Hitze, die direkt vor seinem Schwanz so eine Art magischen Magnet darstellt. Denn obwohl Nik alles tut, um das Zwangsläufige hinauszuzögern, geht da unten noch ein anderes Stück ab.

Eines, in dem der eine – der feuchte, verheißungsvolle – Part wie beiläufig zu dem anderen strebt. Als er an seiner Spitze diese unvergleichliche Mischung aus duftender Nässe und Wärme spürt, droht er bereits wieder zu kommen,

Diesmal kämpft er nicht mehr so verbissen dagegen, seine Hände legen sich auf ihre Hüften und heben sie mit Leichtigkeit hoch. Von Schmerzen kann keine Rede mehr sein, abgesehen von dem gigantischen Druck in seinem Unterleib, der dringend nach Entladung giert.

Sie funktioniert, als hätte sie das bereits dreitausend Mal geprobt. Sobald ihr Hintern seinen Körper verlassen hat, greift sie nach seiner Erregung, umschließt diese mit einer Hand (an der speziellen Stelle droht er zum dritten Mal zu kommen und kann dies nur mit fest aufeinander gepressten Zähnen verhindern). Dann öffnen sich flatternd ihre Lider und Sekunden später betrachtet sie ihn, während der Atem stoßweise durch ihre leicht geöffneten Lippen entweicht.

Die nun stattfindende stumme Konversation ist eines der wenigen Dinge, die Nik in seinem Leben als wahrlich mystisch bezeichnen würde. Denn sie verstehen einander ohne Worte.

Er weiß, wann er sie hinabsenken kann, ohne überhaupt hinsehen zu müssen – ohne es zu *können*, denn ihr Blick scheint seinen festgeschweißt zu haben.

Als er sich direkt an ihrem Eingang befindet, so nah am Paradies, kann er ein Stöhnen nicht mehr verhindern.

Ihres erfolgt zeitgleich, dann legt sie ihre schlanken Arme um seinen Hals, rückt unvermutet nach vorn, senkt sich damit auf ihn, bis er vollständig in sie eingedrungen ist, und beide können ein Aufkeuchen nicht länger verhindern.

»Fuck!«, stößt Nik hervor. Seine Finger streichen auf ihrem Rücken entlang, ihre Brüste pressen sich gegen seinen Oberkörper, ihre schlanken, seidigen Beine haben sich um ihn herum angewinkelt. Während er in dieser unendlich engen und so paradiesischen Enge zu vergehen droht.

Ewigkeiten könnte er so bleiben. Reglos, nur mit diesem unvergleichlichen Gefühl, zu Hause zu sein – wenn auch nur mit einem kleinen Teil. Sie passen so perfekt zusammen, kein Millimeter scheint zwischen ihnen zu existieren, während er jeden noch so kleinen aber gut trainierten Muskel an sich spüren kann.

Und als sie sich dann doch bewegt, stöhnt er gleich noch mal. »Fuck!«

Sie lässt es langsam angehen, scheint alle Zeit der Welt zu haben, agiert wie eine Göttin, zieht sich oftmals fast vollständig von ihm zurück, um sich dann wieder auf ihn zu setzen, sodass sie faktisch nichts mehr trennt.

Nur allmählich wird der Rhythmus temporeicher, während ihre Blicke nach wie vor ineinander hängen, Tinas Finger seinen Nacken liebkosen, ihre festen Nippel seine Haut streifen und ihr süßer Atem sein Gesicht streichelt.

Das ist so jenseits all dessen, was Nik bisher mit Frauen erlebt hat, dass er hingerissen die Augen schließt und sich ausschließlich diesem süßen Gefühl widmet. All der Druck, der ihn noch vor wenigen Minuten zu killen drohte, ist verschwunden. In ihm lebt nur die sanfte Erwartung eines Höhepunktes, wie er ihn noch nie zuvor erlebt hat.

Er weiß es, lange bevor er an diese Stelle auch nur annähernd gelangt.

Als es schließlich unausweichlich wird, ihre Körper mit einem zarten Schweißfilm überzogen sind, Tinas Atem schneller und ihre Bewegungen nur noch unstet erfolgen, legt er sie mit Schwung zurück, seine Hände umfassen ihr Gesicht und er stößt kräftig in die unvergleichliche Weichheit ihres Körpers hinein.

Fast im gleichen Moment werden sie von einem Höhepunkt überschwemmt, der ihnen tatsächlich die Sinne raubt. Trotz all der Joints, die er konsumiert hat, trotz der sprichwörtlich 1000 Frauen, die er bereits hatte, ist Nik zum ersten Mal hilflos seinen tiefsten Instinkten ausgeliefert ...

Er fühlt sich abheben, davonfliegen, während er sie so fest an sich presst, dass es zwischenzeitlich den Eindruck hat, als wären sie tatsächlich eins. Niks Körper wird von einem Beben heimgesucht, das in Wellen über ihn hereinbricht, seine zitternden Lippen berühren den Raum zwischen ihren Brüsten, und er fühlt ihre Hände auf seinem feuchten Rücken, bebend und nicht mehr Herr ihrer Selbst.

Fuck!

25. Tina

Oh mein Gott!

Oh!

Mein!

Gott!

Erst jetzt, während sie ihn in ihren Armen hält und nichts mehr weiß, wird Tina bewusst, wie sehr sie diesen Augenblick herbeigesehnt hat und wie frustriert sie in den vergangenen Wochen war.

Ehrlich, mit ihm in ihrer Nähe, ohne ihn wirklich haben zu dürfen, ... das war ...

Also, das verlieh dem Ausdruck ›sexuell frustriert‹ eine ganz neue Bedeutung.

Sie hat es sich erträumt, zunächst nur innerhalb der wenigen Stunden, die ihr an Schlaf überhaupt vergönnt waren. Doch später auch tagsüber. Immer dann, wenn ihre Gedanken abdrifteten und sich unerlaubt zu ihm stahlen. Anfänglich auch zu Robin, doch Nik – ER HEISST NIK! – war der haushohe Gewinner.

Was interessiert sie sein zerschlagenes Gesicht?

Nichts!

Was schert es sie noch, dass sie vor ein paar Stunden entführt wurde, wohl, um zu ihrem Glück gezwungen zu werden, als Robins Frau ihr Leben beschließen zu dürfen?

Rein *gar nichts!*

Nur ihr heftiger Atem ist noch wichtig. Oder die Tatsache, dass ihr Herz mit seinem im Takt schlägt und das auf sehr, sehr schnelle Art.

Oh, seine Finger auf ihrer Haut sind ebenfalls von äußerstem Belang und seine Lippen und sein Gewicht auf ihr, das Gefühl seines schlanken, so männlichen Körpers, und vor allem dieses unglaubliche Erlebnis, ihn in sich zu spüren.

Jetzt endlich erkennt sie, was sie wollte und gleichsam, dass sie nichts bereut. Nicht einen der zugegeben leicht dämlichen Schritte, die sie innerhalb der letzten Wochen gegangen ist, um das zu kapieren. Das Leben ist nicht einfach und manchmal, wenn man sich zwischen Honig und Schokolade entscheiden muss, ist man zunächst ein bisschen aufgeschmissen.

Tina mag beides und sie konnte für ein paar Wochen eben nicht erkennen, was sie liebte.

Ach ja, das ist jetzt auch amtlich: Sie liebt ihn.

Ihren *Beatuiful Sky.*

Endlich kann sie seinen Namen wieder ohne ein hämisches Kichern im Hinterkopf denken. Denn jetzt weiß sie, dass er auch in der weltlichen Realität vertreten ist. Da heißt er Nik Snow und ist ein bisschen durchgeknallt.

Doch in ihrem Herzen wird er immer *Beautiful Sky* bleiben. Sie wird es wispern, manchmal summen, und immer beim Schlafen auf den Lippen haben ...

Während sie sanft seinen Nacken streicht, legt sie ihre Stirn leicht in Falten und überlegt sich, dass dies der pathetischste Blödsinn ist, den sie jemals gedacht hat. Noch kitschiger und dümmer geht es wohl nicht. Muss irgendwas mit der postkoitalen Glückseligkeit zu tun haben, die ihre Gehirnwindungen nachhaltig überschwemmt hat.

Endorphine, Enzyme, Liebehormone – was weiß sie denn, die Physiologie des Menschen gehört nicht zu ihren Wahlfächern.

Ein Kichern löst sich von ihren Lippen, bevor sie es zurückhalten kann, was wiederum den kiffenden Prinzen (der seit Stunden nicht ein Mal gekifft hat) weckt.

Er seufzt, seine Lippen bewegen sich auf ihrer Haut, was ihre Nackenhärchen wieder aufstehen lässt. Doch dann hebt er den Kopf und betrachtet sie. Abermals versinken ihre Blicke ineinander, und sie ist zum unzähligen Male hingerissen von der Färbung seiner Augen. Dieses Himmelblau in diesem exotischen Gesicht ... das ist ...

»Beautiful Sky«, sagt sie, Überraschung und Erkennen färben gleichermaßen ihre Stimme. »*Daher* stammt dein Name!«

Seine Mundwinkel zucken, doch dann nickt er. »Yeah.«

Er rollt sich von ihr herunter, verlässt dabei auch eher beiläufig ihren Körper, was ein ziemlich mieses Gefühl verursacht, und legt sich auf den Rücken neben sie. Ein Arm, an dem sich etliche blaue Flecke befinden, ruht auf seiner Stirn, und für lange Zeit herrscht Schweigen, in dem nur ihr beider gleichmäßiges Luftholen zu hören ist.

All die Kurzatmigkeit ist bereits Geschichte, womit sie wohl endlich die Realität betreten haben. Sehr früh, doch Tina verdrängt sie nicht länger.

Irgendwann richtet sie sich auf und betrachtet ihn neugierig. Inzwischen hat sie kaum noch Schwierigkeiten, ihn anzusehen, trotzdem er momentan so ziemlich blau und nicht unbedingt ansehnlich ist.

Er erwidert ihren Blick unter seinen Wimpern hervor und macht keine Anstalten, etwas anzumerken.

Daher bricht schließlich Tina das Schweigen. »Hat deine Mom dich so genannt?«

»Ja.«

Mehr nicht ... hmmm. Sie würde gern weiterbohren, doch etwas an seiner Betonung lässt sie zurückschrecken, und Tina begreift mit leichter Beklemmung, dass sie ihn nicht kennt. Sie liegt mit ihm in einem Bett, ihr Körper summt noch immer von dem gigantischen Orgasmus, den er ihr bereitet hat, doch im Grunde weiß sie nichts von ihm.

Nach wie vor ist er eher irgendein Fantasiegebilde, und genau das will sie jetzt ändern.

Sie muss!

»Es tut mir leid«, sagt sie langsam, und senkt den Blick, um nicht länger diesen hypnotisierenden Augen ausgesetzt zu sein. »Ich wusste die ganze Zeit, dass es scheiße war, ich wollte es gestern beenden ...«

»Ahhhh«, lässt er gedehnt verlauten. »Und dann hast du es dir anders überlegt und bist doch erst noch mit mir ins Bett gehüpft?«

»Nein!« Erschocken starrt sie ihn an. »Nicht mit DIR! Mit IHM! Ich wollte ihm sagen, dass das zwischen uns beiden nichts wird, weil ...«

Noch immer regt sich kein Muskel in seinem Gesicht, und sie senkt verunsichert ihre Lippen auf seine Wange. Doch sobald er aufstöhnt, zuckt sie zurück.

»Sorry!«

»Sagtest du schon.«

»Ja, aber wegen was anderem!«

»Ist doch egal. Sorry ist sorry ... und wenn du mich fragst ...« Damit richtet er sich auf, nimmt sie an den Schultern und schiebt sie zurück, bis sie voreinander sitzen. »... ist das ein Wort, das verboten gehört. Niemand sollte es jemals sagen müssen.«

»Ach ja?« Zweifelnd beäugt sie ihn, und registriert dabei mit einiger Erleichterung, dass sie ihn wieder ansehen kann.

»Ja«, bekräftigt er leise, neigt den Kopf zur Seite und lässt einen Finger langsam an ihrem Gesicht hinabwandern. Er stoppt nicht am Kiefer, nimmt als Nächstes ihren Hals, dann die Schlüsselbeine, und gleitet weiter hinab – verdammte Gänsehaut, diese bildet sich nämlich zuverlässig und Tina wird bewusst, dass sie noch lange nicht genug hat.

»Du hast etwas getan, aus welchem Grund auch immer. Es hatte Folgen, welche auch immer. Es gab Leute, die freudestrahlend mit dir mitgelaufen sind – du hast sie ja nicht gezwungen«, führt er weiter aus. Tina ist schon deshalb ziemlich entgeistert, weil er noch nie so viele Worte in ihrem Beisein aneinandergereiht hat.

Und das auch noch ohne Unterbrechung, und sei es nur ein ›Fuck!‹.

»Ich hätte jederzeit aussteigen können, bin ich nur nicht«, erklärt er. Sein Finger ist inzwischen auf ihrem Bauch angelangt (für Tinas Geschmack war er viel zu kurz auf ihrer Brust, aber sie wagt nicht, das gerade jetzt zu reklamieren. »Klar habe ich gerätselt, was du dir so denkst, besonders, wenn ich dich mit dem Kerl gesehen habe ...« Nun liegt seine Stirn kurzzeitig in Falten, bevor er stöhnt und sich die Haut wieder glättet. Tut wahrscheinlich ebenfalls weh. »Das vorhin war ... blöd, ein Ausrutscher, äh, nicht so gemeint. Denn im Grunde geht es mich doch nichts an.«

Diesmal packt *sie* sein Handgelenk, er hat nämlich längst ihren Bauch überwunden, faktisch befand er sich noch ungefähr drei Zentimeter von ihrem persönlichen Himmel entfernt. Genau dorthin will Tina aber momentan nicht, und wenn die Vorstellung noch so schön ist.

Als er verwundert aufsieht, nickt sie. »Es geht dich also nichts an?«

»Jeder muss selbst wissen, was er tut«, erwidert er schulterzuckend und blickt ihr frontal in die Augen.

Mit aller ihr zur Verfügung stehenden Kraft ignoriert sie das wüste Stechen in ihrem Herzen. »Warum bist du hier?«

»Weil ich gekidnappt wurde?«

»Ich meine HIER?«

»Weil Harrison unbedingt anhalten wollte?«

»HIER, DU IDIOT!«, brüllt Tina, plötzlich außer sich. »In diesem Bett!«

»Ach so, das ... Du warst da, ich war da, ich war nackt, hatte einen verdammten Steifen, wollte ihn versenken, du hast dabei geholfen, dass er überhaupt steif wird ... äh, der Rest war eher zwangsläufig. So eine Gelegenheit lasse ich mir selten entgehen ... Nie«, fügt er nach kurzer Überlegung hinzu.

Sie hat ihn so schnell losgelassen und ist vom Bett gesprungen, dass Tina sich selbst kaum folgen kann. Anschreien, auf ihn einprügeln, ihm die miesesten Tiernamen geben, alles will sie und setzt nichts davon in die Tat um.

Zu verletzt ist sie mit einem Mal, zu geschockt, zu *entsetzt*.

Unbewusst taumelt sie rückwärts, tastet sich zu der Stelle vor, an der ihre Klamotten liegen müssen, und bückt sich, ohne ihn aus den Augen zu lassen. Auf der Suche nach einem klitzekleinen Hinweis, dass er blufft. Irgendwas.

Bitte!, fleht sie lautlos. *Bitte, tu mir das nicht an! Nicht nach allem, was wir durchgemacht haben. Nicht, nachdem ich endlich weiß, dass ich dich will. Bitte!*

Gleichmütig erwidert er ihren Blick, verschränkt irgendwann sogar die Arme, blinzelt nicht einmal und beobachtet ohne jeden Kommentar, wie sie sich anzieht. Dabei zittern ihre Hände so sehr, dass sie beinahe die blöden Knöpfe nicht bewältigt bekommt. Und als sie auch noch sieht, dass ihre Bluse an zwei Stellen böse zerrissen ist, löst genau dieser Anblick die Tränenflut aus, die sie bisher so heroisch zurückgehalten hat.

Eilig wendet sie sich ab, denn er ist es nicht wert, ihre Gefühle zu sehen. Sie kann mit allem leben, aber nicht mit seiner Teilnahmslosigkeit.

Bedeutet diese doch unmissverständlich, dass sie nichts von ihrem wundervollen Traum in ihr reales Leben mitnehmen kann.

Das ist hart ... sehr ... doch andererseits ist ein Teil von ihr bereits mit der Bewältigung beschäftigt.

Es war eben nur ein Traum, Tina.

Ein schöner, das steht außer Frage. Aber mal ehrlich, wie häufig werden die denn wahr? Und hast du wirklich gedacht, dass jemand wie dieser Mann real sein könnte? Glaubst du noch an Märchen? Glaubst du noch an Prinzen?

Nein! Tust du nicht!

Auch ihre Jeans ist inzwischen angezogen und hierbei bekommt sie trotz Tränenschleiers den Knopf und Reißverschluss sogar im ersten Anlauf geschlossen.

Dann wendet sie sich um und strebt zur Tür, nur von einem einzigen Wunsch beseelt:

Weg hier!

Sie geht so schnell, dass sich ihre dummen Füße beinahe im Laufen miteinander verhakeln. Fast fällt sie sogar, fängt sich aber rechtzeitig an dem Schreibtisch, der sich wie gerufen auf ihrer derzeitigen Höhe befindet, läuft weiter und streckt bereits die Arme nach dem Türgriff aus, bevor der auch nur annähernd in Reichweite gekommen ist.

Als sie das kühle Metall unter ihrer erhitzten Haut fühlt, scheint es weiter oben als Auslöser zu fungieren, denn ein erstes, verdammt unbeabsichtigtes Schluchzen löst sich aus ihrer Kehle.

Was Tina nur noch schneller agieren lässt.

Scheiß auf alles, aber ihr Stolz ist ihr heilig. Sie wird sich nicht vor ihm diese Blöße geben.

Bevor sie jedoch die Tür auch öffnen kann, umfassen zwei warme, sehr ruhige Hände ihre, ein starker, so sehniger, muskulöser und dennoch weicher Körper berührt ihren von hinten und ein Kinn, das ein ganz klein wenig stoppelig ist, legt sich auf ihre linke Schulter.

»Bitte, geh nicht!«

Mehr sagt er nicht, lässt sie aber auch nicht los, und das blöde Schluchzen ist nun nicht mehr aufzuhalten.

Als er sie behutsam, aber zielstrebig umdreht, senkt sie schnell den Blick, verrät sich aber durch die blöden Tränen, die unaufhörlich zu Boden tropfen.

Ihre Augen regnen – so viel zum *Beautiful Sky!*

Der Gedanke ist so dämlich, dass sich zwischen das Heulen tatsächlich ein trockenes Lachen schummelt. Doch dann fühlt sie einen Finger unter ihrem Kinn, der unerbittlich nach oben drückt, und wird kurz darauf mit seinen Augen konfrontiert.

Dem wahren *Beautiful Sky*.

Er bekommt die Lider mit jeder Sekunde ein bisschen mehr auf.

Das ist ihr Untergang, denn der Anblick dieser Augen, die möglicherweise einmalig auf der Welt sind, gibt ihr den Rest.

Im nächsten Moment heult sie hemmungslos, hasst sich dafür, und ist gleichzeitig dankbar, als er seinen Arm um sie legt und sie an sich zieht.

Sie liegt an seiner nackten Brust – ja, er ist immer noch absolut unbekleidet – und heult sich beinahe die Augen aus, während seine so sanften Hände ihre Haut liebkosen.

Und mit einem Mal weiß sie, dass es gut ist.

Noch bevor sie ihn über sich hört.

»Sorry ...«

26. Epilog

Nik

Sonne ist eine ziemlich coole Erfindung, sofern man sie am Strand genießen darf.

Muss man allerdings bei gefühlten sechzig Grad im Schatten sein Dasein im Hörsaal fristen, dann lernt man schnell, den verdammten Sommer zu verfluchen.

Auch wenn es eigentlich mehr ein Herbst ist, aber in diesem Landstrich sind die Jahreszeiten sowieso total durcheinandergeraten.

Sitzt man im Gras des Campusvorplatzes, dann relativieren sich die Dinge wiederum. Hält man dabei noch ein Mädchen im Arm, ist es fast erträglich. Obwohl es hier nicht unbedingt ratsam ist, einen gepflegten Joint zu konsumieren, weshalb Nik das neuerdings lässt.

Er ist ja gar nicht so.

Selbst dieser Gabe und seine Tussi – Cassy? – stören ihn in solchen Momenten mit ihrer Anwesenheit nicht. Oder die Tatsache, dass sich sein Leben teilweise in Richtungen entwickelt, die ihm keineswegs gefallen, die er aber aus den vielfältigsten Gründen nicht aufhalten kann.

Nein, während er auf dem Rücken liegt, die Sonne in sein inzwischen wieder vollständig verheiltes Gesicht scheinen lässt und dabei träge Tinas Wange streichelt, deren Kopf auf seinem Herzen ruht, fühlt Nik sich fast wohl.

Sechs Wochen sind seit dem legendären Showdown vergangen, und die äußeren Spuren davon so gut wie verschwunden. Das Unileben geht weiter, kaum einer hat überhaupt Notiz von ihrem kleinen Ausflug genommen.

Genauer gesagt war es nur einer: Dekan Lincoln, und der hatte nur ein knappes Nicken für die Berichte übrig, die sie ihm innerhalb einer Stunde bei Tee und Gebäck (ohne Scheiß, Nik hat ständig mit dem Würgereiz gekämpft) über die Vorkommnisse berichteten.

In der Zwischenzeit stellte sich übrigens heraus, dass dieser Carter offensichtlich jede Menge Dreck am Stecken hat. Die Bullen haben ihn nach allen Regeln der Kunst ermittlungstechnisch erfasst. Es wurden nicht nur seine Fingerabdrücke in die Verbrecherdatei eingepflegt, sondern auch DNA-Proben und alle anderen binären Daten. Wie Nik immer sagt: *Wenn die dich einmal am Arsch haben, bist du auch am Arsch!*

Na ja, in Robin Carters Fall stellte sich heraus, dass er offenbar in Zusammenhang mit einigen ungeklärten Überfällen auf Frauen in seiner Heimatstadt steht. Und nicht nur das. In Wahrheit zieht sich eine heiße Spur an Amerikas Südküste entlang. Die Idioten fangen gerade an, mal die ungeklärten Todesfälle der vergangenen Jahre näher unter die Lupe zu nehmen. Wär ja immerhin möglich, dass sich der eine oder andere endlich doch klären lässt.

Nik hat für den gesamten Mist nur ein müdes Lächeln übrig. Denn all das wusste er bereits vor Wochen, und wenn nicht das, dann zuckte wenigstens eine Scheißahnung durch seinen Schädel. Aufgrund von ein paar Recherchen im Internet.

Na ja, die einen habens drauf, die anderen nicht – was soll

man machen?

Das Laken auf seiner Matratze wurde in der Zwischenzeit übrigens eingeweiht – das zweite auch. Tina besteht ja darauf, dass sie wöchentlich das Bettzeug wechseln, was Nik für total überflüssig hält, aber okay. Etwas erstaunt ist er trotzdem, denn ansonsten hat sie zumindest bisher noch keine Verschönerungsvorschläge unterbreitet (die in seinen Augen allesamt den urigen Charakter seines Appartements nachhaltig versauen würden).

Im Gegenteil, die legendären Partys bei Kerzenschein gefallen ihr sehr und zu Niks abgrundtiefer Verblüffung bleibt sie immer häufiger bei ihm.

Was ihm meistens sogar zusagt, wenn er sich nicht gerade in einem Anfall von: *Verdammt, ich brauche nun mal meine Freiheit!* wälzt.

Aber diese Rückfälle werden seltener, was ausschließlich an der kleinen Göttin liegt, die derzeit in seinen Armen residiert und sanft seinen Nacken liebkost.

Gut? Schlecht?

Momentan kann Nik sich nicht entscheiden, denn die Dinge halten sich die Waage. Es hat sich beispielsweise herausgestellt, dass dieser Gabe ganz in Ordnung ist. Schon, weil er nie was gegen eine Tüte einzuwenden hat und das Leben auch ansonsten eher locker nimmt.

Diese Cassy hingegen betrachtet ihn ständig mit diesem leicht kritischen Blick, der Nik die widerliche Ahnung vermittelt, dass sie ihn gedanklich bereits fünfmal umgemodelt hat.

Bisher hat sie nichts in dieser Richtung verlauten lassen, aber aus Erfahrung weiß er, dass es nur eine Frage der Zeit ist, bevor sie zum Angriff übergeht.

Und dann wird er sie leider auf die patentierte Nik-Art zum Schweigen bringen müssen. Was ihm wiederum Ärger mit Gabe einbringen wird. Möglicherweise auch mit Tina – die beiden sind ja befreundet.

Auf jeden Fall wird diese Geschichte einen Dominoeffekt nach sich ziehen, auf den Nik echt verzichten kann. Denn seine Ruhe ist ihm nach wie vor heilig.

Und da diese Unwetter unweigerlich ins Haus stehen, nutzt er die ihm verbleibende Stille, bis es so weit ist. Denn noch immer stellt es für ihn eines der besonderen Verbrechen dar, irgendwas zu planen. Auch so etwas, was dieser Cassy absolut nicht gefällt, ihrem Blick nach zu urteilen.

Und nicht nur ihr ...

»Na klar, wie üblich beim Pennen! Schon mal was von ›Müßiggang ist der Welt Untergang‹ gehört?«

Innerlich stöhnend überlegt sich Nik, ab sofort seine Gedanken besser zu kontrollieren. Denn die scheinen irgendeinen geheimen Mechanismus auszulösen. Erst dann bequemt er sich, die Augen aufzuschlagen. Zielsicher strandet sein Blick auf dem größten und gleichsam lautesten Störer des gesamten Campus´.

Er hockt vor ihm, womit er derzeit ungefähr die Größe eines Vierzehnjährigen hat. Dabei grinst er diabolisch, was Nik zum nächsten Stöhnen veranlasst.

»Was willst du?«

»Oh, dich an das Training heute erinnern. Du hattest zugesagt, und du weißt ja, was passiert, wenn du nicht ...«

»Ich will dir echt nicht die Erpressertour vermasseln, oder so«, meint Nik gemütlich, und ignoriert, dass die anderen vereint den Atem angehalten haben.

Feiglinge!

»Ich hab mich bei Dekan Lincoln ...« Er spricht es so aus, dass sich das Ganze wie ›Degann Liggin‹ anhört, »... ein bisschen kundig gemacht. Und Fakt ist, du kannst mir gar nichts. Ich mach bei deiner Footballkacke nicht mit, such dir einen anderen Idioten, oder mehrere, ist mir egal. Du hast nicht das Recht, mich zu feuern!«

Inzwischen haben die übrigen drei nicht nur die Luft angehalten, sondern sind auch kollektiv erstarrt.

Ehrlich, was für Jammerlappen!

Harrison nimmt es eher sportlich, was wohl in der Natur der Sache liegt. Längst hat er sich auf seinem durchtrainierten Hintern niedergelassen, ein Bein ist angewinkelt, ein Arm liegt lässig darauf.

»Mist, erwischt«, räumt er leichthin ein und zupft sich einen frischen Grashalm, den er dann rapide zwischen Zeige- und Mittelfingern wirbeln lässt. »Blöd nur, dass unser alter Dekan im nächsten Semester in den Ruhestand geht.«

Nik horcht auf. »Was?«

»Japp!« Harrison grinst fröhlich, bevor sein Blick drohend wird. »Aber das ist topsecret. Wenn die Scheiße morgen von den Dächern gepfiffen wird, weiß ich, woher es stammt. Alles klar?« Damit schwingt ein Todesdrohblick durch die Runde, alle beeilen sich zu nicken, nur Nik – obwohl sein Name anderes vermuten lässt – hält seinen Kopf sehr gerade und sehr ruhig.

»Na ja, neue Besen kehren gut«, meint Harrison, wieder an den einzig nicht Nickenden gewandt. »Wär ja möglich, dass der neue Chef diese Dinge ein bisschen anders sieht. Also ich für meinen Teil würde vorbeugen. Nur weil du neuerdings immer deinen Laptop mitschleppst, heißt das noch lange nicht, dass du aus dem Schneider bist. Nach letzter Umfrage bist du noch mehr als 10 Hausarbeiten schuldig, und ich habe was davon läuten hören, dass deine Kleiderordnung beim Lehrerstab überhaupt nicht ankommt. Und war da neulich was mit einer Riesentüte hinter dem Wirtschaftsgebäude? Professor Shawn soll dich erwischt haben, wie mir berichtet wurde ...«

Langsam und trotz seiner Wut immer noch zärtlich, jedoch sehr bestimmt, schiebt Nik Tina von sich, richtet sich auf und verschränkt die Arme. »Mich hat überhaupt niemand erwischt«, stellt er knurrend klar. »Wenn, dann hat der Typ mich gesehen und aus! Nur zur Info, das Zeug ist in vielen Teilen der Welt bereits legal.«

»Richtig, aber nicht in diesem«, bemerkt Harrison, der scheinheilige Arsch, denn Nik würde schwören, dass der sich jeden Abend mindestens einen dicken Joint reinzieht. »Daher ... ist der Genuss auf dem Campus streng genommen ein Grund für die Zwangsexmatrikulation.«

»Gesundheit«, nölt Nik.

Gabe verliert den Kampf gegen seine Beherrschung und wiehert los, was dem auch noch einen Mörderblick einbringt. Na ja, sehr beeindruckt ist er nicht.

»Außerdem«, fährt Harrison mit wachsender Begeisterung fort, »sind die meisten Regeln sowieso von der Tour des jeweiligen Machthabers abhängig, Dekan Lincoln war diesbezüglich immer gemäßigt. Ich hörte, der Neue soll nicht so nett sein.«

Damit steht er auf und schickt sich zum Gehen an. »Sieh es ein, Snow, du sitzt in der Scheiße. Die letzten Tage deines Pennerdaseins sind gezählt. Heute Nachmittag, um vier. Und zieh dir Sportschuhe an!«

Damit geht er tatsächlich.

»Äh, Professor?«, ruft Cassy, die bisher erfolgreich gegen ihren Lachanfall gekämpft hat. »Wer IST denn der neue Dekan?«

Chase sieht sich um, sein Grinsen könnte breiter nicht sein und die Augen blitzen. »Rate«, haucht er und strebt mit riesigen Schritten davon.

Die Vier mustern sich sprachlos.

»Oh Kacke«, sagt Gabe irgendwann. »Das ist das Ende der witzigen Collegezeit.«

»Ich weiß nicht«, erwidert Tina und kuschelt sich an Nik, der sich längst wieder auf seine Ellbogen gestützt hat. »Dir beim Training zuzusehen, mit deinem in der Sonne vor Schweiß glänzendem perfekten Körper, während deine Muskeln ein makelloses Spiel aufführen und sich deine wunderschönen Augen in stummer Verzweiflung gen Himmel heben, du aber nicht aufgibst, sondern weitermachst und alles gibst ...«

»TINA!«, erfolgt es dreistimmig und sie zuckt zusammen.

»Was ist denn?«

Nik küsst flüchtig ihre Schläfe und grinst – der jüngste Schock scheint erfolgreich überwunden.

»Hör endlich auf zu träumen!«

Ende